O FAROL *e a* LIBÉLULA

HarperCollins PUBLISHERS
Since 1817

Rua da Quitanda, 86, sala 218 – Centro – 20091-005
Rio de Janeiro – RJ
Tel.: (21) 3175-1030

CIP-BRASIL. CATALOGAÇÃO NA PUBLICAÇÃO
SINDICATO NACIONAL DOS EDITORES DE LIVROS, RJ

P454f
Pendziwol, Jean E.
O farol e a libélula/Jean E. Pendziwol; tradução Elisa Nazarian. – 1. ed. – Rio de Janeiro: Harper Collins, 2017.
230 p.
Tradução de: The lightkeeper's daughters
ISBN 978-85-950-8132-1

1. Ficção canadense. 2. Sagas familiares. I. Nazarian, Elisa. II. Título.

17-44168 CDD: 819.13
CDU: 821.111(71)-3

Jean E. Pendziwol

O FAROL e a LIBÉLULA

Tradução de

Elisa Nazarian

Harper Collins

Rio de Janeiro, 2017

Para Richard

Tão encantadora era a solidão
de um lago selvagem, cercado por pedras negras
e encimado por pinheiros que se agigantavam ao redor.

"O Lago" — Edgar Allan Poe (1809-1849)

Parte 1

Fins e começos

1

Arnie Richardson

O labrador preto está envelhecendo. Suas pernas artríticas e enrijecidas seguem pelo caminho tantas vezes percorrido, ultrapassando as raízes com cuidado e conduzindo seu corpanzil por entre os troncos de abetos e álamos. Seu focinho, salpicado de cinza, vai junto ao chão, rastreando o cheiro da passagem de seu dono.

Esse é um ritual matutino que leva os dois pelo bosque, desde os chalés da ilhota de Silver até a baía Middlebrun, ritual que repetem desde que o labrador era um filhote de andar desengonçado. Mas, mesmo tantos anos atrás, o cabelo já era branco, os olhos emoldurados por pés de galinha e a barba polvilhada de prata. Agora, ambos estão mais lentos, o homem e o cão, contraindo-se por causa das juntas rígidas, escolhendo com cuidado onde vão pisar. Toda manhã, quando se põem a caminho à primeira luz alaranjada do amanhecer, eles se cumprimentam com a simples satisfação de saber que têm mais um dia para fazê-lo.

O homem apoia-se confortavelmente em um cajado feito de um pedaço de pinho nodoso, polido a princípio pelas ondas do lago Superior e depois envernizado em sua oficina até reluzir. Não precisa desse esteio, pelo menos não até que a trilha comece a subir; então, ele se apoia no cajado com mais força, fazendo com que a madeira passe a ser uma parte dele, necessária e integral. Para no topo de uma cadeia de montanhas. Duas trilhas fundem-se ali; a que eles estão percorrendo junta-se a outra bem mais larga, caminho usado com muito mais frequência pois faz parte das trilhas de caminhadas do parque Sleeping Giant. O parque agora está tranquilo.

É um lugar místico; essa península projetando-se para o lago Superior; penhascos de rochas cinzeladas e cumes gastos, misteriosamente entalhados pelo vento, pela chuva e pelo tempo, assumem a forma de um gigante adormecido em um berço de água cinzenta e glacial. Lendas falam em um deus Ojibwe, Nanibijou, deitado na entrada da baía Thunder, cuja forma magnífica transforma-se em pedra, protegendo eternamente os ricos depósitos de prata. Talvez essa história seja um mito, mas a prata é real. A extração de suas riquezas produziu poços profundos, escavados bem abaixo da superfície do Superior, onde os mineiros seguiam os veios de minério sob a constante ameaça da invasão das águas. A mina deu origem à cidade, na realidade não mais do que um povoado: um punhado de casas de madeira, uma ferraria, um armazém, todos abandonados quando o Lago venceu a batalha e enterrou a prata em uma tumba de gelo. Passados alguns anos, chegaram os veranistas e espanaram-se os assoalhos e as mesas, lustraram-se as janelas, fixaram-se as telhas soltas no lugar, e a ilhota Silver voltou à vida, ainda que apenas por uma estação a cada ano.

Há gerações, a família do homem passa os verões em uma das casas, visitando no inverno por alguns dias, ou mesmo semanas, quando o tempo permite. Desde criança, ele percorre essa trilha.

O homem e o cachorro começam a descer em direção à costa, o rabo do cachorro desenhando semicírculos no ar atrás dele, o cajado do homem alternadamente golpeando a terra úmida e batendo contra a rocha dura, enquanto a trilha segue em direção à baía. O lago Superior começa a se agitar, livrando-se da névoa que se instalou como uma mortalha durante a noite. Antes do amanhecer, as sirenes de nevoeiro dos faróis Trowbridge e Porphyry, agora silenciosas, passaram horas alertando as embarcações invisíveis, enquanto elas cuidadosamente traçavam seu caminho pela baía Thunder, além do cabo aos pés do Gigante Adormecido, o Sleeping Giant, em direção à ilha Royale, até as vias navegáveis do lago Superior. Mas o sol nascente e a chegada do vento afastaram qualquer resquício de nuvem, e, em vez do aviso ameaçador das sirenes, a dupla caminha ao som da serenata dos passarinhos. O alerta teria sido um acompanhamento mais adequado.

O passo do cão acelera-se quando ele percebe a proximidade do Lago. Seus ossos estão cansados, e sua visão, enfraquecida, mas é um labrador, e a água o chama. Passa pelo homem e trota até a praia de Middlebrun, agarrando um galho na fileira de detritos atirados pelas ondas bem acima da linha da água, em uma tempestade recente. Segue ao longo da costa e, mal surgem, as marcas que suas patas deixam na areia são apagadas pelo lago.

O homem não vem muito atrás, mas está longe o suficiente para que o cachorro o aviste antes que surjam as primeiras pegadas de seu dono. A visão do labrador está enevoada, mas ele consegue sentir sua presença e discernir seu formato assim que ele surge das pedras, das árvores, da praia e das ondas. Fica latindo na água, o galho largado, esquecido.

Tem cerca de oito metros de comprimento, o casco de madeira está rachado e aberto no lado do porto, sua retranca balança à medida que o lago sobe e desce sob ela. Cada movimento da água ergue-a do fundo pedregoso, voltando a baixá-la com um estremecimento. A vela principal ainda está hasteada, abanando, mas rasgada. A embarcação está inclinada, seus porões estão rompidos, e o lago passa por dentro dela. O homem não precisa ver o nome pintado na popa; ele sabe que a letra cursiva diz *Wind Dancer.*

A praia segura seus pés, enquanto ele se precipita em direção ao barco; suas pegadas, pontuadas pela ponta redonda do cajado, fazem seu rastro parecer uma mensagem escrita em código Morse. A baía é rasa, mas a extremidade é contornada por pedras, e é lá que está a embarcação. Ele mal repara na algazarra do labrador; em vez disso, grita para quem quer que ainda possa estar a bordo. Tropeça enquanto se dirige para lá, chapinhando na água gelada. Uma dormência sobe por suas pernas, apertando-o, agarrando-o, mas ele a ignora e continua por sobre as pedras, evitando o espaço onde o barco colide com a costa, e arrasta-se para a cabine do piloto, onde para, tremendo.

Nunca havia estado a bordo do *Wind Dancer*, mas mesmo assim a avalanche de lembranças ameaça sufocá-lo, voltando aos borbotões enquanto olha do leme quebrado para a adriça rompida. Recorda o forte que os dois construíram com madeira trazida pelo mar; sente o puxão de seu caniço no dia em que pegaram o barquinho carangueja *Sweet Pea* e saíram para pescar no canal Walker, sozinhos pela primeira vez; sente o gosto da cerveja que dividiram, roubada de uma cesta de piquenique e levada à negra praia vulcânica na extremidade da ilha Porphyry. Ouve o sussurro de nomes: Elizabeth e Emily.

"Puta que o pariu, Charlie!", diz em voz alta, erguendo os olhos para o mastro e a vela esfarrapada, para a silhueta de duas gaivotas planando no alto. "Que diabos você fez agora?"

Fazia sessenta anos que eles não se falavam, sessenta anos desde que Porphyry fora pelos ares, em chamas. Tinha visto o *Wind Dancer* muitas vezes, ouvido histórias de seu capitão, de Elizabeth e de Emily. Mas ele e Charlie não se falaram. Fazê-lo daria voz a sua cumplicidade, apesar de bem-intencionada, e alimentaria a dor do arrependimento. Aquilo o tem assombrado. Ao longo de todo aquele tempo, não se passara um dia em que não pensasse neles. Nenhum.

O velho agarra um cunho para ter equilíbrio e espia pela gaiuta da escotilha da cabine abaixo. Uma almofada e um boné de beisebol flutuam na água. Na mesa de navegação há uma pilha de livros, a lona desbotada envolve-os em um envoltório frouxo, tendo ao lado uma pilha retorcida de barbante.

Senta-se na cadeira do timoneiro. O labrador está quieto. Apenas os pássaros interrompem seus pensamentos, além da conversa silenciosa do vento, do Lago e dos rangidos das reclamações do barco. Charlie Livingstone não está a bordo.

O *Wind Dancer* não tem sinal de vida, exceto pelo brilho trêmulo de uma lamparina a querosene, que queima fraca, mas valente, amarrada à retranca como um farol.

2

Morgan

Que perda de tempo do caramba. Um monte de almas caridosas, sentadas em círculo, imaginando políticas estúpidas. "Estamos explorando..." Como eles chamaram aquilo? "Processos de reabilitação recuperadora". Eles podem dizer que tentaram, que ofereceram compaixão a alguma pobre alma menos favorecida — "Veja como somos incríveis e avançados". Envoltos em seus mundinhos minúsculos, com seus filhos perfeitos e educados, que vão à escola e fazem a lição de casa, que escrevem abaixo-assinados para acabar com a *junkfood* e com a fome na África, jogam no time de basquete e nunca voltam para casa chapados no sábado à noite. E eles se cumprimentam com tapinhas nas costas, dizendo: "Veja como somos bons pais. Veja como somos bons cidadãos". Se pelo menos soubessem...

Que deem um ponto minúsculo em uma ferida aberta, ponham meus pés no caminho certo. Pedirei desculpas e me darei ao trabalho de aceitar sua compaixão. Não foi culpa minha, juro. Foi o sistema que falhou comigo.

Puta perda de tempo.

Eles revistaram minha mochila. Eu deveria ter me livrado dela antes de ir ao McDonald's. Ou, pelo menos, das latas de tinta *spray*. Não tinha como me safar daquilo. "Não, seu guarda, eu não estava nem perto do Retiro Boreal. Não, seu guarda, não tive nada a ver com aquele grafite. Elas não são minhas, só estava segurando pra um amigo. Que amigo? Ah, hummm... Ele não está aqui."

Cuzões. Ninguém me defendeu. Ninguém. Todos ficaram de olhos baixos, chupando Coca Diet, os rostos engessados no mesmo olhar condescendente que os pais usam. "Coitadinha. Você tem mesmo coragem de culpá-la?".

Aparentemente, eles tiveram.

Quando me trouxeram para casa, percebi que Laurie estava irada. Ela me deu aquele sermão "decepcionado" que me faz revirar os olhos. Colocaram-me com ela e Bill há pouco mais de um ano, e, ainda que eles se comportem como se estivessem preocupados, estou pouco me lixando. Não são meus pais, e não tenho interesse em fingir que serão. Não vou ficar lá por muito tempo. Sou só mais uma criança em adoção provisória, com um monte de outras crianças na mesma situação, perambulando pela casa.

O ônibus para bruscamente junto a uma ampla construção e me larga em frente ao Retiro Boreal, antes de bufar e se pôr a caminho. Sou deixada sozinha na rua tranquila, ladeada de árvores, enquanto o vento frio me agarra. Cá e lá, montes de folhas secas rolam ao longo da sarjeta. Sigo-as pela calçada até a entrada.

Puxa! Detesto o outono.

* * *

A porta está trancada; eu a puxo algumas vezes antes de reparar no interfone. É claro que está trancada. Este lugar está cheio de velhos ricos, que podem arcar com enfermeiras particulares e chefs em tempo integral, além de ser um lugar próximo ao rio. Como se fizesse diferença! Provavelmente, eles nem mesmo se lembram do que comeram no café da manhã. Aperto a campainha, e uma voz estala pelo interfone. Não consegui entender porra nenhuma, mas deduzo que estão perguntando meu nome.

— Morgan, Morgan Fletcher.

Faz-se uma longa pausa, mas a porta zumbe, e a fechadura abre.

Procuro a administração e bato na porta aberta, antes de entrar. Atrás da escrivaninha, uma mulher de meia-idade revira algumas pastas.

— Sente-se, Morgan — ela diz, sem nem mesmo se dar ao trabalho de levantar os olhos.

Então, acomodo-me na beirada de uma das cadeiras e espero. Uma placa, pouco visível em meio às pilhas de papéis sobre a mesa, diz: "Anne Campbell, Enfermeira Registrada, Diretora Executiva". Suponho que vá administrar minha "reabilitação recuperadora".

— Certo. — A sra. Campbell suspira, estendendo a pasta que tem na mão. — Você é Morgan Fletcher. — Tira os olhos e os coloca sobre a mesa. — Estou vendo...

Sei o que ela vê. Vê o que quer ver: meu cabelo liso e preto, tingido de modo que brilha como a meia-noite, os olhos cinzentos rodeados de *kohl* escuro, o jeans apertado, as botas pretas de canos longos e a série de *piercings* nos lóbulos das minhas orelhas. Vê meu rosto pálido, que deixei ainda mais pálido, e meus lábios pintados de vermelho vivo. Não vê que talvez eu esteja um pouquinho assustada. Não vou deixar que veja isso.

Recosto-me na cadeira e cruzo as pernas. Então é assim que vai ser. Ótimo.

A sra. Campbell abre a pasta:

— Bom, Morgan, serviço comunitário, não é? Aqui diz que você concordou em limpar o grafite e ajudar em um trabalho extra de manutenção sob a coordenação do nosso supervisor — Ela torna a me olhar. — Você virá aqui todas as terças e quintas, logo depois das aulas, pelas próximas quatro semanas.

— Tá — cutuco a frente da escrivaninha com o dedo do pé e olho para as unhas da mão. Estão pintadas de vermelho, como os meus lábios. Vermelho sangue.

— Estou vendo — diz ela, novamente. A sra. Campbell faz uma pausa, e percebo que está me analisando. Sei o que há dentro daquela pasta. Não quero seu julgamento. Pior, não quero sua piedade. Desvio o olhar para uma paulistinha no alto do arquivo. Ela torna a suspirar.

— Bom, então acho que é melhor eu te apresentar pro Marty. — Ela deixa a pasta com o meu passado sobre a mesa, e — não tenho escolha — sigo-a pelo corredor.

Marty é velho, mas não tão velho quanto as pessoas que moram aqui. Ele lembra um Papai Noel sem barba, completo, com a barriga redonda emoldurada por suspensórios vermelhos. Suas sobrancelhas têm vida própria, com os pelos projetando-se em todas as direções e curvando-se para baixo, brancos como a neve e densos. Elas compensam a falta de cabelos no restante da cabeça, lustrosa de tão careca no alto, mas com uma borda desalinhada que vai de orelha a orelha. Mas eu reparo ainda mais nos olhos abaixo das sobrancelhas desembestadas: de um azul penetrante, da cor do céu em um dia frio de inverno.

Marty está sentado à sua mesa, uma velha mesa de jogo empurrada contra uma parede do almoxarifado. Sobre ela há uma pilha de jornais e um livro com uma pintura de bailarinas na capa. Reconheço o artista: Degas. É um dos meus preferidos. Nosso velho e detonado livro tinha pinturas de todos os impressionistas, mas eu gostava mais de Degas. Provavelmente, Marty está usando as páginas para enxugar os pincéis.

— Esta é a Morgan — diz a sra. Campbell.

Ele se levanta, arruma os suspensórios e me olha com aqueles olhos azuis gelados até eu não conseguir mais sustentar seu olhar e baixar os olhos para as salpicadas lajotas sob meus pés.

— Morgan — ele diz, acenando com a cabeça. — Estava te esperando. É melhor colocar um macacão.

A sra. Campbell vira-se e sai sem dizer mais nada.

Tenho a sensação de que Marty tem mais a ver com o fato de eu estar aqui do que ela.

3

Elizabeth

O chá chegou com sua pontualidade habitual. Essa é uma das coisas que admiro neste lugar.

Suponho que minha tendência para a rotina venha da minha infância no farol. Durante muitos anos minha vida foi medida em horas e minutos, fragmentada em estar ou não trabalhando, marcada pelo momento de acender a manta, dar corda no mecanismo e checar o combustível.

Aqui começo a ter a sensação de casa. Depois de tantos anos. Quantos foram? Talvez três, agora. Os dias fundem-se, as estações desdobram-se umas nas outras, e perdi a conta. Foi sorte ter encontrado este lugar onde pude manter um pouco da independência que me é fundamental e, ainda assim, obter os cuidados necessários. Além disso, estava na hora de voltar, de largar a pequena vila na costa da Toscana, nosso refúgio por mais de meio século. Escolhemos uma que ficasse perto o suficiente da água para ouvir as gaivotas e o quebrar das ondas. Mesmo assim, senti que o mar da Ligúria nunca teve o temperamento volúvel do Lago, foi apenas um lar substituto. Éramos tão felizes quanto era possível, uma dupla exótica, afastada dos olhos curiosos do mundo. E cada uma de nós deixou a sua marca, uma espécie de legado. É claro que o meu quase passa despercebido, apenas um punhado de livros, alguns ainda à venda em lojas de presentes e galerias de arte ao redor do mundo.

Estou sentada na poltrona do pai, a manta afegã que eu e Emily tricotamos está jogada sobre meus joelhos. Minha janela está aberta, um convite para que a brisa do outono percorra meu quarto.

Preciso tomar cuidado com o chá para não me queimar. Meus dedos exploram a bandeja, percorrendo o bulezinho, o bico e a alça. Minha outra mão acha a xícara. Conto enquanto me sirvo. Sei que na xícara cabe uma contagem de cinco. Eles me deram pacotes de açúcar, sempre dois, embora eu nem chegue a usar um inteiro. A colher não está no seu lugar costumeiro, e eu a procuro até encontrá-la ao lado do leite. Depois de tudo pronto, levo a xícara aos lábios, soprando com delicadeza, mais por hábito do que por necessidade, e dou um gole. Suspirando, deixo que a poltrona do pai me envolva.

Comecei a sonhar que sou jovem novamente, o cabelo da cor dos corvos, os olhos vivos. Nos meus sonhos, eu danço. Estou de volta à ilha da minha juventude, na escura praia vulcânica de Porphyry, onde o Lago lambe a costa, e o vento agita os junquinhos. Inclino-me para colher punhados de margaridinhas laranja e ranúnculos dourados, juntando-os ao buquê de margaridas pendentes já em minhas mãos. Emily também está ali, a linda e calada Emily, sempre com um pé no mundo dos sonhos. Damos as mãos, duas partes de um todo, rimos, dançamos e giramos até cair no chão aquecido, sem fôlego, olhando para as nuvens que passam pelo céu de verão.

Porém, ultimamente, um lobo anda vagando por meus sonhos. Posso vê-lo espreitando-nos pelas brechas entre as árvores. Ele se insinua por entre os troncos de bétulas e abetos, vindo e indo, bordejando a praia e observando nossa dança com seus olhos amarelos e frios. Emily não tem medo do lobo. Encara-o até que ele se deita à beira da praia, à espera. Mas ele me assusta. Sei por que está aqui. Ainda não é chegada a hora. Mas a cada dia percebo que está se aproximando lentamente, levando cada vez mais tempo para se acomodar.

Esse foi um dos motivos que me levaram a decidir voltar às margens do lago Superior. Aqui, apesar da dor, apesar das lembranças que ele guarda, é o mais próximo de casa, de Porphyry e do farol que pude chegar. Emily teria querido isso.

Dou outro gole no chá. Já está morno. O sol da tarde jorra pela janela, aquecendo-me mais do que a bebida. Seguro a xícara no colo com cuidado e viro o rosto em direção ao feixe de luz, de modo que ele possa me envolver completamente.

Ouço a voz de Marty lá fora. Sei que ele é a alma deste lugar. E, minha nossa, ele conhece arte quase tão bem quanto eu. Antes de eu perder a visão, ele me trazia livros de pinturas e, enquanto tomávamos chá, virava as páginas, e fazíamos comentários ou críticas, dependendo do artista. Era um ouvinte ávido quando eu contava histórias das minhas viagens e transmitia algo do que tinha aprendido em uma vida vagando por galerias de arte e estudando os mestres. "A mulher naquela pintura era amante do artista", enquanto olhávamos o trabalho de Renoir. "Esta pintura", contei a ele, "foi roubada dos judeus durante o Holocausto e descoberta décadas depois em um sótão na Itália. Um americano comprou-a, afirmando que pertencera a seu bisavô, na Holanda, antes da guerra." Eu e Marty preferimos os impressionistas. "Este artista contratou três pessoas para cuidar de seus belos e extensos jardins, Marty, cheios de lagos, alamedas e todos os tipos de flor imagináveis. Olhe a quantidade de cores." Foi um dos meus lugares preferidos dentre os que visitamos. Ficamos paradas na ponte, tocamos as glicínias. Mas havia uma multidão se acotovelando, ali, por toda parte, e sumimos.

Eu deveria ter sabido que ele reconheceria o trabalho dela, as linhas simples, o movimento e o uso da cor. Seus olhos indagaram, e os meus responderam. Ele é o único com quem dividi histórias do meu passado. Fala pouco, mas ouve. Isso basta.

Marty também soube quando minha visão começou a enfraquecer. Não disse uma palavra. Não deu a perceber que via meus movimentos atrapalhados, meus passos hesitantes. Apenas parou de trazer livros e começou a trazer fitas: Chopin, Mozart e Beethoven.

Tomávamos nossos chás e ouvíamos, deixando a música criar as pinturas que eu já não conseguia apreciar.

Acho que ele compreende. Acho que sabe quanta falta sinto de Emily. Se é que isso pode ser chamado assim. Eram Elizabeth e Emily, as gêmeas, as filhas do faroleiro. É difícil ser outra coisa. É difícil ser apenas Elizabeth.

Posso sentir uma nuvem passando por meu raio de sol, perceber a diminuição da claridade com o pouco que me restou da minha visão borrada. A brisa está fazendo as venezianas zumbirem, e estou começando a sentir uma friagem conforme ela estende seus dedos gelados pelos buracos da manta. Para mim, o outono é uma época de encantamento, quando o mundo fica pintado com as cores dos mestres. Muitas pessoas temem a estação, em todo seu esplendor e seu romance, considerando-a a entrada para um final, para um inverno de morte. Mas o outono faz com que eu me sinta *viva*. O outono é, ao mesmo tempo, o começo e o fim.

Com relutância, viro meu rosto do enfraquecido raio de sol e, com cuidado, coloco minha xícara de volta na bandeja. Dobro a manta, colocando-a sobre o braço da poltrona. Está na hora. Com o cuidado costumeiro, levanto-me e atravesso o quarto até a porta, parando brevemente na entrada, uma mão no batente, hesitando. É um ritual diário que faz com que eu me sinta inteira, embora por pouco tempo. Entro no corredor e sigo do meu quarto em direção à outra ala.

O lobo terá de esperar.

4

Morgan

— E aí? Você fez tudo sozinha?

Quando Marty me pergunta, não parece de fato uma pergunta. É uma pergunta, mas mal chega a ser.

Estamos enchendo um balde com água morna no tanque em sua sala. Marty já encheu outro com uma porção de ferramentas e pincéis.

— Fiz, claro — respondo. Tenho de fazer o que ele manda, mas não preciso contar nada além do que contei aos guardas. Sei que ele não acredita que eu era a única que estava aqui naquela noite.

— Você usou tinta *spray*?

— Sim.

Levamos o balde e as ferramentas para fora, até o jardim dos moradores. Não é um lugar ruim para uma prisão de velhos. Tem um monte de plantas e caminhos e um grande pátio com cadeiras e mesas, coberto por uma pérgula de madeira. A maioria das flores parece que acabou de florir e foi podada, mas ainda tem algumas roxas. Meio que parecem margaridas. A cerca fica nos fundos, separando o jardim da trilha de bicicletas que corre junto ao rio.

Marty veste uma jaqueta xadrez de flanela vermelha, e eu estou usando seu macacão azul. Damos a volta para o fundo da cerca, a parte que dá as costas para o prédio. Ele pousa o balde na grama e ergue-se, braços cruzados, olhando.

— Não vai sair com uma lavada — diz.

— Puta merda — murmuro, apenas alto o bastante para ele ouvir.

Marty continua ali parado, olhando a cerca.

— Que tipo de tinta você usou?

Ele está tirando um sarro?

— Tinta *SPRAY*.

— Não é lá dessas coisas em matéria de qualidade.

Sei disso, agora. Era uma porcaria que pingava e não cobria como eu queria que fizesse. Sento-me à mesa de piquenique sem responder. Tenho todo o tempo do mundo para suas perguntas.

— Não terminou?

— O quê?

— Você sabe... Você não terminou isso?

Olho o meu trabalho. Marty tem razão, não está completamente acabado.

— Não. Alguém deve ter chamado a polícia, então a gente... eu larguei.

Era a primeira vez que eu fazia uma coisa tão grande. Queria provar a eles que era boa o bastante para fazer parte do grupo, e esse era o único jeito. Fiz sozinha, mas Derrick chegou junto. Era para ele ficar vigiando para mim, garantir que eu não seria pega.

Eu os tinha conhecido em uma festa que Derrick me levou. Estávamos sentados em volta da mesa da cozinha, e eu estava desenhando na tampa de uma embalagem vazia de *pizza*, quando um deles começou a me observar. Eu tinha desenhado a mesma coisa muitas vezes, tantas e tantas e tantas que aquilo apenas surgiu, eu mal pensava no que estava fazendo. Não sei por que aquilo, aquele desenho, mas sempre foi um dos meus favoritos, e eu gostava de ficar fazendo hora com ele, mudá-lo, torná-lo meu, mas de certa forma deixando-o ainda do mesmo jeito. Quando vi que ele estava olhando, cobri o desenho com a mão e tentei colocar a embalagem de lado, mas ele não deixou. Pegou-a e ficou analisando o desenho. Disse que era bom, bom mesmo, e me perguntou se alguma vez eu tinha pensado em fazer aquilo grande, vê-lo numa parede. Eu não tinha ideia do que ele estava falando. Mais tarde Derrick me contou quem ele era, disse que fazia parte de uma turma de grafiteiros, mostrou-me algumas peças deles pela cidade, e eles eram incríveis.

Nos deparamos com os grafiteiros de novo algumas semanas mais tarde, e, depois de todos terem tomado algumas cervejas, eu e Derrick fomos convidados a ir com eles à central ferroviária. Gosto de pensar que foi por terem gostado do meu desenho, mas sei que nunca teriam convidado se não fosse por Derrick. De qualquer modo, para mim tanto fazia, fiquei feliz só por ter sido inclusa. Observei andando furtivamente com eles ao lado do trem, perto dos elevadores de grãos abandonados, o coração disparado, as palmas das mãos suando. Deus, era emocionante! Despejar sua alma em uma parede, ou um vagão, e poder se afastar e ver seus medos, suas esperanças, seus sonhos e seus fracassos. Poder caminhar pela cidade, ter outras pessoas caminhando pela cidade, com a prova de que você esteve lá, de que você estava viva. Eu queria fazer parte daquilo. Roubei um pouco de tinta da Canadian Tire, comecei a trabalhar minha assinatura pensando na minha peça e fazendo coisinhas aqui e ali. Eu me senti como Banksy.

Marty está olhando a cerca como se estivesse em uma galeria de arte. Espero.

— Hum — é tudo o que ele diz.

Com exceção do lugar onde eu estava trabalhando, a tinta começou a descascar. Foi um lugar estúpido para escrever, sei disso agora. Marty caminha até a cerca, cutuca um pedaço descascado com a unha e deixa que caia no chão. Era como se precisasse de uma nova camada bem antes de eu chegar ali perto com minhas latas de tinta *spray*.

— Vai ter que raspar primeiro. — Ele me passa uma raspadeira. — Dos dois lados. Depois, lavar com uma escova de arame.

Ele se vira e volta para a entrada, assobiando.

* * *

Derrick me trouxe um iPod e fones de ouvido. Ele está sempre me comprando coisas. Bom, talvez nem sempre. Mas às vezes, do nada, ele aparece e diz de um jeito normal: "Ei, trouxe uma coisa para você". E tudo é o máximo. Somos o máximo. Outras vezes não tenho notícias dele durante dias e começo a cismar com qual foi a merda que eu fiz. Não ligo para as tralhas. É gostoso, mas na verdade estou cagando.

Com a música tocando, o tempo passa rápido. Depois de algumas horas de raspagem, a cerca parece um desastre. Os lugares que não foram tocados pelas minhas cores vivas saem com facilidade, e logo o chão e os jardins estão forrados de pedacinhos de branco, roxo e azul.

Finalmente, Marty volta. Não o via desde que ele me deixou aqui com a raspadeira, mas não sou boba. Sei que ficou me observando o tempo todo. Tenho certeza de que Anne Campbell, enfermeira formada, diretora executiva, também estava me espiando por uma das janelas.

— É um começo — é tudo o que Marty diz.

Ele pega o balde, joga a água em uma moita e volta para dentro; então eu o sigo, levando as outras ferramentas. Tiro o macacão e o penduro. Minhas botas estão cobertas de lascas de tinta.

— Da próxima vez, é melhor você calçar outra coisa. — Marty está de costas para mim, pendurando sua jaqueta xadrez no cabide ao lado do macacão. Sem se virar para mim, acrescenta: — Te vejo na quinta.

Puta perda de tempo.

5

Elizabeth

Pedi a uma das funcionárias que me trouxesse para fora em uma cadeira de rodas. O dia está bonito demais para ficar trancada atrás de paredes de concreto, com a luz do sol filtrada pelo vidro. Preciso de ar fresco e do sol para abastecer meu corpo frágil, que vai me sustentar através dos longos meses de inverno que vêm chegando.

Suponho que poderia ter vindo aqui fora sozinha, usando meu andador, mas isso está ficando cada vez mais difícil, já que a minha visão decai para imagens borradas que dançam à minha frente como espíritos, recusando-se a se estabelecer como formas e formatos com contornos definidos. Estou vestida para o frio com uma jaqueta quentinha de *plush* e tenho um cobertor de lã bem aconchegado em volta das pernas. Estou com os óculos escuros que Marty me deu no verão. Agora, meus olhos são sensíveis ao vento e à luz. É irônico.

— Que tal, sra. Livingstone? — a servente pergunta, depois de me levar para debaixo da pérgula. Ela é jovem. Reconheço sua voz, mas é nova, e não consigo adequá-la à imagem de um rosto guardado na memória. Não preciso de muita ajuda, mas, quando isso acontece, é bom saber que tem alguém de prontidão.

— Se não for incômodo — respondo —, só um pouquinho mais para lá, onde o sol pode me alcançar. — Ela faz o que eu peço.

Ontem à noite eu estava inquieta. Dormia e acordava o tempo todo, caminhando pelo mundo dos sonhos, onde a mente consciente escapa para histórias ilusórias. Dessa vez, não consegui ver o lobo andando de lá para cá, mas senti sua respiração úmida contra a minha pele fria e seca. Lancei-me à procura de Emily desesperadamente, chamando seu nome, que acabou sufocado pelo som das ondas batendo contra os penhascos de Porphyry. Minhas mãos, escorregadias de suor, arrancavam os galhos que pendiam como cortinas escuras, obscurecendo a floresta. Quando acordei de um pulo, estava com o coração disparado.

Ainda não.

Fiquei ali deitada por um tempo, só respirando. Não houve necessidade de acender a luz quando saí da cama. Conheço cada centímetro do meu quarto com uma intimidade desprezível. A cama de solteiro coberta com o *kilt* que Emily e eu costuramos há tantos anos com pedaços de tecido salvos da cesta de trapos ou cortados de vestidos velhos. Uma pequena cômoda encostada na parede oposta contém toda uma vida de lembranças reduzidas a um par de gavetas. A poltrona onde papai sentava-se quando lia o jornal foi a única cadeira que sobreviveu e viajou da casa do farol quando deixamos a ilha. Ela nos esperou por quase sessenta anos, enfiada no sótão de Maijli, enquanto Emily e eu vagávamos pelo mundo. Há dias em que acho que posso sentir o cheiro da fumaça agarrada ao tecido esfarrapado.

Vestindo apenas uma camisola de algodão, com os pés descalços, cruzei o quarto e abri a janela. A brisa, fria e úmida, respondeu com rapidez. Meu cabelo, agora com a cor de uma coruja-das-neves, grudou emaranhado em minha testa, ali colado pelas andanças da minha mente adormecida Enquanto me acomodava na poltrona do pai, o ar passou por mim, expurgando os vagos resquícios do sonho. Dava para eu ouvir os sons nítidos levados pela noite. O ressoar de uma linha férrea cruzando e desviando trens, seus motores a diesel reclamando do esforço. Uma sirene. Ambulância. Alguém estava enfrentando uma tragédia. Carros. Não muitos. Devia ser tarde. Ou muito cedo. Não havia vento para fazer as árvores conversarem. Foi então que ouvi. Sim. Muito fraquinho, mas ali. Um aviso de nevoeiro.

Cochilei por um tempo onde estava sentada, até que o frio tornou-se intenso demais para minha camisola fina, e voltei para debaixo do *kilt* à espera da agitação nos corredores com os sons da manhã.

Porém agora é o meio da tarde, o calor do sol eliminou toda a umidade do ar e aqueceu a terra o bastante para que eu possa sentir o cheiro da riqueza do solo. Obra de Marty. Ele entende de composto e húmus. E, como os pintores em seus preciosos livros, é um expert em cores. Os ásteres já devem estar florindo agora: lilases com um amarelo vivo no centro. Talvez a anêmona-do-japão ainda sobreviva. Com certeza, os crisântemos perduram.

Posso ouvir pardais ciscando debaixo da mesa de piquenique. Há outro som também. De raspagem. E o débil zumbido que marca o tempo de uma música distante, curiosamente evocativo de Mozart. Ah, sim. Marty mencionou isso. Uma menina, ele disse. Vandalizou a cerca várias semanas atrás e desencadeou todo tipo de reação quanto à preguiça e ao desrespeito da juventude de hoje. Mas Marty, não. Ele me contou, do seu jeito apressado, que a pintura dela o deixou intrigado. Mas é o Mozart que me intriga.

Percebo que andei dormindo quando acordo com o som de passos que vêm pela calçada em minha direção. Deduzo que seja a servente, que veio me levar para os meus aposentos. Como estou velha, agora! Dormindo em uma cadeira de rodas, veja só, enrolada como um bebê em lãs e *plush*. Será que estou fechando um círculo?

Há três grupos de passos. Curioso. Os pardais continuam a piar, mas a raspagem constante e ritmada atrás da cerca para abruptamente.

— Sra. Livingstone. — A voz pertence à sra. Campbell. — Esses dois policiais gostariam de dar uma palavrinha com a senhora. A senhora gostaria que eu a levasse para dentro?

Eu deveria ter reconhecido o som de seus sapatos. Devem ser pretos, fortes e lustrosos de tão engraxados.

— Não, não, obrigada, Anne. Seja lá o que for que tenham pra dizer, tenho certeza de que eles poderão me dizer aqui mesmo. Por favor, sentem-se. — Aceno com a cabeça em direção às mesas de piquenique.

— Muito bem, então. Estarei na minha sala, caso precise de mim. — O calçado sensato da sra. Campbell recua.

— Sra. Livingstone, sou o agente Ken Barry. Esta é minha colega, a agente Cheryl Coombs.

Não estendo a mão. Não quero ser grosseira, mas por experiência sei que os agentes da lei raramente trazem boas notícias.

— Acabamos de ter um encontro com a Guarda Costeira e... — O agente Barry parece estar lutando com as palavras. — Foi encontrado um veleiro que veio dar à praia, danificado e abandonado, na baía Middlebrun, perto da ilhota Silver. O nome do barco é *Wind Dancer*. Estava registrado em nome de Charles Livingstone, seu irmão.

Ouço os pardais. Parece-me que estão brigando.

— Sra. Livingstone, existe uma possibilidade remota de que ele tenha conseguido chegar à margem. O senhor que encontrou o barco, um homem chamado Arnie Richardson, que afirma conhecê-la, conseguiu entrar na água e subir a bordo. É possível que o sr. Livingstone tenha conseguido sair a salvo do barco. — Ele faz uma pausa. — É possível, mas infelizmente não é provável. Ajudaria se soubéssemos o motivo de ele estar ali, no Lago, nesta época do ano, e aonde ele poderia estar indo. Poderíamos, então, nos concentrar nas buscas. A senhora consegue pensar em alguma coisa que pudesse nos ajudar?

Deve haver mais de dez pardais. Parece que eles estão nas hortênsias, na outra ponta da cerca, esperando para voltar ao pátio.

Um dos policiais coloca alguma coisa sobre a mesa.

— Isso aqui foi encontrado a bordo. Parecem ser antigos diários de bordo de Porphyry. Achamos que podem ter sido do seu pai. Arnie Richardson achou que a senhora deveria ficar com eles. Disse que soube que a senhora havia voltado para a baía Thunder, que poderíamos encontrá-la aqui.

Os pardais voltaram a se mexer; suas asas vibrantes levaram-nos até os galhos da moita de lilases. Descansam por um momento e deixam que um corvo encha o espaço com sua presença crocitante. Estou cansada. Está na hora do meu chá da tarde. E Marty me deu aquela lata de biscoitos amanteigados. Está ao lado da lamparina, aquela que se parece com a que sempre esteve na casa do assistente de faroleiro, no farol Porphyry. Os pardais gostariam de algumas migalhas de biscoito. Vou ter de me lembrar de trazer um ou dois biscoitos amanhã se o tempo ajudar e eu conseguir me sentar aqui fora de novo.

Só que eles estão esperando. Estão esperando que eu diga alguma coisa. Conversaram com Arnie Richardson. Querem saber sobre Charlie. Querem saber por que ele estava velejando com o *Wind Dancer*. Querem saber aonde ele estava indo. Não percebem que ele se tornou um estranho para mim. Mas, mesmo assim, eu sei. Só existe um lugar.

— Para ilha Porphyry. Ele devia estar indo para Porphyry.

6

Morgan

Volto a pegar a raspadeira e começo a raspar outra parte da cerca. Dessa vez, estou usando as botas de trabalho do Caleb, que são dois números maiores do que o meu. Ele está na casa de Laurie e Bill há mais tempo do que eu, mas é uma merda de um folgado e provavelmente nem vai sentir falta delas. Com as botas e o macacão azul do Marty, estou parecendo um personagem de desenho animado. Sou uma piada.

Os policiais foram embora, mas a velha continua sentada ali, em sua cadeira de rodas. Nossa, ela está ridícula com esses óculos Ray-Ban, o cabelo comprido e liso, mais branco do que a neve, abaixo dos ombros. Deve ter, no mínimo, uns 100 anos. Não consigo imaginar qual é a sensação de ser tão velha, não ter nenhuma vida pela qual esperar à sua frente, provavelmente sem memória, portanto o passado também perdido. A única coisa que resta é a próxima respiração.

Respiro fundo. A ironia quase me escapa.

— Morgan, não é?

Ela está falando comigo. Sabe o meu nome.

— Parece que eles estão um pouco ocupados lá dentro. Tenho certeza de que esta cerca pode esperar alguns minutos enquanto você me leva de volta ao meu quarto. Não há dúvida de que, se você continuar assim, vai ter raspado até o outro lado. Só que tem tinta demais ali.

Ela não está olhando para mim, mas não dá para eu ignorá-la.

— Não acho que queiram que eu... me relacione com... moradores.

— Você sempre faz o que esperam de você?

Não soa como uma pergunta. Ela está sentada com as costas retas na cadeira, o queixo erguido, as mãos enluvadas dobradas no colo. Gostaria de poder ver seus olhos atrás daqueles óculos estúpidos.

— Tudo bem — digo, jogando a raspadeira dentro do balde com as outras ferramentas. — Mas a responsabilidade é sua, e não minha.

— O pacote — ela me diz, apontando uma das mãos na direção da mesa. — O que eles deixaram. Traga-o para mim.

Faço o que ela pede. O pacote está embrulhado em uma espécie de lona branca desbotada e cheira a terra e mofo. Está amarrado com barbante, mas os nós estão frouxos, e o tecido abre-se, de modo que posso ver o que tem dentro. Parece um conjunto de livros de capas de couro e páginas amarelas onduladas. Coloco-o no colo da velha.

Nunca empurrei uma cadeira de rodas, então preciso manobrar um pouco para passar pela porta.

— É o terceiro quarto à esquerda.

Quando passamos pela sala do Marty, posso ouvi-lo assobiando. Não olho para ele, só continuo andando, os olhos voltados para a frente, minhas botas emprestadas arrastando-se pelo chão de lajotas.

Os quartos dos moradores não são nem um pouco como eu esperava. São como quitinetes. Dou uma rápida olhada em torno enquanto entro com a cadeira de rodas. Tem uma mesinha de jantar, uma cama, uma cômoda com algumas fotos emolduradas e uma poltrona que parece confortável. A cama está coberta com um *kilt*. Todos os retalhos estão desbotados, e percebo que, provavelmente, foi feito à mão; talvez seja uma antiguidade. A mobília também é velha. Como ela. Mas o que chama a minha atenção é a lamparina. Tínhamos uma igual. Era vermelha, e o vidro ficava todo enfumaçado quando ela era acesa. Costumava limpá-lo com um trapo velho.

A mulher suspira.

— Isso basta, Morgan. Obrigada.

— O.k. — viro-me para sair.

As mãos da mulher lidam com o pacote. Ela o levanta e o coloca sobre a mesa. Então, começa a dobrar o cobertor que estava esticado sobre o colo.

— Você pensou que a polícia tinha vindo por sua causa?

— O quê?

— Por que você se escondeu?

Viro-me e olho para ela.

— Eu não estava me escondendo. A polícia sabe que estou aqui.

A mulher trava a cadeira de rodas, levanta-se com cuidado e coloca o cobertor aos pés da cama. Passando uma mão ao longo da cômoda, vai em direção à poltrona velha e vira-se para sentar. Tira os óculos escuros e os coloca sobre a mesa, ao lado do pacote, com a mão pousada por um instante sobre a pilha de livros.

— Elizabeth. Elizabeth Livingstone.

Encaro seus profundos olhos castanhos, agudos e desafiantes, mas, ao mesmo tempo, desconfortavelmente vazios. A velha é cega.

Algo em relação àqueles olhos vazios me deixa inquieta, mas só por um momento. E então a coisa passa. É estúpido. Estou pouco me lixando para quem ela é e não estou interessada em começar uma conversa com ela. Então não começo.

— Certo.

Viro-me e saio, as botas ressoando enquanto volto pelo corredor.

7

Elizabeth

Não estou surpresa nem me sinto ofendida, mas aquilo me faz suspirar. O medo pode se transformar em raiva com muita rapidez. Ela tem medo do que a vida possa trazer e sente raiva do mundo por causa disso.

Enrolo, distraída, o oleado entre os dedos. A borda está rasgada no lugar onde o tecido se soltou do nó frouxo. Basta um leve puxão para que o barbante se solte, deixando o invólucro mofado abrir-se, expondo as encadernações de couro dos diários. Passo os dedos por eles com delicadeza, explorando a superfície do primeiro volume, parando por um momento no relevo do centro da capa e traçando os destacados "A. L.".

Andrew Livingstone. Meu pai.

A última vez que segurei esses diários foi depois de Charles ter voltado para a ilha, antes do incêndio. Foi quando percebi que o irmão que eu conhecia, o irmão que via como um defensor igual, protetor de Emily, tinha sido mudado por um mundo raivoso e duro, envolto em guerra e preconceito. Eu devia ter percebido, devia ter sabido que ele seria capaz de se voltar contra ela. Será que viveu para se arrepender disso? Sempre imaginei que sim. Agora é provável que eu jamais saiba.

Disseram que foi Arnie Richardson quem achou o barco. Quem achou que eu deveria ficar com os diários. Está aí um nome que não ouço há um bom tempo. Uma vez ele mandou uma carta que recebemos anos depois de ter sido enviada, tendo percorrido o mundo para nos encontrar. Acabou chegando, enfiada em um pacote do nosso agente, com uma correspondência sobre livros e direito autoral e convites para eventos aos quais nunca comparecemos.

A carta contava sobre seu retorno à ilha semanas depois do incêndio, de volta ao farol de Porphyry, para recolher o que pudesse dos restos carbonizados das construções manchadas de fumaça. Se um dia voltássemos para casa, ele dizia, descobriríamos quão pouco fora resgatado no porão da casa de Maijlis.

Não escrevi de volta. Que diferença faria depois de tanto tempo? Tudo eram águas passadas, vidas estavam sendo vividas. No entanto, não me surpreende nem um pouco que ele soubesse que eu tinha voltado à minha terra. Apesar do nosso isolamento, ele devia ter sabido que os poucos pertences que tinha guardado para nós tinham sido requisitados. Maijlis morreu anos atrás, mas sua filha ficou feliz em providenciar a entrega para o Retiro Boreal.

Por muitos e muitos anos não pensei a respeito desses diários, mas não esqueci o momento em que os vi pela última vez. Estávamos no começo da primavera, e era para Emily trazer gravetos do lenheiro. Fazia muito tempo que ela tinha saído, e naquela época eu não ficava sossegada quando ela estava longe de mim, não depois do que tinha acontecido. Encontrei-a na casa do assistente do faroleiro. Às vezes, ela ia até lá, talvez para lembrar, como eu mesma fazia. Estava sentada na poltrona do pai, o invólucro de oleado um tanto desfeito, os livros abertos em seu colo. Eu me lembrava dos diários. Lembrava-me do pai sentado à escrivaninha, escrevendo, enquanto o rádio tocava música, e o fogão a lenha espocava e estalava. Quando ele morreu, os diários desapareceram, e nem me ocorreu que tivessem sumido. Emily não conseguia ler as palavras, mas vi sua mão desenhar ao longo das páginas, sentindo as letras, ouvindo a voz dele, e fui tomada por um desejo de fazer como ela. Peguei um dos diários, espanei a capa com a mão, exatamente como faço agora, meus dedos percorrendo o "A. L." gravado na capa escura de couro.

O guincho das rodas do carrinho da cozinha no corredor anuncia que é hora do chá da tarde.

— Aceita um chá, sra. Livingstone? — pergunta a servente.

Sempre aceito. Ela coloca a bandeja sobre a mesa.

— Quer que eu sirva?

— Não, não, obrigada — folheio os livros. — Consigo me virar muito bem sozinha. Mas, se não for incômodo, me passe a lata de biscoitos que está ao lado da lamparina.

A servente coloca-a na minha mão estendida.

— Posso ajudar em mais alguma coisa?

O metal está frio. Estou de volta à casa do assistente do faroleiro, com o diário do meu pai na mão. Emily empilhou os outros livros sobre a mesa ao seu lado e pegou uma lata de biscoitos. Estendeu-a, de modo a ficar pairando entre nós. Justo quando meus dedos fecharam-se ao redor da lata, a sombra de Charlie encobriu a porta. Ele parou apenas por um instante, apenas o tempo de um suspiro para se dar conta de tudo: de mim, dos diários, de Emily e da lata. "Que diabos vocês acham que estão fazendo?" Não era uma pergunta. Falava zangado e atravessou o assoalho a passos largos, agarrando Emily e arrancando-a da poltrona do pai, empurrando-a além de mim, em direção à porta aberta. A lata soltou-se da minha mão, caiu batendo no braço da poltrona, a tampa se abriu, e o conteúdo espalhou-se pelo assoalho de madeira, como um ovo partido. O tempo parou. Não consegui me mexer. Foi como se o mundo tivesse parado de girar. Charlie nunca tinha gritado com Emily. Charlie nunca tinha se zangado com Emily. Jamais.

Continuei com o diário do pai na mão. Ele o arrancou de mim, e recuei de um homem que eu não conhecia.

— Caiam fora! Vocês não têm nada o que fazer aqui!

Emily não vira a lata cair; estava com o rosto apoiado no batente da porta, o olhar distante de Charlie, distante de mim, tentando, eu sei, entender o que tinha acontecido, o que ela tinha feito. Não reparou no brilho de prata escapando de um velho pedaço de pano branco. Não prestou atenção no tilintar suave. Mas eu, sim, ah, muito brevemente, antes que Charlie o recolhesse de volta à lata.

Alguns dias depois, voltei sozinha e procurei por toda parte, mas não encontrei a lata de biscoitos. Nunca mais peguei nos diários.

Até agora.

— Sra. Livingstone, a senhora está bem?

Minha mão treme ligeiramente, então pouso a lata de amanteigados em cima dos diários.

— Sim, estou — forço um sorriso. — Obrigada.

Ah, Charlie, que segredos você escondeu de mim por tantos e tantos anos? Segredos capturados em palavras escritas por nosso pai, Andrew Livingstone, o faroleiro da ilha Porphyry, segredos tão poderosos que consumiram seu amor por Emily?

8

Morgan

Passa da meia-noite. Puxo o estojo do violino que está debaixo da minha cama. Parece que ele atravessou o inferno, e tem uma fita adesiva preta segurando o braço. Eu nem mesmo o abri em meses, mas conheço cada detalhe, cada curva do corpo, a posição de cada cravelha, o número de fios de crina no arco.

Pouso o instrumento ao meu lado e tiro os papéis que achei anos atrás debaixo do forro do estojo. São desenhos de pássaros e insetos feitos com lápis de cera e parecem tão vivos que poderiam voar da página. No entanto, ao mesmo tempo, não se parecem com nada que eu já tenha visto. Estudei-os, desenhei-os, sonhei com eles e voltei a desenhá-los, mas não mostrei a ninguém. São meus. Gosto de olhar para eles quando sinto solidão.

Espalho-os à minha volta sobre a cama, e o do corvo atrai minha atenção. Está pousado sobre algum animal em decomposição, talvez um veado, morto por um bando de lobos, pego entre os mortos e os vivos.

Dedilho as cordas do violino e resolvo untar com breu os fios de crina secos e esquecidos do arco. Nesta noite é diferente. Nesta noite o instrumento me chama. Respondo com um suspiro e o enfio debaixo do queixo, segurando-o ali enquanto o afino. Levanto o arco e depois o desço sobre as cordas. Ele começa a dançar.

A princípio, as notas vêm lentamente, à medida vou me lembrando, mas aos poucos vão ganhando força, a música brota de dentro de mim mais do que do movimento dos meus dedos, do arco e das cordas. Não preciso de uma partitura para esta peça. Aprendi-a de cor, e a tocamos muitas vezes juntos, eu de pé com meu pequeno violino, ao lado de sua poltrona na sala de visitas, olhando com os olhos arregalados a maneira como ele segurava o arco, a maneira como se embalava com o ritmo. Ele tocava o instrumento maravilhoso que agora contém a minha música.

— Você tem um dom, Morgan — sorriu para mim, claramente satisfeito. — A música a escolheu.

Nossa, quanta saudade sinto dele! Faz seis anos. Parece mais.

Mudo para uma dança escocesa. É mais animada. Ele me fez aprender Bach e Mozart, mas gostava mais das músicas *folk*, e eu também. Depois que eu terminava todas as minhas escalas e praticava dedilhados e dinâmica, partíamos para a música. Seu pé batia no chão, e o ritmo acelerava até que eu precisava parar, restando-me apenas vê-lo tocar. Posso ver seus olhos, vincados pelas risadas, quando eu tentava imitá-lo.

Ele bastava. Nós dois não precisávamos de mais ninguém. Comíamos batatas, sopa enlatada e o peixe que ele mesmo pescava no rio Nipigon. Nas noites escuras de inverno, sentávamos junto ao fogo, e ele me contava histórias sobre naufrágios no lago Superior e os anos que passou pescando na baía Black com seu amigo Jim. E, às vezes, quando o vento infiltrava-se pelas frestas da parede e levava neve gelada de encontro às janelas, bebia uísque de uma velha caneca lascada e me contava sobre minha mãe. "Ela te amava, Morgan", dizia, o sotaque cada vez mais pesado quanto mais ele bebia. "De certo modo, ela me lembrava a sua avó. Era como o vento. Imprevisível. Livre. Nunca se sabia o que esperar dela. Não dá para prender o vento, Morgan. Ele dança onde quer." E então, ele dava um grande gole e dizia que minha mãe tinha lutado. Lutado com muita força, mas não era forte o bastante, e o vento a levou. Eu era apenas um bebê quando ela morreu.

Não me lembro dela nem sentia sua falta. Não naquela época. Ele bastava.

Até o dia em que cheguei em casa, vinda da escola, e o encontrei sentado em sua poltrona, simplesmente ali sentado com os olhos abertos, assistindo a um programa de perguntas e respostas na TV, a chaleira seca no fogão de tanto ferver, fazendo a casa cheirar a metal quente, um nevoeiro sufocante pairando no ar.

No início, tudo o que fiz foi tocar violino. Não queria falar. Não queria comer. Na primeira casa em que morei, os moleques tiravam sarro de mim, levando meu arco embora, dançando à minha volta e cantando: "Morgan não pode falar! Morgan não pode falar!", até que minha mãe provisória fez com que parassem. Eles que digam a porra que quiserem, pensei. Eu o ouvia conversando comigo pela música. Era só isso que me importava.

Fiquei ali por três anos. Minha assistente social descobriu um jeito de me colocar em aulas de música, e toda semana eu ia até o centro musical estudar com uma freira gorda, que usava sempre o mesmo vestido preto manchado de suor e cheirava a alcaçuz. Ela me fazia tocar Mozart quando tudo o que eu queria era tocar as músicas dele. "Você tem um dom", ela dizia, as manchas de suor cada vez maiores e mais escuras, à medida que crescia sua frustração em relação a mim. "Você tem a responsabilidade de aprender! Precisa praticar e se concentrar."

Contudo o violino parece preferir as músicas dele. Elas vivem na madeira e nos espaços vazios e ecoam no meu coração. Mas, quando ficou doloroso demais me lembrar, simplesmente parei de tocar. A certa altura, recobrei minha própria voz. Acontece que, geralmente, ela me causa confusão. Depois que comecei o Ensino Médio, me mandaram para outra casa, para pais que recebiam crianças mais velhas. Apenas temporariamente, disseram, até que me conseguissem uma família. Eu não era boba. Sabia como o sistema funcionava. Não havia uma família para mim. Alguns anos depois, vim parar aqui, na casa de Laurie e Bill. Só temporariamente. Saquei.

Penso na velha do Retiro Boreal. Na maneira como ela se sentava naquela poltrona. Seu cabelo branco, a pele gasta. E aqueles olhos. Olhos que não podem ver, mas, de algum modo, me fizeram sentir como se ela estivesse olhando diretamente através de mim. Algo naqueles olhos me faz querer lembrar.

A porta abre-se, e a luz acende-se.

— Que porra você pensa que está fazendo, cabeça de merda! Tem gente aqui que vai ter que acordar daqui a poucas horas. Parece que você está matando uns gatos aqui! Pelo amor de Deus, pare com esta merda ou vou quebrar esta porra!

É Caleb. Ele não reconheceria uma boa música mesmo que ela acertasse a cara dele.

— Vá se foder! — Pego minha escova de cabelo e atiro nele, errando a pontaria e derrubando a lamparina que fica na minha cômoda. Ele me mostra o dedo médio antes de bater a porta. — Cuzão.

O encanto foi-se. Enfio o violino de volta no estojo e fecho a tampa, prendendo os fechos. Meus olhos estão ardendo.

A porta volta a se abrir, e estou prestes a surtar com Caleb quando percebo que é Laurie. Ela só fica ali parada na entrada do quarto, enrolando-se no penhoar azul, apertando o cinto, lidando com ele como se de algum modo fosse impedi-la de se desfazer.

— Eles me disseram que você sabia tocar — ela diz.

Olho o estojo surrado do violino antes de enfiá-lo debaixo da cama. É o meu passado, mas não o meu presente. E não vejo lugar para ele no meu futuro. Não respondo.

— É maravilhosa — ela diz. — A música... É realmente maravilhosa.

O silêncio estende-se entre nós, mas ainda posso ouvir a música ecoando pelo quarto. Parece uma eternidade antes que ela finalmente diga boa noite e desligue a luz, fechando a porta em silêncio ao sair.

Esqueci-me de guardar os desenhos. Subo na cama com cuidado para não perturbá-los e durmo debaixo deles, cobrindo-me como se fosse um *kilt*.

* * *

Marty olha para mim pingando e formando poças que se juntam em volta das botas de Caleb no chão de lajotas.

— Hoje está muito molhado pra pintar.

Não me diga!

Trouxe o violino. Agora, tenho andado com ele em tudo quanto é canto. Não confio que aquele merdinha do Caleb não vá pôr as mãos nele. Marty aponta a prateleira e me diz para colocar minhas coisas ali; depois, me passa um esfregão de chão, um daqueles grandes, usados para tirar a poeira.

— Passe isso aqui pra lá e pra cá pelos corredores. Depois de espanado, vamos dar uma lavada.

Nos poucos dias em que tenho estado no Retiro Boreal, não passei muito tempo dentro dele. Não é como pensei que fosse, não parece um hospital ou uma instituição. Acho que é isso que acontece com os velhos que têm dinheiro para conseguir o melhor de tudo. Ele se estende num formato em Y, tendo no pé a entrada principal e uma área de estar. De um lado, ficam os escritórios, incluindo o de Anne Campbell, enfermeira formada, diretora executiva. Do outro, está a área do refeitório, e posso ouvir os sons de uma cozinha. A sala de Marty fica seguindo por um pequeno corredor, perto da cozinha, próximo de todos os aparatos mecânicos, como a caldeira e o sistema de ar-condicionado. Eu estava no braço esquerdo do Y quando levei a velha da cadeira de rodas de volta para o quarto alguns dias atrás. É ali que vivem todos os velhos que podem se cuidar quase que sozinhos, mas recebem ajuda nas refeições, na limpeza e em outras merdas. Na extremidade do corredor, há outra área de estar com grandes janelas que dão para o pátio.

Porém o outro braço do Y é diferente. A entrada é trancada, assim como as portas principais, e Marty me passa o código do teclado numérico. Lá dentro tem um guichê onde as enfermeiras trabalham, e as portas dos quartos ficam abertas. As pessoas também são simpáticas, mas percebo que é aqui que vivem os velhos que necessitam de mais ajuda. Trancados. Prisão.

Digito o código para outra ala, começo no solário que fica na extremidade e vou trabalhando em direção ao corredor de lajotas, empurrando minha fileira de poeira enquanto caminho. Os sons começam quanto estou mais ou menos na metade do corredor, ultrapassando o som que sai dos meus fones de ouvido e arrepiando os cabelos na parte de trás do meu pescoço. Tiro os fones de ouvido. O rolar do trovão e o cair da chuva me confundem, mas então torno a ouvir aquilo. É sem palavras, impressionante, como o grito de um animal apavorado, encurralado, desesperado, de partir o coração. Já ouvi isso antes anos atrás, vindo de uma menininha de cabelos escuros, ajoelhada aos pés de uma velha poltrona, a chaleira seca de tanto ferver e, ao fundo, a voz de Alex Trebek e o programa de adivinhações.

Observo enquanto os corredores ganham vida com corpos em uniformes esterilizados rosa e laranja, precipitando-se da central de enfermagem e entrando apressados em um dos quartos que têm a porta fechada. Eu deveria continuar varrendo, mas não consigo me mexer. Estou invisível ali parada, enquanto as atendentes e as enfermeiras espalham-se e voltam a se juntar. Por fim, os gritos diminuem, e o único som que resta é o da chuva.

Passam-se mais alguns minutos antes de eu voltar a varrer. O corredor volta ao normal, mas deixo meus fones de ouvido em volta do pescoço, mal dando para perceber a música. Giro o esfregão e volto em direção ao guichê das enfermeiras. Ao passar pelo quarto onde acontecera toda a agitação, uma servente abre a porta, e não consigo deixar de olhar lá dentro. Reconheço o longo cabelo branco da velha e desvio o olhar rapidamente antes que ela se vire para mim. Concentro-me no esfregão, na linha de poeira, na música. Mas posso senti-la. Posso senti-la ali, parada. Posso senti-la me olhando. Sei que é cega. Mas, se fosse idiota, poderia jurar que Elizabeth Livingstone estava olhando exatamente através de mim.

Sou invisível, exceto para aquela pessoa cega.

* * *

Dou uma saidinha para fumar um cigarro, de pé, debaixo da pérgula gotejante; minhas mãos tremendo de frio, tentando acender o isqueiro, até que ele finalmente pega e exibe uma chama grande o bastante para acender o cigarro. Fecho-o de um golpe e meto-o no bolso, enchendo os pulmões de fumaça. Estremeço enquanto enormes gotas de chuva grudam meu cabelo na cabeça, escorrendo pela minha nuca. As nuvens estão baixas e escuras e não dão sinal de que ficarão pouco tempo.

Daqui, posso ver a parte da cerca onde andei trabalhando. A maioria da tinta descascada foi raspada e está perfeitamente pronta para a primeira demão. Os trechos de madeira crua ficaram manchados de escuro pela chuva, facilitando discernir as cores vivas da minha obra. Não é a mesma coisa dos desenhos escondidos com o violino. Aqueles são só para mim. E me inspiraram.

Em matéria de criatividade, Derrick não chega aos pés dos outros escritores. Para ele é diferente. Se tivesse sido pego, não haveria nenhuma porra de "processo de reabilitação recuperadora". A polícia estaria mais interessada nele do que na minha pintura estúpida. Muito mais interessada.

Meus olhos vagam pelas marcas da cerca, tornando a pousar na minha libélula. Adoro suas linhas simples sugerindo forma. São originais. Diferenciadas.

Penso novamente na velha. Não sei por que deixo que ela me atormente. Mas é o que acontece. Talvez seja por me fazer lembrar. Coisas como a lamparina. E as pinturas. Lembrar machuca.

Ah, meu Deus! *As pinturas.*

Esmago o cigarro com o salto da bota e corro de volta para dentro, esgueirando-me pela porta da sala do Marty e seguindo pelo corredor até o quarto de Elizabeth Livingstone, onde paro em frente à porta. Está ligeiramente aberta, então a abro por completo. Ela voltou. Está sentada em sua poltrona, olhos fechados, adormecida e as mãos cruzadas sobre o colo. Entro em silêncio para não acordá-la.

Devo tê-las visto no outro dia quando estive aqui, mas não reparei de verdade nelas; estava ocupada demais pensando na lamparina. Há três pinturas emolduradas em cima da cômoda: um pássaro, alguns insetos e uma planta. O artista usou um estilo próprio. É simples, mas ao mesmo tempo detalhista. Eu reconheceria aquilo em qualquer lugar. Pego as libélulas, traçando o contorno das asas, os olhos e as caudas.

— Oi, Morgan.

Deixo cair a pintura, e ela ressoa na cômoda. Tento endireitá-la, mas ela se recusa a ficar de pé e escorrega sobre as outras duas, fazendo barulho e derrubando-as também. Viro-me para olhar a velha, que continua sentada na poltrona; seus olhos que não enxergam agora estão abertos.

Resmungo alguma coisa, e nada. E, assim, a coisa vai de mal a pior. Anne Campbell está parada à porta.

— Morgan? — Parece surpresa. Acho que deveria ficar. — Pensei que Marty havia lhe dado outra tarefa para ser feita hoje. — Ela entra no quarto e endireita as molduras sobre a cômoda. — O que está fazendo aqui?

Seu tom é acusatório. Dou alguns passos para trás e olho para o chão. Estou fazendo um aguaceiro. Está pingando água do meu rabo de cavalo, pelas costas, e meu rosto está molhado. Enfio as mãos no bolso e sinto o isqueiro. Merda! Levanto a cabeça e encaro-a nos olhos.

— Pedi a ela que me ajudasse a decifrar os velhos diários do meu pai — diz a sra. Livingstone antes que eu responda. Viro-me e olho para ela, aliviada, confusa, minha resposta sarcástica a Anne Campbell morrendo na minha boca aberta. — Meus olhos não são mais o que costumavam ser. Marty está ocupado lidando com aquela caldeira dele, e tenho certeza de que não vai sentir falta dela por uma hora ou coisa assim. Deus é testemunha de que os corredores não precisam de mais uma limpeza. Se vocês querem manter a menina ocupada, poderiam fazer com que fosse com alguma coisa útil.

Fecho a boca.

Anne Campbell não cai na conversa. Nem por um minuto. Percebo que a luta pelo poder não tem a ver comigo, mas com a velha. Ouvem-se trovões a distância.

Por fim, ela fala:

— Estou vendo.

Será que essa é a resposta que ela tem para tudo?

— Olhe — sinto que é melhor eu dizer alguma coisa —, eu só estava...

— Ela só ia tirar as botas molhadas e me trazer uma xícara de chá na volta da sala do Marty — interrompe a velha. — Agora, vá depressa e preste atenção pra não esquecer o leite nem o açúcar.

Faço o que é dito, passo por Anne Campbell e saio correndo pelo corredor.

9

Elizabeth

Não estou convencida de que ela voltará, mas, para começo de conversa, algo a atraiu ao meu quarto. Talvez seja precipitado da minha parte sugerir que ela me ajude a ler os diários do pai, mas quanto mais penso nisso, mais gosto da ideia. Marty tem andado ocupado demais, e ando ansiosa para escutar as palavras do pai. Estou interessada nos segredos que desconfio que contenham. Segredos poderosos o bastante para fazer com que Charlie levasse aquele seu velho barco decrépito até o Lago nesta altura da estação e desenterrasse palavras que andavam enterradas e escondidas, silenciadas desde a nossa juventude, desde que deixamos a ilha.

Roço novamente a mão na capa do livro que está por cima, traçando o *A* e o *L*.

Não demora muito, e a ouço novamente movendo-se pelo quarto; sinto sua sombra parando em frente à cômoda, antes de se sentar em uma das cadeiras de madeira junto à mesa.

— Hã, obrigada — murmura. — Eu, hã... — Seu esforço para soltar um pedido de desculpas é penoso, então lhe poupo o trabalho.

— Você consegue ler letra cursiva?

Ela responde num tom sarcástico. Não é preciso muito para que perca seu modo contrito.

— Não, sou uma porra de uma estúpida.

Ela pensa que está me chocando.

— Não perca tempo, Morgan. Não desperdice esse comportamento ensimesmado comigo. Estou falando de legibilidade, não de alfabetização. Hoje em dia, muitos jovens não conseguem mais ler manuscritos, e será perda de tempo minha e sua se você não conseguir. — Não deixo que ela continue falando. — Se você for capaz, então sua ajuda pode ser útil. Senão, sinta-se à vontade para sair. Mas, por gentileza, não se meta nos meus assuntos nem nas minhas coisas.

Ela não responde. A chuva bate contra a janela no silêncio que se estende entre nós. Por fim, ela estende o braço e pega a pilha de livros, colocando-os na mesa à sua frente.

— Tá, consigo ler manuscritos. — Ela se põe a desamarrar o barbante. — Se a senhora não pode ver, como sabia que era eu que estava no seu quarto?

Trata-se de uma pergunta fácil de responder.

— Você é a única por aqui que usa botas dois números maiores que o seu. — Depois, acrescentei: — Onde está o chá?

10

Morgan

Levanto o livro de cima com cuidado, quase esperando que suas folhas frágeis esmigalhem-se em pilhas de poeira quando eu abrir a capa. Nada acontece. As páginas estão amarelas, e as palavras desbotaram, mas a maioria delas eu consigo ler. *Andrew Livingstone* está escrito no alto da primeira página, e abaixo dele:

Relato diário
22 de abril de 1917
Este não é um Livro Oficial

— Quem é Andrew Livingstone? — pergunto para a velha. Ela continua sentada em sua poltrona, segurando uma xícara de chá.

— Meu pai.

— Hã. — Isso é interessante. Percorro a página, lutando para ler as letras pretas inclinadas. — E você não viu esses livros antes?

— Vi, mas não li nenhum.

E agora ela não pode. Não sem ajuda.

— O primeiro começa em 1917 e vai até 1920. Há mais de outros anos. Neles também está escrito que são pessoais, e não livros do governo.

A velha concorda com a cabeça e explica:

— Meu pai era um faroleiro. Em 1917 ele foi destacado para o farol da ilha Battle. Passou apenas um ano lá antes que o governo o deslocasse para a estação do farol de Porphyry. Parte das funções de um faroleiro era manter diários de bordo oficiais para o registro de informações, como o horário em que o farol era aceso, o horário em que era apagado pela manhã, as condições do tempo. Então, ele tinha de destacar que esses são seus escritos particulares.

Viro com cuidado a página em que o faroleiro fez seu primeiro registro.

— O ano está escrito no alto, e há vários registros em cada página. — Minha mão corre pelo papel, trabalhando em conjunto com os olhos para decifrar as letras borradas e transformá-las em palavras e frases. — Ao longo da coluna esquerda, há apenas letras O, NO, N, NE...

— São as direções do vento. Dá pra você ler o que está escrito?

Ela parece ansiosa quanto à minha capacidade de ler aquilo. Fico imaginando o que espera ouvir.

Segunda-feira, 23 de abril — Cheguei à estação do farol da ilha Battle, onde ficarei nesta temporada como assistente. Wilson e eu recebemos o operacional de luz em quase duas semanas, já que estamos no auge da temporada de navegação. Estou aprendendo a manejar o diafone da estação de nevoeiro, uma máquina bruta, mas soube que houve uma melhoria muito festejada em comparação com o sistema do passado, bombeado manualmente.

Sexta-feira, 25 de maio — Tem sido uma primavera fria e úmida. Ontem circulei com o bote até a zona de pesca e puxei as redes. Fui recompensado com três pescados brancos, uma truta-de-lago e um piolho-de-cação. Só não fiquei com o piolho-de-cação. Tenho recebido correspondência e recados da Lil, e escrevi sugerindo que ela venha ficar comigo por várias semanas, pegando carona no Red Fox *da próxima vez que o capitão Johnson ancorar no porto McKay's. Tenho certeza de que o sueco não vai se incomodar em deixá-la aqui, com a correspondência e os poucos suprimentos que pedi, da próxima vez que estiverem jogando redes em nossa área, o que espero que aconteça em cerca de um mês. Soube que muitos trazem a família para ficar com eles durante a temporada. Isso deixa os trabalhadores mais felizes, acabando com o tédio e a solidão. Não tenho dúvida de que Lil ficaria tão feliz aqui quanto eu. Na verdade, ela tem mais a ver com esta vida do que eu, visto que nasceu e cresceu em grande intimidade com a terra e o Lago.*

Olho para a filha do homem cujas palavras estou lendo.

— A Lil era sua mãe?

— Era. Meu pai imigrou da Escócia para o Canadá em 1914, expulso da fazenda da família, e não conseguiu encontrar trabalho. Veio para o Canadá com a intenção de se estabelecer a oeste, como fizeram vários dos seus compatriotas, mas se apaixonou pelos lagos quando veio de Nova York. Conseguiu um emprego trabalhando nos barcos de correio que trafegavam entre Collingwood e porto Arhtur.

Ela me põe a par da história da família. Posso ler ou ela pode falar, para mim tanto faz. Então, calo a boca e ouço.

— No inverno seguinte, ele resolveu tentar o comércio de peles e se mudou para uma velha cabana perto do porto McKay's, ou Rossport, estendendo uma série de armadilhas. Foi lá que conheceu minha mãe, com quem se casou em 1915. O pai dela também era escocês e caçador com armadilhas. Mas, pelo que meu pai disse, era um homem rígido, grosseiro e severo com os filhos. A mãe dela era *ojibwe* e lhe ensinou os costumes tradicionais. Ela aprendeu a tricotar sapatos de neve, ligando tendões à estrutura de madeira; a esfolar e curtir os animais presos em suas armadilhas, redes e laços; e a vasculhar a floresta em busca de alimento e remédios. Imagino que ela sempre esteve em conflito, não conseguindo conciliar facilmente sua origem mestiça para ser uma coisa ou outra e, com isso, sempre carregou um sentimento de orgulho misturado com vergonha. — Ela faz uma pausa. — Quando Pa estava trabalhando na ilha Battle como assistente de faroleiro, eles já tinham tido meu irmão Peter. Charlie, Emily e eu viemos durante o tempo que ficaram em Porphyry.

Continuo a ler. Parece um pouco um livro de histórias, e os personagens começam a ganhar vida nas páginas.

Aquilo também me traz lembranças. Faz com que eu pense na minha história, na minha família, nos tempos que passamos em frente ao fogo nas noites frias de inverno, eu sentada no colo dele, ouvindo-o falar sobre o Lago, a colocação de redes e as tempestades que impeliam seus barcos até o porto, onde esperavam a mudança de tempo, quando poderiam trazer sua carga de peixes para ser processada.

Terça-feira, 10 de dezembro — Mar calmo. Soube que serei transferido na próxima primavera para o farol de Porphyry. É um farol mais antigo, sem os aperfeiçoamentos que existem aqui na ilha Battle, mas fica perto da ilha Edward, próximo à entrada da baía Black e a apenas um dia de navegação até porto Arthur. Por causa da guerra, e apesar do recrutamento de Borden, a manutenção dos faróis foi declarada um serviço essencial, e devo assumir meu posto em Porphyry na próxima temporada com o intuito de servir meu país.

Olho para a velha. Parece cansada. Ainda segura sua xícara no colo, mas se esqueceu dela. A cabeça repousa nas costas da cadeira, mas, apesar disso, ela não parece relaxada. Os lábios estão contraídos em uma linha fina, e a testa está vincada. Seja lá o que pretenda escutar do pai, não foi escrito em 1917.

Se eu quiser descobrir a respeito das pinturas, não vou poder ficar só na leitura.

11

Elizabeth

Ouço as palavras ditas pela menina. Assim como as gotas de chuva caindo lá fora, elas preenchem as brechas uma a uma, até que as lembranças se juntam e me invadem. Posso ver o meu pai movendo-se em suas tarefas no farol, imaginá-lo quando jovem, ressuscitado por suas frases. Foi uma existência escolhida por ele, à qual se adequava perfeitamente. A menina fala, mas também posso ouvir a voz dele. Ela aflora e segue flutuando, profunda e calorosa. Ressonante.

Dou-me conta de que Morgan parou de ler.

— Então, você chegou ao fim? — pergunto e pouso minha xícara sobre a mesa ao meu lado.

— Apenas do primeiro ano — posso ouvi-la se mexendo, e o som da capa do diário fechando-se com uma batida surda. — Ele morreu?

— Meu pai? — pergunto com certa incredulidade. — Deus do céu, menina! Há muito tempo. Se estivesse vivo, nesta altura teria bem mais de 100 anos.

— Não — ela responde. — Estou me referindo ao seu irmão. Os policiais que estiveram aqui no outro dia disseram que ele não foi encontrado no barco. Escutei o que diziam quando falavam com a senhora.

— Quando você estava se escondendo?

— Eu não estava me escondendo.

— Do que você tem medo, Morgan?

— A senhora está mudando de assunto.

— E você está sendo intrometida.

— A senhora também.

Um sorriso provoca minhas bochechas. Ela é corajosa. Levanto-me; estou sentada há tempo demais, e meus membros estão duros. Atravesso o quarto até a minha cama. Sento-me nela e me curvo para tirar os sapatos.

— Acho que sim. Mas, repetindo, era você quem estava se metendo onde não lhe dizia respeito.

— Só estava olhando aquelas pinturas.

É, as pinturas. São três, e posso vê-las agora como se minha visão não tivesse enfraquecido. São obras do começo, bem do começo, antes que o mundo se apaixonasse pelas linhas detalhadas que ela traçava e por suas cores vivas. Jogo os sapatos no chão e giro as pernas para cima da cama.

— Por quê?

Ela hesita antes de responder, mas mal se nota, e não tenho certeza de não ter imaginado isso.

— Gosto delas. Me lembram alguém. Onde a senhora as conseguiu?

— Sempre estiveram comigo.

— Sempre?

— É. Foram pintadas há muitos e muitos anos.

— Então são antigas.

— Bem antigas. Mas quem é que está mudando de assunto agora?

Ela suspira.

— Certo. Seu irmão. O que aconteceu com ele?

Gostaria de saber. Sei muito pouco da vida dele depois que deixamos Porphyry. Quando fiquei suficientemente bem para procurá-lo, fazer perguntas, ele tinha desaparecido. Mas não tenho certeza de que teria feito alguma coisa, mesmo que pudesse. Mais tarde, soube que tinha se mudado para Sault Ste. Marie e arrumado emprego na siderúrgica Algoma. Alguns anos depois de Emily e eu sairmos vagando pelo mundo, ele voltou. Trabalhou em vários lugares, não conseguindo permanecer por muito tempo em nenhum: extraiu madeira para alimentar a fábrica de papel, pregou pregos na construção de casas, até foi contratado como grumete pela Paterson Steamships. Construiu o *Wind Dancer* sozinho e navegou durante meses seguidos, sem mais ninguém, no Lago. Conhecia intimamente aquele barco. O Lago também. Nunca pude imaginá-lo terminando assim... Mas estava velho demais para estar no Superior sozinho.

— Não sei, Morgan — minha voz ficou suave. — Meu irmão era um bom marinheiro, mas também era um velho, e o Lago é temperamental. Deve ter tido um bom motivo para sair na escuridão da noite em direção a Porphyry e resgatar esses diários onde quer que tenham estado escondidos durante tantos anos.

— Vocês eram próximos?

Essa é uma pergunta muito difícil de responder. Ao fazê-lo, minha voz recuperou um pouco do vigor.

— Meu irmão e eu não nos falamos por mais de sessenta anos.

— Então, a senhora o odiava.

A simplicidade da juventude, enquadrada em preto e branco, certo e errado, amor e ódio.

— Não. Não se tratava nem um pouco disso. Eu o amava... Amava muito. Mas esta é uma longa história.

Morgan

Observo enquanto ela se acomoda na cama e puxa o cobertor tricotado sobre as pernas. Seu cabelo branco está preso em um rabo de cavalo, mas ela prende algumas mechas soltas atrás da orelha e se recosta nos travesseiros. Meu olhar volta-se para os desenhos sobre a cômoda. Suas linhas me são muito familiares, e quero saber por quê.

A chuva ainda escorre em rios pela janela. Não tenho de estar em lugar algum. Ela fecha os olhos como se assim pudesse ver as imagens que as palavras do seu pai ressuscitaram.

— Então, me conte — eu a animo.

— Andávamos como uma pequena tropa de três, o cabeça-dura do Charlie, com Emily e eu seguindo sua sombra, companheiras mais do que dispostas em suas explorações e suas aventuras. Ele era adorado por nós. Meu pai levava uma vida incomum, e, por extensão, nós também. Mas não conhecíamos outra coisa. Achávamos normal viver em uma ilha isolada nas águas cinza-escuras do lago Superior, debaixo de um grande farol que piscava para os navios que navegavam na escuridão. Passávamos os dias caminhando pelo bosque, explorando os canais e as baías em um barquinho, caçando coelhos e colhendo frutinhos silvestres. Era uma infância maravilhosa.

— O Charlie era mais velho do que vocês?

— Era, quatro anos mais velho. Emily e eu éramos as mais novas. Nascemos na ilha e foi um milagre termos sobrevivido. Minha mãe não tinha previsto a chegada de gêmeas. Quando o trabalho de parto começou, foi mais de um mês adiantado. Não havia barcos rápidos o bastante para vencer a distância entre a ilha Porphyry e porto Arthur, e seu corpo estava bem acostumado com os ritmos do parto, pois já havia tido duas crianças. Mal houve tempo para ferver água e buscar meu pai. Mas nossa mãe era curandeira, sabia como cuidar de nós. Passamos os primeiros meses juntas, envoltas em um berço de madeira, perto do calor do fogão a lenha, progredindo com seu leite. Emily e eu éramos inseparáveis, segundo meu pai, duas partes de um todo. Não podíamos nem mesmo respirar sem nossa outra metade. E Charlie nos protegia. — Aqui, a velha faz uma pausa. — Não, Morgan, não tenho ódio dele. Por um tempo, fomos muito próximos, mas algo aconteceu entre nós e permaneceu ali por mais tempo do que me interessa lembrar.

Pego o diário, e o som dos meus movimentos trazem-na de volta ao quarto.

— Ainda não chegamos a esse ponto, chegamos? Estou me adiantando à história. Charlie ainda nem nasceu. Continue.

Volto a abrir o velho livro e folheio as páginas já lidas. "1918."

Quarta-feira, 3 de abril — Chegamos como uma família nesta temporada, Lil, Peter e eu. Viajamos até Porphyry a bordo do rebocador James Whalen. *O farol está em ótimas condições, mas a habitação e os jardins encontram-se num estado desesperador. Albert Shaw, o antigo faroleiro, retirou-se para forte William com sua filha. Soube que está com 73 anos. A filha serviu-lhe de assistente todos esses anos. Ao contrário da ilha Battle, aqui a torre do farol é ligada à moradia, uma casa compartilhada entre o assistente e o faroleiro.*

A lanterna tem lentes catóptricas, quase três metros de diâmetro, e contém quatro lamparinas nº 1 com refletores de cinquenta centímetros. A torre em si tem onze metros de altura e, instalada no lado oeste da ilha no alto de um penhasco, fica a dezessete metros do Lago. Com tempo bom, a luz pode ser vista de dezesseis a dezoito milhas de distância. Todas as construções precisam de pintura. Mandei uma requisição de tábuas de pinho para substituir as do assoalho e espero que cheguem no James Whalen *com outros suprimentos. Lil e Peter estão se acomodando.*

Terça-feira, 23 de abril — Avistei uma rena e seu filhote nadando entre Porphyry e a ilha Edward, enquanto pescava no canal Walker. Voltarei com meu rifle. Aqui há um porto, a cerca de meio caminho a noroeste da ilha, logo antes da entrada para o canal. Isso faz com que Porphyry seja invejada pelas outras estações, já que a ilha oferece um abrigo para a entrada e a saída de material ou pessoas em qualquer tempo.

É quase uma excursão subir até a estação atravessando o pântano, mas o caminho está bem batido. Geralmente, os suprimentos são entregues na praia próximo ao farol, e foi construída uma garagem de barcos na costa, mas é bom saber que existem opções quando o tempo não ajuda.

O assistente George Grayson chegou na semana passada. Foi dispensado há menos de seis meses da Força Expedicionária Canadense, com a qual esteve em ação na terceira batalha de Ypres, Passchendaele. Traz no corpo os ferimentos das trincheiras, o rosto e os braços com cicatrizes das bolhas causadas pelo gás mostarda do inimigo, que se assentava como querosene quente, mas queimava sem chama ou meios para extingui-lo. É até difícil olhar para ele. O gás também penetrou em seus pulmões, a voz rouca e áspera. Foi designado para cá tanto pela boa qualidade do ar para curar seus pulmões como para que tenha uma ocupação construtiva. Estamos dividindo os turnos em doze horas de trabalho e doze de descanso e entrando na rotina. Grayson vive sozinho e instalou-se em seu quarto na ala leste, como gosto de chamá-la. Compartilhamos as áreas comuns. Se a família aumentar, vamos ter de requerer a construção de uma casa para o assistente, porque temos pouco espaço.

Terça-feira, 14 de maio — Os consertos da casa estão quase terminados.

Ontem recebemos a visita de Bob Richardson, no Margueritte, da ilhota Silver. Bob trabalha para o governo como agente de bens imóveis e muda-se com a família todo verão para uma das antigas casas de mineiros, viajando até a cidade para trabalhar. Richardson está consertando a casa para que também possa ser usada no inverno. Ele me conta que poucas pessoas vivem ali o ano todo — apenas a família Cross, que são como caseiros, e um punhado de outros. Trouxe jornais com matérias sobre o front na Europa.

Agora, Grayson tem acordado várias vezes à noite, gritando e assustando a todos nós. Lil e Peter têm medo dele. Receio que sua mente também traga as feridas de sua provação, tanto quanto ele carrega as marcas da batalha em seu corpo. Dorme muito pouco, vagando à beira-mar apenas com a luz da lua para iluminar seu caminho.

Sexta-feira, 24 de maio — Hoje, em meio a uma tempestade, nosso tímido grupo ergueu um brinde à falecida e grandiosa rainha Vitória. Enquanto as chuvas de abril podem trazer as flores de maio, as de maio trarão os vegetais. Plantamos um canteiro de batatas ao lado da velha cabana do Walker e construímos jardins suspensos em cima do sólido terreno rochoso próximo ao farol, enchendo as estruturas de madeira com terra e plantando tomates, vagens e feijões.

Não tivemos visitas ultimamente, embora as vias de navegação que vão e vêm pela baía Thunder tenham andado ocupadas com navios de cargas e de passageiros.

Segunda-feira, 19 de agosto — O Red Fox *chegou trazendo farinha e carne de porco o bastante para durar até o final da temporada, lá pelos meados de dezembro, quando o* James Whalen *deverá voltar.*

Continuo preocupado com Grayson, já que agora ele tem desaparecido por dias, a cada vez que some. Lil fica feliz em não tê-lo por perto.

Seus acessos apenas intensificam o horror de seu rosto desfigurado e seus olhos atormentados. De minha parte, considero-o mais uma alma torturada do que um incompetente, mas às vezes ele sai no pequeno escaler e ficamos sem embarcação para o caso de ocorrer alguma emergência. Escrevi uma carta ao Departamento de Marinha e Pesca, e eles me informaram que não é possível achar um substituto nesta fase tão avançada da estação. Também me informaram que esse tipo de função deverá ser designado a veteranos e vítimas da Grande Guerra e que devo arrumar meios para trabalhar em conjunto, mas considero de pouca serventia destinar uma parcela do orçamento do farol a um assistente que mais falta do que aparece. Lil vem assumindo mais responsabilidades, revezando-se comigo nos turnos, quando Grayson se ausenta. Na medida do possível, estamos nos virando muito bem sem ele. Não nos resta muita escolha.

Quinta-feira, 10 de outubro — Os jornais dizem que as forças aliadas estão ganhando terreno sobre os alemães na Bélgica. Anuncia-se que o fim da guerra está próximo. Tem sido uma guerra para acabar com todas as guerras. Os soldados estão, aos poucos, voltando para casa, alguns feridos, embora muitos deles tenham sido deixados para trás, enterrados sob os campos de Flandres ou perdidos, desconhecendo-se sua última morada, que ficou sem identificação.

Nosso pequeno posto passou a ser mais tranquilo, com menos navios e ainda menos visitantes, e a distância entre as batalhas da Europa e a rotina monótona de abastecer de combustível, acender as mantas e polir as lentes está mais escancarada do que nunca.

Perguntei a Grayson sobre seu tempo como militar, mas ele compartilha muito pouco, falando apenas de seu treinamento na Inglaterra, dos companheiros e dos bailes na base. Quando pergunto sobre as batalhas, seus olhos toldam-se e posso ver o tormento trazido pelas lembranças. Soube que ele foi um dos poucos de sua unidade a sobreviver ao gás mostarda; muitos de seus colegas morreram depois do ataque, após dias e até semanas de agonia, berrando de dor pelas queimaduras que deixaram bolhas na pele e nos pulmões, impedindo-os até de respirar, enquanto médicos e enfermeiras assistiam impotentes. Soube também que há uma praga cruzando o Atlântico, aproveitando-se dos mesmos jovens que, de boa vontade, ofereceram a vida em defesa da liberdade, para acabar adoecendo de uma moléstia que estão chamando de gripe espanhola. Ela tem se espalhado rapidamente e já atingiu as margens deste grande Lago.

Segunda-feira, 16 de dezembro — O James Whalen *chegou hoje para buscar Grayson e devolvê-lo ao continente durante o inverno, mas o homem sumiu. Não o vejo há cinco dias. Não pode ter ido longe. O barco foi visto na ilha Edward, mas a busca não deu em nada, e suspeito que tenha caído nas garras do Lago. Chegamos até a explorar os poços desertos das minas, mas nem sinal dele.*

Lil, as crianças e eu resolvemos passar o inverno na ilha. Temos provisões para passar a estação, e a caça é farta. Tenho munição suficiente, Lil tem suas redes, e já começamos a cortar lenha suficiente para nos manter aquecidos ao longo do inverno extenso e rigoroso. Na cidade, com todos os soldados que retornaram também à procura de emprego, não há trabalho para um faroleiro, então faz pouco sentido pagar aluguel quando temos bem aqui uma casa tão boa. E se isso não fosse razão suficiente, cada vez há mais pessoas morrendo dessa gripe. Ela está levando os jovens e fortes, enchendo seus pulmões de fluido até não conseguirem mais respirar. Aqui, possivelmente estaremos a salvo e aquecidos. E, caso Grayson apareça, Deus ajude, podemos nos empenhar em sustentá-lo também, até que se possa mandar um aviso para a cidade.

Sinto como se estivesse lendo uma história para a hora de dormir, porém, quando olho para ela, não a vejo pegando no sono, mas sentada com as costas retas. Não consigo ler a expressão em seu rosto. Faço uma pausa e a ouço cochichar: — Ah, Deus do céu, era ele. Depois de todos estes anos. Grayson. — Ela não está falando comigo.

— Tem alguma coisa errada, sra. Livingstone?

Ela não responde, mas inclina a cabeça, pensando.

— Meu pai nunca soube o que aconteceu com ele, nunca mais o viu. Ninguém o viu. Só Emily e eu. E ela não contaria para ninguém. Não poderia ter contado. E eu nunca contei — ela volta a se recostar na cama. — Continue.

Quarta-feira, 1º de janeiro — Uma comemoração de Ano-Novo! Fizemos um banquete com sopa de coelho, carne ensopada, pão de ló e arroz-doce. O gelo encobriu grandes extensões entre as ilhas, e a temperatura continua a cair. Não demora muito, e o Lago estará sólido o bastante para ser atravessado, e mais uma vez entraremos em contato com o mundo externo. Passo longas horas olhando livros com Peter e leio frequentemente para ele. Já dá para perceber que ele é inteligente. Sou grato pela educação que recebi na Escócia, apesar de ser filho de um pobre fazendeiro. Isso me permitirá garantir que meu filho também a receba, ainda que isso signifique que as aulas sejam dadas por mim e por Lil aqui na ilha. Não há sinal de Grayson.

Quinta-feira, 27 de fevereiro — Posso sentir a aproximação da primavera no calor do sol. Richardson conseguiu viajar com a cachorrada e o trenó, vindo da ilhota Silver, porque o gelo está sólido. Trouxe o correio e jornais e abasteceu nossa despensa com bem-vindas latas de leite. Veio acompanhado de dois filhos, e as crianças patinaram durante horas no Lago congelado. Lil fez um saudável cozido de peixe curado no sal, que dividimos com eles para mantê-los aquecidos na viagem gelada de volta.

Terça-feira, 4 de março — O gelo está perdendo força no Lago, está sendo afastado da baía Black, e o vento atira bancos de gelo contra a costa. Embora o Superior esteja começando a se soltar, ainda levará quase um mês para que vejamos navios nas travessias e tenhamos de acender o farol. Peter tem andado indisposto nos últimos três dias. Tanto que retirei minha garrafa de uísque do seu esconderijo no barracão de combustível, na esperança de que suas propriedades medicinais sejam de alguma valia. Lil recebeu a garrafa com desaprovação e ceticismo, e tive de insistir que fosse administrada. Seu pai proibia qualquer tipo de bebida alcoólica em casa, e sua educação rígida permaneceu com ela. Em vez disso, ela recolheu a cortiça interna dos álamos e as deixou em infusão para preparar um chá forte. Temo que o veneno insípido da gripe espanhola tenha chegado a nosso posto isolado, trazido inocentemente por meninos barulhentos que patinaram em nossa costa e jantaram em nossa humilde casa.

Quinta-feira, 13 de março — Peter está se recuperando. Tanto faz se foi por causa do uísque ou das ervas, nosso filho sobreviverá. No entanto, a família de Richardson não foi poupada. Tivemos notícia de que o menino mais velho morreu.

Paro de ler. Posso ouvir o assobio animado de Marty vindo da sua sala no final do corredor. Reconheço Chopin e começo a acompanhar a melodia, antecipando as próximas notas. Não consigo evitar. Faz parte de mim, uma parte muito, muito profunda que eu tento manter enterrada, mas a música permanece comigo. Sempre foi assim.

A velha fica em silêncio por um momento. Acho que pegou no sono, mas então ela fala:

— Obrigada, Morgan, agora chega. Tem um limite de lembranças que um coração consegue suportar.

Fecho o diário e coloco-o de volta em cima dos outros, levando um tempinho para refazer o pacote com a lona e amarrar o barbante. Ponho-o sobre a mesa próxima à cama da velha e viro-me para sair.

— Preste atenção para não tocar nas minhas coisas.

Paro por um instante olhando para a mulher de cabelos brancos sentada entre travesseiros, depois olho rapidamente para a pintura da libélula. Sem dizer nada, sigo pelo corredor de volta à sala do Marty.

* * *

Quando saio do Retiro Boreal, a chuva parou, mas o ar tem uma friagem úmida. As luzes da rua já estão acesas.

Derrick está aqui, dentro do seu Honda Civic preto, debruçado sobre a direção, e meu coração dá um pulo. Não o vejo há alguns dias, enquanto perco tempo raspando cercas e tentando remendar coisas em casa. Laurie achou que eu deveria me sentir agradecida por só ter de arcar com essa bobajada de reabilitação recuperadora. Poderia ter sido pior, ela disse. Perguntou-me sobre a pintura, sobre o que estava escrito, onde foi que consegui a tinta, com quem eu estava. Nossa, foi como estar sendo interrogada. Entendo, é o papel dela. Ela sabe que andei saindo com Derrick. Chamei-o em casa uma noite para ver um filme. Achei que seria bom, que isso faria com que ela largasse do meu pé. Ele tem um jeito de agir com adultos, fica todo educado, prestativo, e eles o acham o máximo. Mas Laurie, não. Percebo que não gosta dele, então não vamos mais para minha casa. Por mim, tudo bem.

Derrick me vê e liga o carro, estacionando na entrada. Sento no banco da frente, e ele sai do estacionamento sem que troquemos uma palavra.

Estou aprendendo que ele pode ser assim. Ele se diz contemplativo, mas eu disse que essa era uma merda de palavra para alguém temperamental. Então, quando ele não diz nada, sei que está pensando. Está sempre pensando. Planejando merda. Passa tanta coisa por aquela cabeça que não dou conta.

Ele pediu desculpas por ter dado no pé quando os guardas apareceram. Tive de ir sozinha até o McDonald's, onde, de qualquer modo, eles me pegaram. Sei que ele tinha muito mais coisas em risco do que eu, sei disso, mas não sinto. Lá no fundo, naquela minha parte que quer desesperadamente ter importância para ele, para alguém, isso machuca. No mínimo, ele poderia demonstrar gratidão, que gostou de eu não ter aberto a boca a respeito de nada. Ele sabe que, sem mim, teria se fodido naquela noite se os guardas o revistassem, revistassem seu carro, se eu não tivesse dito que estava sozinha.

Ele diz que não usa drogas pesadas, e eu acredito nele. Eu também não. Vi o que ela faz com as pessoas; como esvazia a vida delas.

A lista de clientes de Derrick é um quem é quem dos moleques mimados da cidade, e, embora ele nunca deixe transparecer quando está perto deles, odeia "a porra dos seus narizes empinados". Ele me diz que é um empresário, que se limita a dar a eles o que querem, o que, de qualquer modo, encontrariam em algum outro lugar, portanto pode muito bem ser aquele que fica com o dinheiro de suas mamães e seus papais. Procura e oferta. Vão atrás dele na escola ou mandam mensagens de texto, e ele acerta as entregas. Pagam o que ele pede sem discutir e voltam querendo mais.

Nunca lhe perguntei como ele conhece os grafiteiros. Sai com eles, mas ele mesmo nunca grafita. Acho que gosta da emoção da coisa, a sensação de viver um pouquinho no limite, de ficar um passo à frente dos guardas, de vagar à noite, das mensagens a tinta. Foi isso que me atraiu nele. Pela primeira vez em sabe Deus quanto tempo, senti que pertencia. Quando estou com ele, sinto-me viva. Quando estou com ele, sinto.

— Ei.

Ele me olha brevemente e sorri:

— Ei — diz. — Como foi a escola?

— Você sabe, sempre a mesma merda.

Hoje ele não esteve lá. Ainda está no ensino médio, mas deveria ter se formado no ano passado. Está cursando um "ano bissexto", uma segunda vez o último ano. Geralmente, são os atletas que voltam para trás porque querem jogar mais um ano de futebol e aumentar sua média, refazendo cursos em que foram reprovados. Mas Derrick tem outros motivos. Quer ficar próximo de seus clientes, passar por eles no corredor, conversar com eles na hora do almoço e planejar entregas no estacionamento. Ele é peixe miúdo. Nada grande demais ou perigoso. E nunca faz negócios na escola. É esperto demais para isso. Ao contrário de mim, está passando em todas as matérias, mesmo não estando ali metade do tempo. Derrick é o tipo de cara que não precisa se esforçar muito. Tudo vem fácil para ele. Consegue o que quer.

— Hoje fui pega no quarto da velha senhora — digo. Não conto o motivo de estar lá, não conto sobre as pinturas, a que se parece com a minha libélula. — Então tive que ajudá-la a ler os diários do pai dela.

— Fala sério! — Ele realmente parece interessado. — Por quê?

— Ela é cega. Não consegue ler sozinha.

Seguimos pela rua em velocidade, em direção à beira-mar. Derrick mastiga seu lábio inferior, a testa franzida em uma careta, pensando. Estende o braço e roça a minha perna, pega na minha mão.

A gente se conheceu no ano passado, em uma festa. Ele é dois anos mais velho do que eu. Vamos à mesma escola, mas nossos caminhos nunca se cruzam nos corredores. Não andamos nos mesmos círculos. Não até então.

Conheci Alyssa no 9º ano, e começamos a sair. Depois eu fui para outra casa adotiva no ano passado e também tive de mudar de escola. Não conhecia ninguém na escola nova a não ser Caleb, e ele não passa de um babaca.

Aí, num fim de semana, Alyssa soube de uma festa em uma pedreira na Highway nº 61 e me chamou. Conseguiu carona para nós duas, aparecendo na minha porta pouco antes da meia-noite com uma garrafa de uísque e algumas cervejas, e eu saí sem Laurie saber. Ela vem tendo molecada em casa muito antes de eu aparecer, mas é estúpida demais para perceber que é muito fácil abrir a janela do quarto e pular para fora.

Lá pelas duas da manhã, eu e Alyssa estávamos bêbadas, eu sentada no colo de Derrick. Meia hora depois disso, a polícia apareceu. Derrick e eu corremos para dentro do mato, na beira da pedreira, escorregando pelo aterro e deitando juntos, rindo, enquanto piscavam lanternas percorrendo o espaço em busca de festeiros desmaiados na grama. Ficamos ali deitados, olhando as estrelas no alto, a terra girando sob nós, até que os guardas foram embora, e pudermos rastejar até o carro de Derrick e nos enfiar no banco de trás. Derrick pegou uma cerveja em um *cooler* que estava no chão, abriu-a e deu um gole antes de passá-la para mim.

Bebi. A cerveja não estava mais gelada, mas eu tinha sede. Passamos a garrafa de lá para cá algumas vezes.

— Deus, você é linda — ele disse, sua mão tocando meu rosto, percorrendo meus olhos, meu nariz, meu queixo. — Como é que nunca reparei em você?

Comecei a rir. Era a cerveja. Eu não era linda, mas deixei que ele pensasse que eu era. Quando me beijou, seus lábios estavam úmidos e tinham gosto da cerveja morna. Perdi a vontade de rir.

Suas mãos andaram por debaixo da minha jaqueta, depois por debaixo da minha camiseta, percorrendo a extensão da minha espinha até o começo do jeans. Estremeci. Abriu o fecho do meu sutiã, enfiando a mão sob a renda rosa para abarcar o meu seio. Fiquei tensa e recuei, olhando em seus olhos verdes, mal visíveis no interior escuro do Honda.

— Tudo bem — ele cochichou no meu ouvido. — Confie em mim.

Ele se curvou e beijou meus olhos até eles se fecharem, depois voltou a procurar minha boca. Dessa vez, meus lábios se abriram, e deixei que ele entrasse.

Derrick sempre consegue o que quer.

Pensei que nunca mais fosse ter notícias dele. Fiquei brava por querer ter. Uma semana depois, ele me ligou, e fomos para a festa onde conheci os grafiteiros. Foi então que percebi, pela primeira vez, o que ele fazia, como ganhava o dinheiro que proporcionava o Honda e o jeans de marca que usava, a bebida que sempre parecia ter em quantidade interminável. Pouco me lixei, falando sério. Nada disso importava. Para mim, tudo se concentra nos escritos.

O carro segue em velocidade pela rua Water, o carro esgoelando alguma porcaria *country* de que nunca aprendi a gostar, mas não digo nada. Não mudo de estação.

Viramos para a marina e seguimos a estrada ao longo da beira-mar, parando em um estacionamento que dá para o porto e os assombrosos elevadores de grãos. O vento deixou as águas agitadas, as ondas arrebentando-se no quebra-mar de pedras. Um cargueiro balança, ancorado na baía. Derrick desliga o motor e vira-se para mim.

— Andei pensando.

Da maneira que ele diz isso, não tenho certeza de querer saber o que ele anda pensando. Saco meus cigarros. Ofereço um a ele, mesmo sabendo que ele não fuma e que não gosta que eu fume no seu carro. Isso é o máximo de desafio que consigo em relação a ele.

— É? Sobre o quê? — Aciono o isqueiro até que o cigarro acende e dou uma longa tragada.

— Talvez seja uma boa coisa você ter sido pega e prestar serviço comunitário naquela casa. É uma oportunidade.

Realmente, não vejo como isso possa ser uma boa coisa.

— *Baby*, aqueles velhos estão tomando analgésicos aos baldes. O lugar tem que estar cheio de drogas que a gente poderia vender: oxy, Percocet, o que for. Você só precisa pôr as mãos nelas.

Quase me sufoco com o cigarro.

— Ficou maluco, Derrick? Não é como se eles deixassem vidros de comprimidos espalhados por lá. — Olho para ele, encarando aqueles olhos hipnóticos, mas ele não parece convencido. — E que porra você acha que vai acontecer se faltar alguma coisa? A primeira pessoa que eles vão procurar sou eu. Já me afundei em merda suficiente.

— Veja só como você foi parar no quarto daquela senhora hoje. A gente descobre um jeito, procura uma brecha. Fique íntima dos velhos, da equipe. Faça com que confiem em você.

Ele se inclina e tira o cigarro dos meus dedos, jogando-o fora pela fenda da janela, e abaixa-se para me beijar.

— Você consegue fazer isso, *baby*. Consegue fazer isso por nós. Podemos construir um futuro juntos, eu e você. Vai ser animal.

Gosto do som daquilo. Sua boca fecha-se sobre a minha. Foda-se ele.

13

Elizabeth

Estou sentada na minha cadeira de rodas, confortavelmente envolta em cobertores, de óculos escuros, parada no pátio. É gostoso estar novamente ao ar livre. A chuva caiu com persistência por vários dias, mas finalmente recuou para dentro das nuvens para ser levada para outros cantos. O ar está frio e úmido, com a promessa de dias mais curtos e da chegada do inverno. Posso escutar a menina trabalhando na cerca. Está novamente ligada em sua música, os mini alto-falantes vazando um ritmo débil que vaga até onde estou sentada. É familiar, mas não consigo identificá-lo.

— O que você está ouvindo?

Os sons de raspagem cessam brevemente.

— Música.

— Como você é esperta!

— Como a senhora é xereta!

— O tempo vai passar muito mais rápido se você tiver alguém com quem dividi-lo.

Silêncio. A não ser pela raspagem. E a sugestão de música.

— Por que você não imita o Tom Sawyer e convence alguém a pintar a cerca para você?

— Quem é Tom Sawyer?

Sacudo a cabeça.

— O que ensinam nas escolas hoje em dia?

— Coisas estúpidas. Uma puta perda de tempo.

Não consigo decidir se rio ou se suspiro. Ela é ingênua. Apesar de sua carapaça, conheço-a mais do que ela jamais admitiria. Ou seus pais morreram, ou estão ausentes, e sua casa, seja qual for o caso, tem pouco interesse. Ela encobre o medo e a solidão com a raiva e, numa tentativa desesperada de pertencimento, faz escolhas estúpidas e equivoca-se quanto ao que pensa ser o amor. A julgar por sua reação à polícia, apostaria que ela se ligou a figuras desonestas, que provavelmente a abandonaram ao menor sinal de problema. Mas ela tem alguma coisa, alguma coisa diferenciada.

— Então, isso é usar melhor o seu tempo?

— Não consigo pensar em nada que eu preferisse fazer hoje, além de pintar uma cerca.

Seu tom é sarcástico, mas sinto que a fachada que ela está construindo com tanto cuidado é frágil. Tem necessidade de retomá-la depois da vulnerabilidade de ser pega no meu quarto, de ter de ser salva por uma velha senhora. E além de tudo, cega.

— Acho que era a coisa que eu menos gostava de fazer. Não a pintura de cercas em si, mas a caiação. Sempre tinha caiação. Todo verão, caiar o chalé, caiar a torre do farol. Nossa, eu odiava aquilo.

A raspagem continua.

— Estou escutando Epica — ela diz.

— Nunca ouvi falar dela.

— Deles.

Só consigo imaginar. Recosto-me na cadeira ouvindo os sons de violino e violoncelo e a voz assombrosa que os acompanha. Aquilo me faz relembrar. Era inverno. Emily e eu estávamos deitadas no tapete em frente ao fogão a lenha, o Lago lá fora em um silêncio congelante enquanto um milhão de estrelas espetava o teto preto estendido sobre a serena quietude. O pai estava sentado em sua poltrona, fumando cachimbo. Mamãe costurava. Nosso rádio Zenith estava sintonizado na NBC, em Michigan, cujo sinal era levado pela moderada extensão do Lago até nossa isolada ilha, transportando meus 10 anos para longe da floresta boreal, até um mundo mágico. Fiquei ouvindo, extasiada.

Agora a música muda abruptamente, com a bateria precedendo o que só pode ser uma guitarra elétrica. É incomum, para dizer o mínimo.

— Deus do céu, que tipo de música é essa?

— Metal sinfônico.

— Interessante.

Nunca ouvi música desse tipo, uma combinação estranha de clássica e alguma espécie de aproximação angustiada do ruído contemporâneo. Posso entender por que isso a atrai.

Morgan joga a raspadeira no balde e senta-se à mesa de piquenique. Acende um cigarro. Não faço comentários. Tenho certeza de que ela esperava algum.

— A senhora teve alguma notícia do seu irmão? — ela pergunta.

— Não.

Dou uma arrumada no cobertor que cobre minhas pernas. A menina me intriga.

— Ouça, Morgan, quando lhe contei que não vejo meu irmão há mais de sessenta anos, não estava sendo completamente honesta. — Ela não responde, mas continua a fumar o cigarro. — Ele não tentou entrar em contato comigo durante todo esse tempo, mas dois dias antes de encontrarem seu barco abandonado ele veio aqui. Trouxeram-no até mim aqui fora no jardim, e ele não disse uma palavra. Depois de alguns minutos, foi embora. — O cheiro de cigarro paira no ar, úmido e pesado. — Morgan, esses livros podem conter respostas a perguntas que tenho em relação ao meu passado. Não consigo lê-los. Mas você, sim. E, se eu não estiver enganada, você tem tempo. — Marty acabaria lendo-os, tenho certeza. Poderia pedir a ele. Mas, em vez disso, peço a ela. — Talvez a gente possa fazer uma troca. Você continua lendo os diários para mim, e eu lhe dou uma das pinturas que você achou tão interessantes.

Posso ouvi-la esmagando o cigarro com o salto da bota, mas ela permanece calada. Deve ter tirado um dos fones de ouvido, já que os acordes do Epica estão mais facilmente discerníveis, misturando-se com a tagarelice dos pardais e o farfalhar do vento pelas hortênsias.

— Posso escolher qualquer uma?

É uma resposta interessante. Existem três desenhos. Um é uma libélula; o outro, um beija-flor; e o último, um estudo detalhado de ervilhas-da-praia. Temas comuns, transcritos repetidamente de vários ângulos. Alguns críticos sugerem que uma série sobre o mesmo tema quase poderia ser compilada para criar uma imagem tridimensional, como se cada interpretação acrescentasse uma camada que expressa uma perspectiva ligeiramente diferente, mas que se associa imediatamente às outras. Até como esboços, cada um deles vale uma boa grana. Mas não acho que seja isso que a atrai. O que ela vê em uma dessas pinturas?

— Pode.

— Então, tudo bem. Vamos começar.

14

Morgan

A voz de Derrick sussurra para mim quando a velha senhora sugere que eu continue a ler os diários do pai. Talvez seja essa a chance de que preciso.

Não vamos, porém, até o quarto da mulher. Ficamos sentadas no solário ao final do corredor, olhando o pátio e os jardins lá fora. O macacão está pendurado na oficina de Marty, e também deixei ali as botas enormes. As minhas são pretas e fecham a frente com cadarços quase até os joelhos. Fazem muito menos barulho quando caminho pelo corredor de lajotas e atravesso os assoalhos de madeira. Estou toda vestida de preto, como um corvo, a não ser pela echarpe que ganhei de Laurie no último Natal, azul-cobalto vivo com fios de prata, que enfiei pelos passantes de cinto do meu jeans. Ouvi falar que os corvos gostam de coisas brilhantes, exatamente como as pegas. Mantenho os olhos abertos.

Coloco os diários em uma pilha sobre a mesa, e os velhos livros parecem estranhos e deslocados na mobília moderna daqui. Quase tenho medo de abri-los; são tão frágeis! Mas não tenho escolha e viro as páginas com cuidado até chegar ao último registro que li.

— Agora, onde paramos? — pergunto, correndo os olhos pelas palavras. — Seus pais mudaram-se para um farol em alguma ilha no meio do lago Superior. A gripe espanhola estava matando gente. Um cara chamado Grayson chegou ao fundo do poço e afogou-se ou coisa assim.

— Ele não se afogou — a velha responde.

— Então o que aconteceu com ele?

Ela hesita antes de responder. Está sentada em uma cadeira, o cabelo penteado e puxado em uma trança firme que vai até o ombro, sem os óculos escuros.

— Acho que, às vezes, é melhor não saber o final antes do começo. Então, continuo.

— Tudo bem, então, 1919 a 1920.

Sexta-feira, 13 de junho — Ontem à noite, havia uma lua cheia gloriosa que tentou ofuscar a própria luz do farol. Levei Peter em nosso barquinho, circum-navegando nossa ilha ao luar, nas primeiras horas da manhã. Tem horas que este Lago comporta-se como uma dama civilizada e respeitável, gentil e de boas maneiras, e quase caio no engano da complacência. Mas estou aprendendo. Ele é temperamental e dado a ataques de raiva, transformando-se em tormenta à mais leve sugestão, atirando-se contra nós dias sem fim, até que sua fúria volta a diminuir, e ele mais uma vez se tranquiliza. Trato nosso relacionamento com cautela.

Lil e eu plantamos vegetais em nossos canteiros suspensos do farol, e aumentei nosso canteiro de batatas no canal Walker para incluir beterrabas e nabos. O Red Fox *tem-nos visitado de tantas em tantas semanas, quando eles seguem de porto Arthur a suas zonas de pesca, trazendo com eles a correspondência e jornais, e estamos novamente bem a par do mundo exterior. Muitos ainda sofrem com a gripe, e, embora eu tenha feito várias viagens até a cidade, Lil insiste em ficar aqui no farol com Peter. Não posso culpá-la por isso.*

Quarta-feira, 23 de julho — Continuo a me encantar com a sabedoria e a habilidade da minha esposa. Ela está me ensinando sobre a terra, em meio às tarefas de cuidar do farol e das nossas plantações. Nossa panela está frequentemente cheia com os resultados de suas armadilhas, e ela já começou a preparar alimentos que nos sustentem durante o inverno de isolamento: salgando peixes, preparando conservas de frutos silvestres e desidratando ervas. Saí algumas vezes com os Niemis em seu rebocador, ajudando-os a puxar redes e eviscerar sua coleta de peixes, que eles levam aos pescados Kem para serem processados. Eles vivem no porto Arthur, mas estabelecem suas operações de pesca do verão a partir de um acampamento no canal Walker. Acho o trabalho puxado e só saio quando o tempo está bom e Lil consegue dar conta das tarefas do farol sozinha. Não pedimos um assistente. Lil e eu temos conseguido dividir a carga de trabalho, e o departamento parece satisfeito com o arranjo.

Nas páginas, o verão transforma-se em outono, o outono em inverno, e eu continuo lendo. Em alguns trechos, fica repetitivo; a mesma enumeração de visitantes, e quanto combustível eles gastaram, quanto comeram, mas não fico entediada. Não mesmo. É melhor do que raspar cercas, e agora estou achando mais fácil entender a letra. Acho que estou me acostumando com ela. Pego o próximo livro e começo 1921.

Terça-feira, 6 de abril — O James Whalen *chegou hoje, e começou a construção na estação de nevoeiro.*

Assentamos a estrutura a alguns metros da construção principal do farol, e o sistema de diafone está sendo instalado. A equipe dormirá aqui, e ainda bem que Lil e Peter saíram em uma viagem rara para visitar a prima de Lil, que se casou recentemente e se mudou para porto Arthur. A escolha do momento é vantajosa porque a data do descanso de Lil está se aproximando.

Quinta-feira, 15 de abril — O Red Fox *chegou hoje com notícias de Lil. Ontem, ela teve um menino. Voltarei com o sueco para uma rápida visita, enquanto o sobrinho de Sutherland ocupa-se do farol. Deu o nome de Charles.*

— Seu irmão.

Faço as contas na cabeça. Meu Deus, ele tinha mais de 80 anos. Um puta de um maluco de sair sozinho naquele barco.

— É.

Continuamos assim por quase uma hora. De um jeito esquisito, eu a estou ajudando a rever seu passado, e provavelmente de algumas partes ela sequer tinha noção. Como aquele cara Grayson. O irmão dela deve ter lido os livros antes; percebo que ela está tentando descobrir o motivo de ele ter voltado para buscá-los. Por que agora? Nós duas estamos procurando respostas, mas da minha parte nem ao menos sei quais são as perguntas.

Está ficando escuro, e as luzes acendem. O ruído calmo do lar continua ao fundo, enquanto minha voz relata os dias de vida na ilha, nos anos anteriores ao nascimento da velha.

Leio até o final de 1924.

— É isso — digo. — Esse é o final deste livro.

— Então, você está cansada demais para continuar?

— Não. É só que...

Estou procurando dentre os livros, comparando-os.

— O próximo não está aqui.

A velha endireita o corpo.

— O que você quer dizer com "não está aqui"?

— O que começa em 1925 não está aqui. Está faltando um livro.

Ela se recosta na cadeira e suspira, como se sentisse dor, e sei que era nele que ela esperava encontrar suas respostas.

— O que aconteceu em 1925, sra. Livingstone?

Sua voz mal chega a ser um sussurro:

— Emily e eu nascemos.

15

Elizabeth

Cá estou eu no final, com a vida quase toda atrás de mim, e não tenho um começo. O Lago conspirou para esconder a verdade de mim. O Lago e Charlie. Os livros maltratados não trazem respostas para o meu passado. Não jogaram luz no que motivou os atos do meu irmão, colocar o barco na água com o curso programado para Porphyry. Ele fez de propósito. Depois de todos esses anos, ainda exerce poder sobre mim.

Posso sentir a menina me observando. Imagino que à espera de uma resposta.

— E o próximo livro? — Mantenho a voz serena, não querendo transmitir a emoção que corre dentro de mim. — Começa em que ano?

— 1930. Quer que eu comece nesse?

Há outras vozes na sala. O sr. Androsky e sua família estão aqui. Posso ouvir a conversa animada de sua neta, um fiapo de gente que deve ter 4 ou 5 anos. Eles vêm de visita toda semana. Esse é um ritual que observei durante meses, e agora posso recriar para os meus olhos sem vida: o filho empurrando a cadeira de rodas do pai até o solário, onde eles comem a comida embalada sobre a mesinha de centro, o velho absorvendo feliz a energia sem fim de alguém muito, muito jovem. Em meio às batatas fritas, a criança aciona o mais recente personagem de cinema em uma série de acrobacias ao redor da sala.

— Não, Nemo, o vozinho precisa da cadeira de rodas porque suas pernas estão cansadas de trabalhar. Rápido! Esconda-se nos arbustos, assim os tubarões não pegam a gente!

Toda semana eles trazem um *milk-shake* de chocolate para o sr. Androsky, que o toma animadíssimo, enquanto o pai da menina faz o meio de campo entre a criança e o avô, dirigindo o tiquinho de gente para a embalagem morna de *chicken nuggets*, que sei que estão espalhados sobre o invólucro de papel-manteiga, e fazendo a mesma lista de perguntas e obtendo a mesma lista de respostas do velho.

— Como você está esta semana, pai?

— Ainda vendo o mundo de cima. Acho que é só isso que importa.

— Que tal a comida?

— Não posso reclamar. De qualquer modo, ninguém escuta.

— Você precisa de alguma coisa?

— Uma boa dose de uísque neste *milk-shake* me faria um bem enorme.

E por aí vai. Eles só ficam por meia hora, e então os *nuggets* vão descansar no cesto de lixo ao lado do sofá, o que resta dos brinquedos é enfiado dentro da mochila da Hello Kitty, e o sr. Androsky é levado de volta para o quarto, sugando o pouco que sobrou do *milk-shake*. Trata-se de um ritual que tolero com distanciamento, mas que, em segredo, invejo.

Não tenho família para vir me visitar. Nem que me traga *fast-food* que mal dá para digerir ou que me mande cartões no meu aniversário, ninguém que pergunte se passei bem a semana ou se preciso de alguma coisa. Só quando pairo na periferia da vida do sr. Androsky é que me ocorre que sinto falta de algo. Emily era a minha vida. Sim, durante um tempo também havia Charles. Mas não consegui tentar chegar a ele. Não consegui perdoar seus atos equivocados nem considerar um pedido de desculpas de sua parte caso ele ao menos tivesse querido fazer isso. E não consegui me arrepender das coisas que ele não perdoaria. Então vivemos num exílio mútuo, um em relação ao outro. Ele nunca foi aceito, nunca esteve presente, mas foi sempre uma sombra que pairava além da nossa existência. Nós três fomos muito próximos; ele era nosso herói, e nós éramos suas fiéis seguidoras. Mas fomos engolidos pelas trevas, e, quando tive de escolher, escolhi Emily.

Então, Charlie, você ficou com o livro, 1925 a 1929. O que aconteceu nesses anos que o levou do nosso chalé no bosque, para se esgueirar para dentro de minha nova casa depois de todo esse tempo, depois de tudo o que restou não dito, apenas para permanecer calado em um canto? Você conseguiu voltar para o Lago, para Porphyry. Conseguiu conversar com o vento e as ondas, enfrentar os fantasmas que caminham pelas praias pedregosas, puxando segredos do passado, desenterrando palavras silenciadas do pai. Mas não conseguiu conversar comigo.

A menina interrompe meus pensamentos. Estava esperando por mim, enquanto deixo que essa percepção se assente.

— A senhora quer que eu continue lendo?

— Se para você der no mesmo, Morgan, acho que por hoje basta.

Levanto-me.

— Sr. Androsky. — Faço um cumprimento de cabeça em sua direção, obrigando meus lábios a sorrir.

— Sra. Livingstone. A senhora não precisa ir embora. Aqui há espaço de sobra para todos nós, supondo que não se incomode de cumprimentar o peixe, o novo amigo de Becca.

— Está tudo certo, sr. Androsky. Nós terminamos. Estávamos mesmo de saída. Aproveite sua visita.

16

Morgan

Ela está tentando não demonstrar, mas o livro que está faltando a deixou nervosa. Recolho os diários novamente em uma pilha e passo o tecido mais uma vez em volta deles. A menininha sobe do meu lado, voltando a se sentar no sofá.

— Conta uma história pra gente?

— Talvez numa outra hora. — Pego o pacote e me levanto.

— A sua avó quer um pouco de batatas fritas?

Olho para a menina. Seu cabelo castanho e fino escapou das fivelas de borboleta e está caindo nos olhos. Os pés estão enfiados debaixo dela, e ela segura um Nemo de plástico em uma das mãos e uma batata frita engordurada na outra.

— Minha avó?

— É. O papai diz que o vovô não pode comer batatas fritas. Todos os dentes dele caíram, e agora ele só pode tomar *milk-shakes* de chocolate. Será que a sua vovó quer um pouco das minhas batatas fritas? Ou todos os dentes dela também caíram?

Olho para a velha senhora, já caminhando rigidamente pelo corredor, uma das mãos agarrando o corrimão que percorre a extensão da parede. Não posso ler a expressão em seu rosto. Escondeu sua decepção e parece indiferente, mas não sou boba. Aposto que ela foi de doer quando era mais nova, antes de o cabelo ficar branco, e as rugas vincarem seu rosto. Antes que aqueles olhos castanhos inquietantes nublassem.

— Ela não é minha vovó — respondo. — E os dentes dela estão bons. Na verdade — inclino-me para perto da menininha, cochichando —, acho que ela pode ser mesmo um tubarão. Têm uns dentes grandes e antigos dentro daquela boca. — Estremeço. — É melhor se esconder, Nemo.

Ela solta um gritinho, fingindo medo, e corre para detrás da cadeira do avô. Vou até a sra. Livingstone e a acompanho, calada. Seus lábios esboçam um sorriso, e ela se inclina para mim, sussurrando:

— Nemo não passa de um aperitivo. Ele só aguçaria meu apetite.

Porra, ela ouve tudinho.

Contra a vontade, acho que estou começando a gostar dela.

17

Elizabeth

— Uma mulher está sentada em uma cadeira na praia. É difícil ver seu rosto atrás de um véu fino. O vento está forte, soprando a saia do seu vestido, formando cristas de espuma nas ondas e inflando as velas de um barco no horizonte. Ela segura um guarda-sol.

— O guarda-sol dela está inclinado para trás, ou ela o segura em cima da cabeça? — pergunto.

Marty está sentado à mesa do meu quarto, tomando café. Esse é um jogo que temos jogado ultimamente, quando ele arruma tempo para largar suas ferramentas e passar alguns momentos com uma velha senhora, voltando a colorir a visão cinzenta dos seus olhos sem luz.

— Para trás.

— Monet, 1870. *Camille na praia em Trouville.*

Ele pula algumas páginas.

— Uma grande reunião, casais dançando ao ar livre, e a luz do sol infiltrando-se pelas árvores forma contrastes interessantes de luz e sombra. O foco da pintura não é o grupo, mas um jovem casal dançando. Quase que dá pra ver a saia da mulher rodando, enquanto ela gira.

— Renoir, 1876. *Baile no moinho da Galette.*

— Uma pilha de feno...

— Por favor, Marty. — Não deixo que termine este. — Não me subestime.

— Claro. — Ele pula mais páginas. Sei que está sorrindo. — Lá vamos nós. Motivos espiralados, rítmicos, feitos com breves pinceladas de azul, índigo e violeta, com círculos dourados e um filete de lua laranja. No vale abaixo há uma aldeia, o campanário da igreja esguio e branco.

É uma das minhas preferidas por muitos motivos, e posso vê-la claramente pela descrição.

— Não é uma pena que o espírito artístico paire tão próximo da insanidade? — respondo. — Será que é necessário ter uma alma torturada, Marty, para capturar a beleza? Para ver e expor a verdade?

Fico perdida por um momento, vagando por meus pensamentos, e ficamos os dois em silêncio.

Aprendi que a maioria de nós... não passa de espectadores da vida. Aqueles que permitiram que seus demônios participassem de suas vidas, dormissem com eles, acordassem com eles e sussurrassem em seus ouvidos, são eles os arquitetos da vida, construindo o mundo da maneira como o conhecemos. Mas, com isso, e talvez por causa disso, eles traçam uma linha tênue entre ser ultrajado e reverenciado. Quem decide quando eles passaram de torturados a talentosos para serem aceitos e imortalizados? Quando gostamos do que nossos olhos veem e nossos ouvidos escutam? Gênio e insanidade. Qual carrega o outro?

Marty é paciente e não me pressiona. Conhece os demônios com os quais tenho lidado. E sabe que conheço essa pintura:

— Van Gogh, 1889. *Noite estrelada*. Pintado enquanto estava internado no asilo Saint-Paul.

Ele fecha o livro com suavidade.

— Ele via sua doença como uma dádiva, Elizabeth. Fez uso dela... Você sabe disso.

— Morreu por ela.

— Sem dúvida. Mas não dá pra separar um do outro. Ela o fez quem era.

Ele recolhe o livro e a caneca de café e levanta-se. Estava saindo pela porta quando Morgan chega. Para na entrada do quarto e vira-se para mim, falando baixinho:

— Ela também a fez quem é. Você não pode se culpar. Fez o que era preciso. — E então, sua voz recupera a jovialidade, e ele se volta para a menina: — Você chegou um pouquinho adiantado, não é? — Não espera uma resposta. Não precisa de explicação. Sem dizer mais nada, segue pelo corredor, assobiando.

Morgan solta na minha cama o que deduzo serem suas bolsas, e depois se joga ao lado delas.

— Do que se tratava aquilo?

— É um jogo entre mim e Marty — respondo. Não tenho certeza de quanto ela ouviu da nossa conversa, mas me desvio da pergunta. Para mim, é difícil falar no assunto, principalmente agora que Charlie está desaparecido e minhas lembranças vêm sendo reavivadas pelos diários resgatados no naufrágio do *Wind Dancer*. — Ele testa minha memória visual descrevendo as obras de diversos pintores, e eu adivinho quais são. Corretamente, devo acrescentar. Ele ainda não conseguiu me surpreender. — Tateio a mesa à minha frente, até encontrar o que procuro. — Fiz Marty buscar uma coisinha para você.

Morgan pega o livro da minha mão, folheando-o do começo ao fim.

— *Tom Sawyer*?

— Achei que você poderia encontrar alguma inspiração para a pintura da sua cerca — digo, tentando fazer uma piadinha entre nós. Talvez ela não entenda o meu humor.

— Hã. Obrigada?

— De nada.

Ele é posto sobre sua pilha de coisas.

— Então... — ela deixa a palavra pendendo no ar entre nós, esperando que eu a pegue. Está adiantada. Não tínhamos planejado ler hoje, e fico imaginando o que fez com que ela viesse.

— Então? — replico.

— Aparentemente, cheguei cedo.

— Aparentemente.

— Então, imaginei que poderíamos continuar de onde paramos.

— É, imagino que sim. — Pelos meus cálculos, neste exato

momento ela deveria estar na escola. Talvez esteja procurando alguma coisa que não possa ser encontrada dentro das paredes de tijolos ou entre os grupos de crianças que se amontoam nos corredores e nas salas de aula de uma sociedade planejada, pressionadas em direção ao futuro, quando sua juventude ainda flutua com tanta leveza sobre elas. Posso especular, mas meu papel não é julgar. — Em que ano o próximo livro começa mesmo?

Ela já pegou a pilha de diários e está retirando a lona. Coloca-os sobre a mesa perto de mim e escolhe um deles para me entregar. Tira as botas, chutando-as para longe, e elas caem no chão com um baque duplo. Acomoda-se na minha cama.

— Está datado de 1930 a 1933.

E começamos.

Sábado, 25 de janeiro — Terceiro dia de uma tempestade desagradável que trouxe ventos do sudoeste. O Lago abre-se para o sul, e as ondas continuam a rolar pela extensão que vai da ilha Royale a Porphyry. Peter e Charlie têm se esforçado muito em suas lições, embora possam se passar vários dias, se não semanas, até que possamos arrumar um jeito de entregá-las a seus professores, em porto Arthur. Peter está demonstrando grande capacidade. Preocupo-me um pouco com Charlie, que tende a divagar e deixa tarefas inacabadas. No entanto, ele é maravilhoso com as gêmeas e me sinto grato por isso. Lil guardou alguns vestígios da doença que se abateu sobre nossa família há vários anos. Não desfruta a mesma alegria com as gêmeas que desfrutou antes. É compreensível, considerando-se tudo que ocorreu. Comecei a ler com Elizabeth, e ela parece ter uma excelente compreensão da linguagem, ainda que não tenha nem 5 anos completos. Emily prefere muito mais se entreter sozinha e permanece calada como sempre. Temo que jamais aprenda a falar, muito menos a ler. Isso pouco importa, uma vez que Elizabeth é sua defensora constante. Parece que ela entende todas as suas nuances, todo pensamento não verbalizado. Elas compartilham uma linguagem silenciosa que parece tornar desnecessário para nossa pequena Emily a aquisição de qualquer palavra.

Quinta-feira, 30 de janeiro — Os ventos da semana passada diminuíram e nos estabilizamos em um sistema de baixa pressão que traz temperaturas baixas e céus claros. Limpei a superfície de gelo da baía no lado noroeste de Porphyry, e temos esquiado quase todos os dias.

Segunda-deira, 10 de fevereiro — Richardson chegou da ilhota Silver em um trenó puxado por cães. Ficará conosco vários dias, uma vez que ofereceu sua equipe e sua ajuda na extração de mais madeira. Cortaremos na ilha Edward e ficaremos na velha cabana do Walker enquanto completamos o trabalho. Peter virá conosco, mas Lil e os mais novos permanecerão em casa. Charlie teve um ataque de mau humor por ser deixado para trás, mas sinto que ele ainda seria mais um peso do que uma ajuda. Além disso, se o levasse comigo, quem entreteria as meninas? Ele se conformou quando eu disse que precisava dele para ser o homem da casa na minha ausência. Ficou com o peito inchado como uma perdiz e concordou, aceitando a responsabilidade.

Ele cuidou mesmo de nós. Então e sempre. Esculpindo bonecas toscas com pedaços de cedro para brincarmos; modelando barcos de cortiça que enchíamos de lenha do tamanho de gravetos e fazíamos velejar pelo assoalho de madeira até a pequena aldeia que construímos debaixo da poltrona do pai; empurrando-nos no trenó pelo promontório; lendo, aos tropeços, um capítulo de um romance, com Emily e eu adorando a atenção. Mamãe, eficiente, prática, sempre na retaguarda.

Morgan e eu entramos na calma rotina de leitura, e os meses continuaram a se desdobrar. O tempo passa rápido nas páginas, com a primavera expulsando o inverno. As palavras do pai são fluidas, articuladas, quase poéticas. Realçam a grande contradição que ele era, omitindo sua origem humilde na Escócia e sua decisão de passar a vida responsável pelas manobras de um auxiliar de navegação no maior lago interno do mundo. O que houve em seu passado que o levou a se estabelecer no cerne do Canadá, casado com uma mulher mestiça de *ojibwe*, longe da costa de sua Escócia nativa e longe, ao que parece, de um passado imerso em clássicos, os romances de Austen e Carroll, a música de Mozart e Beethoven? E, mais ainda, instilar essa paixão em seus filhos, em meio às florestas de pinheiros do Canadá e às vastas águas do lago Superior?

Sexta-feira, 21 de março — Equinócio vernal e primeiro dia da primavera. Expliquei isso às crianças usando um grande vidro de conservas ainda cheio e a lamparina a querosene para simular o Sol. Peter começou a aplicar princípios matemáticos, calculando o número de dias até o solstício. Ele é brilhante. Vejo um futuro para ele que o levará além da ilha.

Terça-feira, 8 de abril — Acendi o farol pela primeira vez. A estação começou oficialmente. Levei Charlie e as meninas para um passeio de barco ao redor das ilhas, no Sweet Pea. *Avistamos uma grande porca na costa leste da ilha Edward, perto da entrada do canal Walker. Estava com três crias.*

O James Whalen *fez uma breve parada para descarregar provisões a caminho do farol número 10 e a ilha Battle, com os faroleiros que voltavam. Ross Sutherland e sua esposa estão novamente estacionados na ilha Battle. Lil continuará como assistente oficial aqui, e Sutherland fez o mesmo arranjo na sua estação. O Departamento da Marinha e Pesca reconheceu que os faroleiros ficam muito mais felizes em ter suas famílias com eles e que, frequentemente, as esposas funcionam melhor como assistentes. Isso me convém.*

Segunda-feira, 5 de maio — Descobri os resquícios de um acampamento na costa nordeste de Edward, perto dos poços de mineração. Camadas de ramos de pinheiro, terra calcinada delineando uma fogueira e uma série de ossos de coelho. É provável que alguém tenha andado colocando armadilhas nessa área. É estranho que ninguém tenha aparecido para dizer oi.

Os irmãos Niemi voltaram para seu acampamento na costa norte de Porphyry no canal Walker e começaram a estender redes. Eles continuam a trabalhar com os pescados Kemp, recolhendo peixe branco, arenque e truta. Começaram a construir uma sauna finlandesa. Espero ter a oportunidade de experimentá-la.

Sexta-feira, 27 de junho — Acionei a sirene de nevoeiro por dois dias sem interrupção, porque o Lago estava envolto em uma cortina tão densa que os próprios pássaros recusaram-se a voar. Peter me fez companhia nas vigílias noturnas, acordando-me a cada duas horas para dar corda nos mecanismos. Não é sua vocação, eu sei, mesmo nessa idade, mas ele investiu um esforço considerável.

Quinta-feira, 21 de agosto — Soube hoje que Sutherland morreu. Foi encontrado afogado, na praia, depois que seu barco virou. Sua esposa continuará como faroleira até o final da estação.

A menina boceja e espreguiça-se.

— Parece que aquele lugar podia ser bem perigoso.

— Você não faz ideia — respondo.

— Você se lembra de alguma dessas coisas? — ela pergunta. — Que idade você tinha? Quatro?

— Isso desperta algumas lembranças há muito adormecidas. Os nomes e os lugares. Os instantâneos de vida. São meu passado, minha juventude, meu lar.

18

Morgan

Continuo lendo até o final de 1930 e passo para 1931, o ano em que o manto do farol apagou-se três vezes, em que o gelo chegou cedo, mas o Ano-Novo foi passado em meio a uma nevasca. Naquele verão, Charlie pediu para frequentar a escola na cidade. Fiquei surpresa que seu pai lhe tivesse negado e escrito que um menino de 11 anos ainda tinha muito o que aprender em casa.

A escola é uma porra de uma perda de tempo, pelo menos na minha opinião. Tantas regras estúpidas, e geralmente os professores estão pouco se lixando. Ficar o dia todo fechada em uma sala de aula abafada, recebendo fatos, datas e nomes, esperando que eles sejam regurgitados como algum maldito passarinho alimentando seus filhotes, isso não ensina porra nenhuma sobre o que podemos vir a ser nem sobre quem ou o que não somos. Sei o que não sou. Não preciso desse lembrete dia sim, dia não.

Acho que teria gostado de crescer em uma ilha, toda aquela liberdade, ficar ao ar livre na natureza e outras merdas. Não tenho isso desde que vovô morreu. Acho que eu teria sido feliz lá.

Em 1932, eles começaram a criar galinhas. Eram responsabilidade de Charlie, o faroleiro escreveu, mas Elizabeth e Emily ajudavam. As gêmeas estavam sempre com o irmão. Ele passou a maior parte do verão construindo um galinheiro.

Estou chegando ao final, quatro anos da infância da velha condensados neste único livro, quando viro a página e descubro aquilo. Está ali parado, esperando para voar. É muito mais simples, mas inconfundível. Percorro suas linhas com o dedo, o corpo do inseto, as asas, os olhos. Alguém o desenhou nas páginas em branco no final do livro.

Percebo que parei de respirar. É a minha libélula.

— Sra. Livingstone? — Uma mulher em uniforme rosa bate à porta enquanto a abre, olhando ao redor do quarto, para mim, para a velha. Parece nervosa, talvez frustrada. — Sinto muito. A senhora está sendo chamada. Fizemos todo o possível. Daria pra senhora vir?

A velha suspira como se estivesse cansada, como se estivesse lidando com uma criança pequena.

— Sim, sim, claro. — Vira-se para mim. — Ao que parece, estou sendo convocada e tenho certeza de que sua cerca lhe chama. — Ela se levanta lentamente, indo em direção à porta, mas algo a detém. Vira-se, inclinando a cabeça em minha direção. — O que foi, Morgan? Algum problema?

Não posso ter ficado em suspenso por mais de alguns segundos. Ela não pode me ver. Sei que não. Mas meu coração está disparado, minha mão pairando sobre a imagem do diário de seu pai. — Não, estou bem. — Ao responder, presto atenção para manter a voz calma, ainda que eu não esteja. Escorrego da cama, enfio as botas, o cabelo encobrindo meu rosto. Posso sentir um calor profundo começando atrás do meu pescoço e espalhando-se por minhas orelhas e minha face. Não quero que a enfermeira perceba, ela poderia fazer perguntas, então mantenho a cabeça baixa e lido com as minhas botas. — Tenho certeza de que agora Marty está pronto pra me receber. Vejo você mais tarde.

Ela se vira e acompanha a enfermeira ao longo do corredor, segurando no corrimão como guia.

Levanto-me, reúno os diários e empilho-os sobre a mesa. Estou prestes a amarrar novamente a lona, mas não o faço. Não consigo. Em vez disso, olho para eles, os anos empilhados uns sobre os outros. Um deles contém a minha libélula, a que está ligada ao meu passado, às *minhas* lembranças, desenhada a lápis e pressionada como uma folha entre as páginas de um livro que deveria conter as memórias de outra pessoa. A mesma libélula estava enfiada atrás do forro de veludo do estojo do violino, dessa vez feita de pastel colorido. E então ela pousou, a *minha* libélula pousou sobre a cômoda da velha senhora, um esboço feito de aquarela, as formas fundindo-se, a imagem emoldurada em madeira marrom. Não posso simplesmente deixá-la de lado. Ela me puxa.

Viro-me para o estojo de violino que joguei sobre a cama, abro os fechos e levanto a tampa. Ignoro o instrumento, enfiando a mão por detrás do forro para tirar os desenhos que estão enfiados ali, espalhando-os no afegã tricotado estendido sobre a cama. Tiro o diário de Andrew Livingstone que vai de 1930 a 1933 da pilha, abro-o na última página e coloco o desenho ao lado dos outros. Sob certos aspectos, eles são diferentes, na qualidade, nas proporções, no material usado, mas, como acontece com os trabalhos emoldurados que estão sobre a cômoda da velha senhora, o artista é inconfundível. Eles são diferentes, mas são os mesmos. Volto-me para as aquarelas, pegando-as uma por uma, e analiso a assinatura rabiscada embaixo. Não dá para ler. Só consigo decifrar a data: "56".

Desmorono na poltrona em que a sra. Livingstone sempre se senta.

Quem diabos é o artista?

Fico inquieta. Agitada. Coloco os diários de volta, embrulhando-os com cuidado e deixando-os sobre a mesa. Também arrumo as pinturas sobre a cômoda. Quando estou prestes a deixar o quarto, deparo com meu reflexo no espelho. Preto sobre preto. Olhos cinzentos olhando-me de volta. Há qualquer coisa naqueles olhos que nunca vi. Por uma fração de segundos, não estou certa de para quem estou olhando.

Preciso me controlar.

Os corredores estão em silêncio, como geralmente ficam a esta hora do dia, então entro no banheiro da velha senhora e remexo o armário de remédios. Não tem nenhum guardado nas prateleiras sobre a pia nem tabletes de oxy largados nas gavetas. Volto para o quarto e checo a mesa de cabeceira, só encontrando um tubo de hidratante labial Burt's Bees, um pouco de creme para as mãos e uma pilha de CDs. Derrick não tem a menor noção de como esses lugares funcionam. Não sei como espera que eu consiga narcóticos aqui.

Estou quase indo embora quando escuto passos vindos pelo corredor. Fecho a porta. Será que a sra. Livingstone já está voltando? Não. Quem quer que seja anda mais rápido e com mais determinação. Talvez alguém da equipe. Posso sentir o coração nas orelhas. Então, eu me dou conta de que eles não saberiam o que andei fazendo, que estava espiando dentro das gavetas e dos armários. E daí que eu esteja no quarto da velha senhora? Fui convidada a vir. Quem é que tem a ver com isso?

Torno a olhar no espelho. Desta vez, vejo o corvo.

Agarro meu violino e saio para o corredor, virando em direção à oficina de Marty, às velhas botas de trabalho e ao macacão coberto de manchas de tinta, que estão à minha espera. Anne Campbell, enfermeira diplomada, diretora executiva, está indo na direção oposta. Ela para e me olha.

— Eles acabaram de vir buscar a sra. Livingstone — digo, depois me viro e me afasto dela. Não olho para trás. Só continuo andando.

Marty me municia de *primer* e pincéis. Era como se todo o meu trabalho raspando, lavando e lixando não estivesse servindo para nada, que eu só estava fazendo a porra de uma bagunça. Então, a sensação de finalmente estar pintando é boa. O branco cobre todas as partes desgastadas, desbotadas, tornando-as vivas e macias. Sinto-me, de fato, como se estivesse realizando alguma coisa.

O tempo todo penso nas libélulas escondidas no estojo do meu violino. São sete ilustrações, mas as libélulas são as minhas preferidas. Duas delas estão juntas, uma maior do que a outra, igual à pintura da velha senhora, e gosto disso. Paro quando o pincel e o *primer* chegam perto do meu desenho, hesitando na parte de baixo do lado direito da cerca. Só fiz uma, usando muitos azuis e roxos, as asas eram uma simples sugestão, como se ela ainda estivesse aprendendo a voar. Olho para ela. Não fiz os olhos. A minha libélula pode voar, mas não enxergar. Parece incompleta agora, sem uma companheira. Ela me encara sem que tenha visão, e sinto-me como se estivesse sendo repreendida. Em questão de segundos, o *primer* branco cobre a imagem. Largo o pincel dentro do balde e vou para dentro.

* * *

Derrick está me esperando. Depois de jogar meu violino no banco de trás, entro no Honda, inclino-me e dou um beijo nele, longo e indolente. Ele está afetuoso e aberto e, quando me afasto, sorri para mim.

— Você está de bom humor — ele diz.

Quero esquecer. Não quero pensar em velhas senhoras, ilhas, libélulas que atravessam décadas para aterrissar na minha vida. São como fantasmas, e estou sendo assombrada.

— Vamos voltar pra sua casa — digo. Jogar Xbox, encomendar uma *pizza*. — Derrick é o meu momento presente, a minha realidade.

Ele acompanha a música do rádio batucando com o polegar na direção, enquanto o Honda parte.

— Ah, claro. Só tenho que fazer uma coisinha no caminho.

Paramos na Pizza Hut e ele me dá um pouco de dinheiro.

— Por que você não entra e compra alguma coisa? Só tenho que fazer algumas ligações.

Quando volto para o carro, tiro uma fatia da caixa e coloco o restante da *pizza* no banco de trás, ao lado do meu violino. Derrick continua ao telefone.

— Ouça, não tem problema, estou te ouvindo. — Sua voz está calma, tranquilizante, quase condescendente. — Não tem nada com que se preocupar. Já fiz isso antes. Vai dar certo. — Ele está fazendo umas caretas esquisitas, envesgando os olhos, portanto sei que é um cliente. Ele parece sincero, mas na verdade acha que eles são uns cuzões.

Aquilo me faz rir.

— A gente se vê.

Liga o motor do carro, larga o fone no porta-copo do console e dirige em direção ao centro, pegando a Bay e depois entrando na rua Banning. Passamos por uma caixa de correio grafitada. Agora, reparo nessas coisas e tento ver quem foi que fez, mas não consigo. Ele encosta o carro junto à calçada e desliga o motor.

— Espere aqui.

Dá uma mordida na minha *pizza* e sai, batendo a porta do carro e seguindo pela calçada em direção a um sobrado decadente. Que espelunca! Geralmente, os clientes de Derrick não vivem em lugares desse tipo. Ele olha para os dois lados da rua antes de abrir a porta e entrar na varanda. Afundo no banco, olhando, comendo minha *pizza* havaiana de borda grossa. Um gato vira-lata sai rastejando de sob os despedaçados degraus de concreto, escapa ao longo do muro, antes de desaparecer em meio ao mato crescido na virada da esquina. As janelas da casa são escuras, todas cobertas por pranchas de madeira ou tecido grosso, exceto uma, forrada com uma bandeira do Leafs que pende no canto superior. Uma das venezianas de madeira apodreceu completamente, perdendo a dobradiça, que está pendurada, torta. Derrick não fechou direito a porta para a varanda, e o vento abre-a mais, até que ela bate contra a parede da frente.

Estou quase pegando mais um pedaço de *pizza* quando noto, quase imperceptível sob a ponta frontal acima da varanda, uma pequena câmera, voltada para o quintal da entrada. E então percebo, com o coração aos pulos, onde estamos: é a casa de um traficante. Derrick jamais tinha me levado em uma coleta.

Olho para a rua e vejo um casal jovem caminhando de mãos dadas. Os dois parecem estar concentrados na conversa, vindo lentamente em minha direção, no Honda. Um carro preto estaciona na entrada de carros do outro lado da rua, mas ninguém sai. Não gosto disso. Afundo-me mais no banco. Só estou sendo paranoica.

O celular de Derrick vibra. Vejo o gato vira-lata esgueirar-se pela grama da casa do vizinho, depois disparar até o outro lado da rua. O celular volta a vibrar. O casal jovem alcança o carro e continua andando, virando a esquina e descendo a colina em direção às lojas e aos cafés da rua Bay e da rua Algoma. Não consigo ver ninguém dentro do carro do outro lado da rua, mas sei muito bem que ninguém saiu. O celular de Derrick vibra mais uma vez.

Olho o número, chamada privada. Seja quem for, parece estar desesperado para entrar em contato com Derrick. Não sei se eu deveria atender. Ele não gosta que eu atenda seu telefone, mas geralmente ele também não o larga para trás.

— Alô, celular do Derrick.

— Preste atenção, *baby*, porque o tempo é curto. No porta-luvas há dois sacos. Pegue os dois e caia fora do carro. Caia fora do carro e vá embora.

— Derrick?

— Está me ouvindo, Morgan? — A voz dele parece calma. Não acho que ele esteja.

— Derrick, que porra está acontecendo?

E então, sei que não está.

— Deus do céu, Morgan, caia fora da porra desse carro.

Largo o celular e abro o porta-luvas, pegando os dois sacos brancos antes de passar por cima dos bancos e me jogar no chão. Abro o estojo do violino e os meto lá dentro. Depois, volto a fechá-lo. Quando espio pela janela, vejo que o mesmo casal voltou, ainda perdido na conversa, mas desta vez indo em outra direção. Os dois passam pelo carro de costas para mim. Abro a porta do lado oposto sem pressa, esgueirando-me, agachada ao lado do carro, segurando o violino com força. Fecho a porta, mas não completamente, tentando fazer silêncio para que eles não me ouçam. Ainda estão de costas para mim, então me levanto com cuidado e vou embora. No início caminho a passos lentos, calculados. Não quero que reparem em mim. Estou no auge do autocontrole para não sair em disparada, e parece uma eternidade até que eu chegue à esquina da rua Bay e comece a descer a colina. Ao virar, olho descontraidamente para trás. A rua está vazia. Completamente vazia. O casal desapareceu. Não consigo ver ninguém dentro do sedã preto. E Derrick não saiu da casa.

Apresso o passo, abraçando o violino com os dois braços, não ousando olhar para trás ou para o lado, mantendo os olhos baixos. Caminhei um quarteirão. Dois quarteirões. Não vou correr. Não vou olhar para trás. Só falta um quarteirão para eu virar na agitada rua Algoma e me juntar às outras pessoas que se dirigem a restaurantes ou estão olhando vitrines. Chego ao cruzamento e aperto o botão para atravessar, esperando.

— Ei! — O grito vem detrás, voz de homem.

Temo pelo pior e seguro o violino só com uma mão, balançando-o do meu lado. Viro-me devagar.

— Ei, você é a neta da sra. Livingstone! Como vai?

Se ele não tivesse dito o nome da velha, nunca o teria reconhecido. O filho do sr. Androsky está sorrindo para mim, com uma xícara de café na mão.

— Becca perguntou por você na quarta-feira. Não a vimos lá. — Ele me estende a mão. — Me desculpe, esqueci seu nome.

Meu coração está martelando dentro do peito e ecoando nos meus ouvidos. Mudo o violino de uma mão trêmula para outra e depois aperto a mão do homem.

— É Morgan.

* * *

Derrick aparece na minha casa por volta da meia-noite para buscar as drogas. Saio furtivamente do quarto e sento-me em seu carro, fumando um cigarro, nem me dando ao trabalho de abrir a janela. Não consigo dizer nada. Tudo isso me deixou cagando de medo. Passaram-se horas até que ele telefonasse e me dissesse para encontrá-lo lá fora. Horas sem saber se alguém viria bater à minha porta. Horas sem saber se ele estava bem.

— Ei, te devo esta — ele diz, enquanto pega o pacote e o devolve ao porta-luvas. — Eles não encontraram nada comigo. Revistaram meu carro — ri. — Merda! Essa foi por pouco! — Está muito relaxado a respeito de tudo isso. Tudo sempre dá certo para ele. Ele sempre consegue o que quer. Não é algo com que eu esteja acostumada.

Estende o braço para passá-lo em volta de mim. Ainda estou tremendo. Não estou pronta para voltar ao normal. Isso não é grafite. Não é um saquinho de fumo passado para alguns alunos do ensino médio no estacionamento do McDonald's. Estou furiosa, com medo, magoada. Porra, não sei o que sou, mas não estou pronta para fingir que está tudo bem. Encolho-me e recuo, e ele fica puto com isso.

— Ah, tenha dó, Morgan. Não aconteceu nada.

Fumo meu cigarro.

— Você está bem, eu estou bem, ninguém foi preso, e não perdemos nada. No fim, deu tudo certo.

Ele está usando a voz que usa com os clientes, calma, casual, mas os olhos estão revirando. Isso faz com que eu me sinta medíocre. Pensei que significasse mais do que isso para ele.

Penso nas drogas, guardadas no estojo do meu violino, com as únicas coisas que me restaram do meu passado, as únicas peças da minha família em que posso tocar. É como se alguém tivesse cagado nelas. Penso na minha libélula, copiada e alterada, mas ainda a mesma libélula, a tinta *spray* roxa contra a cerca de madeira descascada. Tudo me dá náusea. Sinto-me como se estivesse perdendo alguma coisa, como se estivesse abrindo mão de alguma parte que não estava no meu direito dar. Algo que eu nem mesmo sabia que tinha. Algo lindo, maravilhoso, precioso e *meu*.

Volto-me e olho para ele. Está percorrendo a *playlist* do iPod. Como se estivesse cagando.

— Não preciso desta merda. — Por fim, encontro minha voz. — Não preciso ficar dentro da porra de um carro, na porra de uma rua, pensando se você vai sair vivo da casa da porra de um traficante e pensando se a polícia vai vir bater na porta pra me arrastar pra porra de uma prisão. — Minhas mãos trêmulas levam o cigarro até meus lábios. — Nossa, você é um baita de um hipócrita! Acha que está acima disso. Se acha melhor do que todo mundo. Só porque não usa o troço, não significa que ele não esteja te controlando.

Ele continua simplesmente ali, mexendo em seu iPod.

Apago o cigarro no painel do carro. Sei que estou passando dos limites, mas isso chama a sua atenção.

— Não escolhi isso, Derrick.

— Que merda deu em você ultimamente? — Finalmente, ele olha para mim. — Você se acha acima de tudo isso, Morgan? Se não fosse por mim, você não teria merda nenhuma. Acha que ia ter aquele iPod e o celular? De onde você acha que eles vieram? — Ele me agarra por detrás do pescoço e me puxa em sua direção. Nunca tinha visto ele bravo. Sinto um pouco de medo. — Você acha que seria convidada para as festas nas pedreiras? Sem mim, você não é nada. Eu sou deste jeito, então vá se acostumando. Você... você é a porra de um zero à esquerda.

Dou um tapa nele. É um gesto estúpido, mas não consigo evitar. Ele me solta e recosta-se no banco.

— Não me lembro de ter te contratado pra nada. Quer cair fora, caia fora.

— Eu nunca quis estar dentro, Derrick. — Tudo o que eu queria era ele, mas não digo isso. Não sei como.

— Caia fora do meu carro. — Os olhos de Derrick faíscam. Não consigo acreditar que esteja falando sério, mas ele estende o braço à minha frente e abre a minha porta. — Posso preencher esta vaga antes do final da noite.

Ele liga o carro. Pego minhas coisas e saio.

— Babaca.

Sento-me na sarjeta, olhando as lanternas traseiras vermelhas do Honda desaparecerem rua abaixo.

19

Elizabeth

Acordo de um pulo. Quando o torpor do sono diminui, acordes de música infiltram-se na escuridão, dançando para dentro do meu quarto. Há anos, muitos e muitos anos, que as notas dessa música elevavam-se no ar, e começo a chorar com a chegada da lembrança a me fazer companhia. Volto a deitar sobre os travesseiros e deixo que o som me envolva.

Estávamos na praia, o calor da areia preta e vulcânica sob nossos pés descalços. O Lago estava calmo e murmurava docemente enquanto ganhava fôlego entre as pedras. Emily estava lá, mas poderia ter sido apenas nós dois, ele com seu violino, e eu trançando as ervilhas-da-praia em uma guirlanda para o meu cabelo. Ele estava em pé no promontório, seu cabelo castanho revolto pelo vento, a calça de brim enrolada até os joelhos, tocando violino como uma antiga sereia grega, atraindo não os marinheiros, mas a jovem filha do faroleiro para seu feitiço. Era uma música que eu nunca tinha ouvido, doce, etérea, capturada pelas árvores, filtrada pela areia, compartilhada com as ondas, mas eu não me importei. Meu pulso se acelerava a cada frase.

— Você gosta? — Ele se jogou na areia ao meu lado, pousando o instrumento sobre o joelho, sorrindo.

Olhei para Emily. Estava deitada sobre um afloramento rochoso, contemplando uma poça de água que se formara em uma fenda. Ervas-pérolas brancas acenavam na brisa, agarrando-se à superfície exposta, manchada de líquen com uma tenacidade que nunca deixou de me surpreender. Eu sabia que a poça de água estaria cheia de insetos minúsculos, larvas de mosquitos, besouros-de-água, aranhas-de-água. Emily estava completamente absorta em seu mundo, cercada por criaturas que a respaldavam.

Olhei para trás, franzindo os olhos por causa do sol do adiantado da tarde que batia em seu rosto queimado. Seus olhos azuis cintilavam, maliciosos.

— Gosto — respondi. — O que é? Nunca tinha ouvido.

— É nova. Acabei de compor. — Ele desviou os olhos de mim, dirigindo o olhar para a água. — Dei o nome de "Canção de Lizzy".

Tanto tempo atrás. Muito, muito tempo atrás. Deixo que as lágrimas se soltem; sinto-as aflorar quentes, escapando pelo meu rosto e chegando como poças frias que desaparecem em meu travesseiro. Que bobagem isso, depois de todos esses anos. Mas a música continua. Ela não se atenuou com o mundo dos sonhos, permanece contundente e constante. Desço da cama e atravesso o quarto, abrindo a janela. A música vem do jardim. A melodia é inconfundível. A "Canção de Lizzy", a minha música, tocada com as mesmas entonações, as mesmas quebras em cada frase, o mesmo tom vibrante. Só existe uma pessoa capaz de tocá-la.

Meus pés nus fazem pouco barulho na lajota fria do chão enquanto sigo o corrimão ao longo do corredor até a entrada que dá para o pátio. Sou atraída pela música. Abro a porta e saio para a passagem de lajes de pedra, tropeçando às cegas no jardim de Marty.

20

Morgan

Estou de pé sobre a mesa de piquenique. É um palco. Meu cabelo está solto e o vento puxa-o exatamente como faz com as poucas folhas que continuam agarradas às árvores. Nossa, está um puta frio aqui fora. Posso ver minha respiração pairando no ar à minha frente, e meus dedos estão duros no arco. Sei disso, mas não sinto porque tudo o que consigo fazer é tocar. Quando toco, não sinto nada a não ser a música. A mesma música, vezes seguidas. Era a que ele mais gostava.

Não me lembro de haver um nevoeiro quando Derrick foi embora, mas agora há. Tudo está embaçado. Meu rosto está quente e molhado, minha testa, úmida. Através da neblina, posso ver um fantasma no jardim vindo em minha direção. Estou sendo assombrada. O fantasma é branco pálido, translúcido. Reflito se devo ou não ter medo dele. Faço uma pausa, o arco pairando sobre as cordas. Talvez seja a morte vindo me visitar. A morte de cabelo branco. A morte de camisola. A morte andando descalça. A morte tropeça.

A morte é cega.

Começo a rir e caio sobre a mesa. Sou uma grande idiota. Uma puta de uma idiota.

— Ah, meu deus, sra. Livingstone. A senhora fez eu me cagar de medo!

A visão para e diz:

— Morgan?

Salto da mesa e não aterrisso exatamente como planejava, meus pés estão instáveis, mas, ainda que o chão debaixo de mim se mexa, consigo me levantar. Abro bem os braços, o violino em uma mão, o arco na outra, e começo a rir.

— Sra. Livingstone, pensei que a senhora fosse a porra de um fantasma! — Não consigo parar de rir, rio tanto que fico sem fôlego, e então percebo que não estou rindo, estou chorando. Não suporto mais. O chão vem ao meu encontro, e eu o abraço, as lágrimas escorrendo pelo rosto. — Pensei que a senhora fosse um fantasma...

Elizabeth

Estendo os braços, procurando com as mãos o formato da menina que está encolhida na calçada, aos meus pés, chorando. Posso sentir o cheiro do uísque, forte e penetrante. Posso ouvir a comoção atrás de mim, o silvo fraco do alarme, o espalhar de passos, os gritos entre os membros da equipe. A abertura da porta deve ter desencadeado tudo isso, mas não dou atenção. Primeiro, minhas mãos acham o violino, e demoro-me um pouco, muito pouco, para achar o rosto da menina. Enxugo suas lágrimas, tirando seu cabelo da frente do rosto e passando-o atrás das orelhas. Tento segurá-la enquanto ela soluça, aninhando-a no meu colo e sussurrando:

— Eu também pensei que você fosse um fantasma.

* * *

Os passos de Marty abrem caminho pelo corredor e param à minha porta, sua estrutura volumosa bloqueia a pequena quantidade de luz esmaecida que sugere a entrada para a porta aberta do meu quarto. Estou sentada na poltrona do pai, minhas pernas envoltas pela manta afegã, e há um grosso cardigã de lã jogado sobre meus ombros. Ainda faltam algumas horas para o amanhecer. Eles devem ter chamado Marty. A esta altura ele saberá que foi indicado como meu parente mais próximo. Ninguém me conhece nem conhece a minha vida mais do que ele. Imagino que não soubessem o que fazer comigo. Insisti para que deixassem a menina ficar. Afinal de contas, o quarto é meu. Apesar das salvaguardas e da estrutura administrativa que sustenta este lugar, sou uma inquilina, e não uma interna. Preciso lembrá-los disso. Pedi que pusessem o violino na oficina de Marty, com a garrafa de uísque. Ela chorou até não poder mais, algo que desconfio que não se permitiu fazer por um bom tempo, e depois caiu na minha cama. Pelo ritmo da sua respiração, sei que está dormindo.

— Ela não pode ficar aqui, Elizabeth.

— Pode e vai ficar.

— A família dela...

— Foi informada.

— O que aconteceu?

Dou de ombros.

— Estava bêbada, tagarelando sobre uma coisa e outra, mas o cerne da questão é que ela foi dispensada. — Não me dou ao trabalho de mencionar a parte das drogas e da polícia nem a daquele "maldito filho da puta" que sumiu ao menor sinal de problema, deixando-a segurando o rojão. — Não é a primeira vez que um jovem bebe demais depois de ter sido chutado.

Marty entra no quarto e puxa uma das cadeiras da mesa. Pela maneira como o ar passa por mim e pelos sons dos pés no tapete, ele a virou e está montado nela, debruçado sobre o encosto como sempre faz. Tem alguma coisa nas mãos. Papéis.

— Não, isso eu sei. Estava me referindo a você.

Mudo de posição, puxando o cardigã mais para junto dos ombros. Os funcionários não lhe pouparam nenhum detalhe da noite.

— Eu a escutei.

Marty e eu acabamos nos conhecendo bem nestes últimos três anos. Ele percebe que estou sendo reticente, mas mesmo assim não pressiona. Posso ouvi-lo folhear os papéis que tem em mãos.

— Tem duas libélulas, uma ligeiramente maior do que a outra. O artista usou um monte de cores e linhas espiraladas em destaque para criar uma imagem reconhecível. O fundo é um estilo complexo, sugerindo água, pedras e árvores. Os olhos das libélulas são instigantes.

O silêncio estende-se por minutos, pontuado apenas pela respiração suave da menina adormecida. Minha boca ficou seca, e posso ouvir as batidas do meu próprio coração.

— Onde você conseguiu isto? — Minha voz falha.

— Estava no estojo do violino dela. Tem outros.

Inclino-me para a frente, sussurrando, não querendo quebrar a magia que paira no quarto, perdurando nas notas do violino agora mudo.

— Emily Livingstone, 1943. *Irmãs em voo.*

Morgan

Acordo com a claridade da luz do dia no quarto. Minha boca parece merda velha, seca e felpuda, e um pulsar abafado marca um ritmo constante atrás dos meus olhos. Viro de costas, gemendo, e olho o teto branco com os olhos franzidos, as memórias do dia anterior infiltrando-se aos poucos. Derrick. A polícia. As drogas. A briga. O uísque. O violino.

O violino.

Sento-me de um pulo, lutando para me livrar da confusão de lençóis e *kilt*, e desço, os pés gelados no chão de lajotas.

— Bom dia.

Giro na direção da voz dela, e o quarto à minha volta registra. A velha senhora está sentada na poltrona, a silhueta contra a janela, envolta em um cobertor. Percebo que estou vestindo uma camisola de flanela, do tipo que as avós usam. Minhas roupas estão dobradas ao pé da cama.

— Que porra?

Afundo novamente na cama.

— Acredito que você tenha dormido bem? — ela pergunta.

Levo as mãos ao rosto, esfregando os olhos e depois passando os dedos pelo cabelo. Ainda está úmido. As últimas poucas peças do quebra-cabeça se encaixam. O choro nos braços da velha, falando sem parar; o uísque fez um bom trabalho soltando a minha língua, e eu banquei a estúpida. Trouxe-me para dentro com a ajuda de alguns funcionários, manchada de lágrimas, suja de ranho e vazia. Ela me fez tomar uma chuveirada. Deixei a água quente correr por mim, levando a maquiagem borrada, a dor, a solidão, e depois desmaiei em sua cama.

Que tremenda idiota.

— Olhe, sinto muitíssimo por ontem à noite — balbucio. — Fui uma chata... Quero dizer... — Olho para ela. — Passei muito dos limites. — Agarro minha pilha de roupas e me levanto, indo para o banheiro. — Vou simplesmente deixar você em paz.

— Quem é você, Morgan?

Isso me faz parar. Que raio de pergunta é essa? Ela me faz rir. É como se tudo o que aconteceu nas últimas duas semanas estivesse gritando aquela mesma pergunta. Quem *sou* eu? Posso lhe dizer meu nome: "Sou Morgan Fletcher". Mas, fora isso, não passo de um monte de lembranças que são só minhas. Para todos os outros, sou algumas parcelas de história enumeradas em uma pasta e guardadas no arquivo de uma assistente social. Sou uma criança sem mãe e com um pai que ninguém tem ideia de quem seja. Uma adolescente delinquente que mora em uma casa adotiva, agora ex-namorada de um traficante, vestindo uma camisola emprestada, de ressaca, no quarto de uma porra de lar de idosos. Quem sou eu? Sou exatamente o que Derrick disse.

Não sou ninguém.

Mas não digo isso.

— O que a senhora quer dizer?

A velha suspira.

— Marty descobriu os desenhos.

Na mesma hora sei o que ela chama de desenhos, e isso me deixa brava. Não me ocorre que a culpa seja minha por ter ficado bêbada e deixado o estojo do meu violino para qualquer um revirar. Mas, mesmo assim, isso me deixa puta. Viro-me e olho para ela, agarrando minhas roupas junto ao peito, como se fossem meu violino, como se as estivesse protegendo.

— Que diabos vocês estão fazendo, remexendo nas minhas coisas?

— Você acha mesmo que tem o direito de perguntar isso? — ela replica com dureza. — É uma boa pergunta, vinda de alguém que se sentiu perfeitamente à vontade bisbilhotando as minhas. Duas vezes. — Acho que ela sabe que remexi em seu armário de remédios. — Pelo amor de Deus, Morgan, você tem sorte por aquelas pinturas não terem sido levadas pelo vento ontem à noite enquanto você se comportava como se estivesse em uma tragédia, desempenhando um lamentável bêbado num espetáculo à meia-noite para um público cheio de velhos. Que raios passou pela sua cabeça?

— Não preciso desta merda. — Tornei a me sentar na cama e comecei a enfiar o jeans. — Um lugar cheio de velhos, cegos, surdos, e a maioria morta. Está na cara que eu não estava pensando.

— Corta essa, Morgan. Você veio aqui por algum motivo.

— É a senhora que está dizendo. Saiu da sua boca.

— Posso ser mais do que um pouco cega, mas isso não significa que eu não veja as coisas. E, enquanto a morte ronda, meus pés continuam firmemente plantados neste mundo, e, a cada vez que inspiro, estou *vivendo*. O que eu ouvi ontem à noite não foi uma casualidade, uma volta à cena do seu crime de grafite. Você veio *aqui* por um motivo. O que está procurando, Morgan?

Continuo a lutar com as minhas roupas.

A voz dela perde um pouco da rispidez.

— Os desenhos. O violino. A música. — Ela faz uma pausa. — Quem te ensinou aquela música?

Paro com uma das botas nas mãos. Era a preferida dele. Ele nunca a ensinou para mim, mas escutei muitas vezes e achei fácil pegar a melodia, copiando-a de memória. Geralmente, ele a tocava nas noites em que a caneca de latão estava cheia de uísque, o vento uivando ao redor da nossa pequena cabana, enquanto o fogão a lenha pipocava e estalava ao fundo. Depois de eu ser posta na cama, e ele achar que eu estava dormindo, afinava o violino e tocava. Era leve e animada, mas mesmo assim sempre me pareceu muito triste. E os desenhos ficaram escondidos durante anos. Ele nunca falou neles. Enquanto ele era vivo, nunca os vi.

— Morgan, quem é ele?

Olho para os diários ainda sobre a mesa onde os deixei ontem, as libélulas dormindo entre suas páginas amareladas.

— Meu avô.

23

Elizabeth

Fecho os olhos e recosto-me no tecido gasto da poltrona. Ele teve uma neta.

Morgan

Largo a bota e desmorono de volta na cama. Minhas mãos voltam para o meu rosto, e desta vez eu as deixo ali. As lágrimas recomeçam. Não consigo freiá-las. Elas escorrem por entre meus dedos. É um alívio. Mas ainda assim quero me esconder. Sinto vergonha por estar tão vulnerável.

— Foi ele quem fez os desenhos? — sussurro.

A sra. Livingstone levanta-se e vai até a cômoda, suas mãos explorando os objetos ali dispostos, até acharem as pinturas emolduradas. Pega uma delas, as libélulas, e vira-se para me encarar.

— Não. — Atravessa o quarto e senta-se na cama. — Não. São da Emily.

Limpo o rosto com a manga.

— Emily?

Sento-me. Emily. Isso explica por que estavam nos diários. Explica a coleção sobre a cômoda da sra. Livingstone. Mas não explica como acabaram enfiados atrás do forro de veludo do estojo de um violino que pertenceu a um velho pescador que vivia em uma cabana em péssimas condições com a neta.

Emily. Emily Livingstone.

Quem é você?

25

Elizabeth

Corro a mão pela parte de cima da moldura e sobre o vidro. Consigo ver a imagem com clareza, como se minha visão nunca tivesse decaído. Posso identificar cada pincelada; conheço todas as cores e sombras. De todos os trabalhos que Emily terminou, de todas as pinturas que estão em galerias, escritórios de prestígio e *lofts* caros espalhados pelo mundo, nenhuma me toca tão completamente quanto essa imagem das duas libélulas, uma ligeiramente maior do que a outra, não exatamente entrelaçadas, mas ligadas pelos motivos espiralados do fundo, a sutil correlação no sombreamento que cria movimento. Dei um nome a ela, assim como fiz com todas as pinturas de Emily; chamei-a: *Irmãs em voo*.

A menina sai da cama e volta à pilha de diários do pai, remexendo-a.

— Encontrei-os aqui — diz. Ergue a minha mão, colocando-a sobre a página. As linhas mal são discerníveis, apenas sugestões das imagens que flutuam sob meus dedos, capturadas pela mesma mão inocente, uma marca deixada há muito, muito tempo.

Minha Emily. Minha querida e doce Emily!

Quem é esta menina que tem o violino dele e as pinturas de Emily? Com a música que bate em seu coração como batia no dele, com o sangue dele correndo em suas veias? Será que ela sabe que a história que tem sua origem nas páginas destes diários é tanto dela quanto minha?

Deslizo minha mão para longe da dela, deixando as linhas da imagem, mas parando por um momento nos dedos da menina, hesitando, mas cheia de perguntas.

— Você gostaria de saber como seu avô conheceu a Emily? — pergunto baixinho.

Ela responde com o silêncio, mas sinto o desejo na mão macia debaixo da minha. Dou-me conta de que nós duas amamos o mesmo homem. Ele tem um lugar permanente em nosso coração, que se abre vazio.

— Talvez precisemos dar uma mudada no que combinamos — sugiro. — Talvez eu deva assumir o posto de narradora.

Não faço ideia de quando comecei a falar, dando vida à história das filhas do faroleiro, que será ela quem descobrirá o começo muito tempo depois de o final ter sido contado.

Parte dois

FANTASMAS

26

Elizabeth

A história do seu avô e de Emily começa muito tempo antes de ele ter dado nas praias negras vulcânicas de Porphyry. Veja, minha irmã era extraordinária, não se encaixava facilmente nas convenções da sociedade. A princípio, não percebi. Para mim, Emily era apenas Emily, linda, maravilhosa, silenciosa Emily; minha irmã, minha gêmea, uma extensão minha. Até que uma noite entreouvi uma conversa dos meus pais, e aquilo mudou a minha vida. E é aí que estão as raízes desta história.

Era final de agosto de 1935. A Grande Depressão comprimia o mundo, mas nós mal notávamos, acomodados em casa sob o farol distante do lago Superior, um teto sobre nossa cabeça, alimentados e felizes. Aquela era a minha época predileta do ano, na ilha, e estávamos ocupados com os preparativos para os meses longos, frios e isolados que se estendiam à nossa frente. Mamãe fazia conservas com os vegetais da nossa horta. Colhia, picava, acondicionava e selava, e os jarros com matizes verde-amarelos juntavam-se ao exuberante vermelho tomate nas prateleiras abarrotadas do porão, escondido debaixo da escada. Réstias de cebola pendiam das vigas. Batatas, arrancadas dos seus canteiros, eram amontoadas em cestos e colocadas próximo ao chão frio de terra. Sacos de farinha, latas de carne em conserva, aveia, sal e açúcar eram comprados e estocados para os meses em que não poderíamos sair da ilha, nem por barco nem percorrendo a superfície de gelo.

Em poucos dias, quando o sr. Johnson, a bordo do *The Red Fox* lançasse a âncora e avançasse lentamente na costa próxima ao promontório, Peter e Charlie subiriam no barco e iriam ao porto Arthur. Baía Thunder, então, ainda não era uma cidade, e não o seria durante anos, mas seu nome definia a expansão de água entre a península Sibley e o continente, onde as comunidades de forte William e porto Arthur tinham se desenvolvido com grande proximidade uma da outra.

Peter já tinha passado alguns invernos na cidade, estudando com outras crianças da mesma idade, e agora Charlie iria se juntar a ele. Morariam com a família Niemi, um dos irmãos que, no verão, pescavam no acampamento no canal Walker e, no inverno, moravam em uma casinha azul na rua Hill.

Nossa mãe achava que estava na hora de eu também ir à escola na cidade, algo extraordinário, considerando seu desprezo por quase tudo da comunidade. Papai discordava. Preferia nos ensinar em casa e me achava nova demais para ficar longe por períodos tão longos. Além disso, era preciso levar em conta Emily. Todas as decisões do meu pai sempre passavam a ser regra na casa, e aquela não foi exceção. Sei disso porque ouvi os dois cochichando a respeito numa noite escura de verão, quando o restante da casa dormia, cansados das tarefas do farol e dos esforços de trazer para dentro de casa os produtos da horta e estocar a comida.

Lembro-me muito bem da conversa. A discussão sobre meu aprendizado não foi memorável em si. Deveria ter se perdido, como uma das centenas de diálogos inconsequentes que entreouvi inadvertidamente. Mas eu me lembro por causa das outras palavras que minha mãe usou como resposta, palavras que calaram fundo na minha alma, que abriram meus olhos e traçaram um caminho para a minha vida. Meu pai calçava uma das suas botas para terminar alguns deveres de última hora, antes de voltar para algumas horas de sono. Eu tinha me levantado para usar o penico que deixávamos no canto do quarto e acabara de voltar para debaixo das cobertas, meu corpo colando-se ao de Emily. A voz dos meus pais flutuava em meio à quietude da noite, quando até o Lago dormia silenciosamente sob a cobertura pontilhada do céu de final de verão e recusava-se a participar da conversa.

— Fizemos um bom trabalho, ensinando-a todos estes anos — meu pai disse, tão baixinho que mal consegui ouvir. — Não vejo razão para parar agora. Além disso, não seria justo mandar uma e não a outra. E não podemos mandar a outra.

Através dos meus olhos sonolentos e semifechados, vi passar pela porta a sombra de mamãe, enquanto o farol varria a casa, dirigindo, em seguida, seu olho para fora, para a água imóvel e escura.

Não fiquei preocupada. Não queria deixar a ilha, embora adorasse nossas raras idas à cidade, e reconheço ter pensado em escola, colegas e aulas. Mas adorava a liberdade, o som do Lago, o vento nas árvores. E eu tinha Emily. Cochilei, o sono estendendo-se sobre mim e minha irmã.

Ouvi minha mãe rir. Não era um som alegre, divertido, um som de alegria. Era triste, arrependido, muito próximo de um suspiro. Quis tampar os ouvidos e deixar de ouvir, mas não pude. Meus olhos sonolentos escancararam-se, e meus ouvidos aguçaram-se. Ouvi o barulho do relógio sobre o console, o guincho de um camundongo sob o assoalho de madeira, e a respiração de Emily, macia e regular.

— Nós... Você devia ter deixado ela partir. Devia ter deixado que morresse — a voz da minha mãe saiu dura e irregular. — Que bem há nisso? Amaldiçoamos as duas. Emily nunca vai ser normal.

O tempo parou. O relógio deixou de funcionar, e o camundongo ficou calado. Só restou a respiração de Emily, constante e ritmada como o farol.

Você devia ter deixado que morresse. Emily nunca vai ser normal.

Tenho certeza de que meu coração parou dentro do peito e ficou à espera, não ousando interromper o que eu, desesperadamente, desejava não ter ouvido e temia a cada batida não assinalada. Pude ouvir a respiração de Emily aumentar e ficar do tamanho do quarto, vazando pela porta para preencher o espaço entre mim e meus pais. A luz do farol percorreu novamente o quarto, saltando, ao passar pela porta, para chegar à outra cama onde meus irmãos jaziam adormecidos e, depois, rapidamente saiu pela janela. Tampei os ouvidos com as mãos.

A voz do pai, raramente ríspida, chegou a meus ouvidos abafados com pouca força:

— Nunca mais, Lil. Você nunca mais vai tocar neste assunto. Ela é nossa filha. A vida dela é nosso dever. Nem uma palavra. Jamais. — Ele se moveu em direção à porta. — E Elizabeth permanecerá na ilha.

Lembro-me de soltar lentamente a respiração, enquanto a porta de tela se fechava de um baque, e de ouvir o pisar do pai esmagando o caminho rumo ao barracão de combustível. Emily não tinha se mexido, mas um cacho do seu cabelo preto, muito parecido com o meu, caiu sobre o travesseiro creme leitoso. O facho de luz deu mais uma percorrida pelo quarto, e analisei o rosto sereno da minha irmã, suas pálpebras de cílios negros encobrindo olhos cinzentos tão diferentes dos meus, a boca doce que nunca proferira uma palavra, mas parecia estar sempre guardando um segredo. Os passos da mãe estalaram mais próximos, e apertei os olhos, fingindo dormir. Ela ficou parada junto à nossa cama durante muito, muito tempo, tanto que finalmente adormeci e não a ouvi sair.

Percebi, então, que todas aquelas coisas que eu pensava apenas fazerem parte de Emily eram as mesmas que significavam que ela nunca teria facilidade para se acomodar em um mundo fora daquele mundinho que tínhamos criado na ilha. Sempre havíamos sido Elizabeth e Emily. As gêmeas. Éramos inseparáveis. Éramos uma. Eu não conseguia imaginá-la crescendo na cidade, sentada em uma sala de aula. Portanto, não conseguia imaginar isso para mim. O fato de minha mãe ter escolhido me separar dela era impensável.

Com o avanço do outono, fomos Emily e eu que ajudamos nas tarefas do farol e na cozinha, trazendo os produtos da horta e abastecendo a despensa. Quando os dias tornaram-se frios e úmidos, minha mãe suspendeu as aulas, e nos sentamos à mesa da cozinha com livros de gramática e problemas de matemática, sob a luz amena do lampião a querosene. Emily nunca aprendeu a ler nem a escrever, ou a entender adição e subtração. Passava os dias cobrindo as páginas com desenhos a lápis de borboletas e pássaros, em vez de estudar somas ou assinalar substantivos e verbos. Nossa mãe não dizia nada, os lábios contraídos numa linha firme, enquanto recolhia as páginas e as enfiava em uma gaveta da escrivaninha do nosso pai.

Nossa mãe sabia que teríamos muitos meses frios e escuros pela frente. Quando os últimos dias do outono despontavam amenos e ensolarados, ela nos deixava sair de casa, abandonando nossas lições sobre a mesa. Eu sentia falta de conversar com Charlie, agora que nosso trio havia se reduzido à silenciosa Emily e eu. Mas nós duas compartilhávamos algo diferente, uma linguagem que dispensava palavras e apoiava-se em uma familiaridade tranquila. Aproveitávamos o silêncio da ilha, a rotina da vida de um faroleiro e a liberdade de voar tão soltas como duas gaivotas.

Meu pai parecia contente em ter a mim e Emily ajudando-o com as tarefas agora que os meninos estavam fora. Estendia-nos trapos de limpeza e ensinava-nos como polir as lentes do farol em círculos cada vez maiores para não deixar listas. Eu prestava atenção para sempre ir atrás de Emily, assim ele não via as marcas que ela deixava. Nossa mãe nos fazia buscar madeira que vinha dar à praia e empilhá-la no lenheiro, para ser usada como lenha no fogão durante o inverno. Emily vinha junto para ajudar, vagando pela praia, pegando gravetos e movendo-os alguns metros, antes de colocá-los de volta no chão. Eu tentava fazer com que ela enchesse os braços, deixando-os esticados, enquanto eu colocava um galho limpo e esbranquiçado sobre o outro, tomando cuidado para não colocar mais do que ela pudesse aguentar. Partíamos juntas, mas eu sempre chegava sozinha, tendo Emily parado pelo caminho, distraída pelo zumbido de uma abelha em um dente-de-leão de desabrochar tardio ou pela dança musical de um pintassilgo, anunciando sua partida para destinos com um inverno mais ameno. Sempre tomei cuidado para que tivéssemos mais lenha no lenheiro do que era preciso.

Nunca esqueci as palavras da minha mãe. A cada onda que se quebrava contra a base do penhasco, perto da estação de nevoeiro, ouvia o Lago ecoar: *Você devia ter deixado que ela morresse. Emily nunca vai ser normal.*

Certa vez, peguei-a observando Emily quando ela não sabia que eu também a estava observando. Emily estava em um de seus transes, o rosto erguido para o céu, a boca aberta, formando sons ininteligíveis, falando com o vento, enquanto ele apanhava um punhado de folhas marrom-douradas de álamo e as perseguia ao redor de sua saia ondulada. Estava parada no promontório da ilha, o cabelo preto retinto emaranhado pelo vento, conversando com o mar. E então, com o vento como companheiro, começou a dançar. Minha mãe simplesmente virou-se e jogou na moita uma bacia cheia de água servida com sabão, antes de voltar para dentro.

Emily. Minha outra metade, minha irmã. Nossa vida, alma e identidade tão entrelaçadas que uma não poderia existir sem a outra. Ela era um espírito assombrado pelo Lago, vagando entre dois mundos, frágil e vulnerável. E, então, fiquei surpresa ao descobrir que o fantasma não era Emily, mas eu.

Elizabeth

No outono em que Charlie deixou a ilha, Emily começou a caminhar sem destino. Num minuto, estava ali, sob a minha vigilância, olhar atento, e, no minuto seguinte, tinha sumido. No princípio, suas andanças deixaram a mim e a meus pais em pânico. Imaginávamos Emily pisando distraída e despencando de um dos penhascos que ladeavam a praia ou assustando um urso preto, afogando-se nas garras geladas do Lago que tanto a fascinava. Saíamos da estação do farol cada um para um lado, um de nós checando primeiro se ela não tinha partido no *Sweet Pea*, que era mantido na praia perto do farol, num lugar alto, fora do alcance das ondas. Verificávamos os limites da costa ao longo dos caminhos que marcavam nosso percurso até a baía protegida, onde ficava a garagem de barcos; íamos até o pântano onde colhíamos mirtilos no final do verão. Chamávamos seu nome, nossas vozes engolidas pela densa camada de musgo que forrava o chão da floresta ou pela risada zombeteira do Lago, ao rolar para as praias rochosas ou bater contra os penhascos. Sabíamos que ela não responderia. Emily nunca respondia.

Na maioria das vezes, nós a encontrávamos, alheia à nossa preocupação, absorta, como só ela poderia ficar, nas atividades de um formigueiro, ou contemplando um esquilo vermelho levar seus filhotes para um novo ninho. Uma vez observei-a por um tempo que poderia ser horas, assistindo ao desabrochar de uma colombina. Ela se sentou ao sol, na terra dura, pernas cruzadas, a cabeça apoiada nas mãos, olhando a flor pendente. Não se mexeu; não tocou nela nem a cheirou. Apenas a olhou. Chamei-a, mas minha voz fundiu-se com os sons da floresta, e ela não lhe deu mais atenção do que teria feito com o chamado de um gaio ou o canto de uma cigarra. Então, também me sentei com as pernas cruzadas, a cabeça apoiada nas mãos, e observei Emily, enquanto o sol caminhava pelo céu. Depois de um tempo, ela se levantou, espanou os tocos de galhos e as folhas da saia e veio até mim, sorrindo, pegou minha mão e me ajudou a ficar de pé. Percebi que o tempo todo ela estivera ciente da minha presença. Eu me acomodava em seu mundo, fazia parte dele, só não era a parte que importava naquele exato momento.

Meu pai recebia jornais na ilha. Eles chegavam uma vez por semana, ou coisa assim, e ele devorava até a última palavra, dividindo histórias conosco ao redor da mesa de jantar, ou à noite, junto ao fogo. Naquele ano, 1936, os jornais traziam notícias de secas nas fazendas, plantações murchando, gado morrendo sufocado, os pulmões cheios de terra trazida pelo vento. Num absoluto contraste, era um inverno gelado, impressionante de tão gelado, tanto que dormíamos juntos em uma cama grande, vestidos com nossas roupas íntimas longas e amontoados debaixo de pilhas de cobertores de lã e acolchoados recheados com penugens de aves. Foi um período gelado que se estendeu de dezembro a fevereiro, restringindo uma nação de pessoas exaustas e nervosas em suas garras.

Emily e eu passamos grande parte daquele inverno amontoadas junto ao fogão a lenha, aquecidas pela sopa da nossa mãe, que trazia o sabor das ervas que ela tinha colhido e pendurado para secar na despensa, enriquecida com a carne do coelho recém-capturado. Eu escapava da ilhazinha para as páginas de *Jane Eyre*, *Orgulho e preconceito*, das peças de Shakespeare e *Tom Sawyer*. O que me encantava eram as histórias de aventuras e romances, resistindo às tentativas do meu pai de me atrair para os artigos dos jornais *Times Herald*, empilhados em sequência abundante nas vigas, em um esforço de estender meus interesses e ampliar minhas perspectivas.

Emily, contudo, passava horas com seus lápis e papéis, às vezes trabalhando em um único desenho durante dias, reproduzindo de memória uma mariposa ou uma colombina, e preenchendo o desenho com pastéis vibrantes ou lápis de cor. Às vezes, cativada pelas chamas dançantes dentro do fogão a lenha, ela ficava sentada em tal imobilidade que eu me perguntava se o vento, infiltrando-se por entre o revestimento de tábuas, a teria congelado em uma estátua.

Era final de fevereiro quando Emily desapareceu mais uma vez. O vermelho no termômetro mal saía de sua base bulbosa, e o próprio ar estava penetrante e de uma friagem cristalina. Estava excessivamente gélido para uma menininha ficar vagando sem rumo pelo bosque. Tendo 10 anos, sendo mirrada, destemida, e estando determinada a ser a guardiã da minha irmã, eu não me via, então, como uma menininha.

Meu pai estava cortando lenha; minha mãe descascava batatas; então, fui eu quem vestiu o casaco, enrolou um cachecol grosso ao redor da cabeça e do pescoço e levou as luvas forradas de pele da mãe para manter as mãos quentes, embarcando em mais uma missão à procura da irmã. Minha respiração pairava no ar como baforadas de fumaça enquanto eu amarrava os sapatos de neve, prendendo rapidamente os fechos para voltar a enfiar as mãos dentro da pele macia de coelho. A neve estava alta. Em certos pontos, os flocos de neve acumulados durante dias haviam formado montes de vários centímetros, e o chão ao redor do chalé e dos barracões trazia marcas destacadas de outros sapatos de neve. Pelo menos, Emily tinha tido a prudência de usar sapatos de neve, e pude detectar seu percurso à medida que ele se desviava dos caminhos geralmente usados e dirigia-se para o Lago.

O Superior cobre uma área tão extensa que raramente fica totalmente congelado. Dias seguidos de temperaturas geladas e águas calmas podem, em fevereiro ou março, moldar o gelo em uma expansão sólida que se estende de ilha a ilha e de ilha para continente. Às vezes, mesmo assim, o vento provoca ondas, mandando-as por cima, por baixo, atravessando a superfície gelada e desarranjando-a em blocos de gelo e águas livres. Mas naquele ano, o Lago estava sólido. Meus ouvidos doíam com o silêncio abafado quando me afastei da costa, meus sapatos de neve seguindo as marcas deixadas por Emily.

Enquanto meus pés vagavam, meus pensamentos também o fazia. A superfície coberta de neve do lago Superior transformou-se na desolada charneca inglesa, e esgueirei-me para o mundo da Jane Eyre, romântico, trágico, tropeçando em direção ao meu destino, até que um estampido de estremecer me deixou paralisada. Meu coração deu pulos, e minha pele ficou arrepiada. O romance da charneca sumiu, substituído pelo isolamento dos montes ondulantes do Lago coberto de neve e pelas florestas silenciosas ao longo da costa. Outro estouro se fez ouvir, enquanto as placas de neve moviam-se e ajustavam-se. "É apenas o Lago falando", disse comigo mesma. "Como uma velha acomodando-se na cama". Eu estava a quase um quilômetro da praia, perto da entrada do canal Walker, os ameaçadores penhascos da ilha Hardscrabble agarrando e soltando o lamento do Superior.

Então eu a vi. Estava parada, uma silhueta preta, minúscula e vulnerável, em um mundo que se estendia enorme, branco e silencioso, de horizonte a horizonte. Não estava só. Pude distinguir cinco de onde eu estava. Três deles andavam pelos montes desordenados de gelo quebrado que definiam a costa. Os outros dois estavam farejando, os focinhos no chão, indo para lá e para cá, trotando pela neve fustigada pelo vento, seu pelo cinza farto e cintilante à luz do sol de final de tarde. Emily estava entre os dois grupos.

Fiquei com o nome dela entalado na garganta. Cambaleei para a frente, desajeitada em meus sapatos de neve, tropeçando em uma tentativa de correr. Os lobos estavam trabalhando em conjunto, circulando, aproximando-se cada vez mais da forma silenciosa de minha irmã. As luvas de minha mãe, grandes demais para minhas mãos de criança, caíram na neve, mas fui em frente até que eu também, tropeçando nas armações de madeira amarradas nas minhas botas, caí na neve. Quando ergui a cabeça, estava próxima o bastante para ver os olhos amarelos de um macho grande que olhou em minha direção antes de voltar a se concentrar em minha irmã, circulando em unidade com os outros da alcateia.

Emily voltou-se ligeiramente e agachou-se, encarando aqueles olhos amarelos penetrantes com seus impressionantes olhos cinzentos, o rosto redondo e pálido sem medo. Fiquei caída, imóvel na neve, minhas mãos formigando de frio, não me atrevendo a mexer. O lobo parou. Os dois se encararam. Os outros lobos também pararam. Pude ouvir seus ganidos, vê-los caminhando em movimentos curtos, enquanto aguardavam o alfa. Passaram-se minutos antes que Emily voltasse a se mover, e então ela simplesmente levantou-se, virou-se e passou pela fera, vindo em minha direção. E, assim como tinha feito no dia em que a flagrei absorta na colombina, ela sorriu, pegou minha mão e ajudou-me a levantar antes de recolher do chão minhas luvas forradas de pele de coelho.

Não olhou para trás, mas eu, sim. Vi os animais reagruparem-se, afastando-se de nós pela baía, em direção à ilha Edward.

Foi então que eu o vi pela primeira vez. Mal era visível, confundindo-se com as árvores em seu casaco de pele de veado, a barba cerrada e preta, um chapéu de pele na cabeça. Trazia um rifle nas mãos, e eu o vi esvaziar o tambor e abaixar a arma de lado, antes de desaparecer nas sombras.

Acompanhei Emily de volta a nosso pequeno chalé sob a luz dormente. Como acontece na maioria das viagens, o percurso de volta pareceu bem mais curto, mas, mesmo assim o sol estava baixo no céu de inverno quando contornamos o promontório e avistamos meu pai.

Emily passou por ele lentamente, mal se dando conta de sua presença.

— Ela estava perto do canal Walker — eu disse. — Um bando de lobos perambulava pelo gelo, e ela estava... — Nunca fui dada a superstições, mas tive certeza de que algo havia se passado entre o lobo e minha irmã, algum acordo forjado ali na passagem encoberta de neve entre as ilhas Edward e Porphyry. — Ela olhava para eles, e eles olhavam para ela.

Meu pai caminhou a meu lado, e continuamos em silêncio durante um tempo. Emily estava alguns metros à frente, colocando metodicamente um sapato de neve à frente do outro.

— Ela se vira — ele disse bem baixinho.

— Tem mais coisa — continuei.

Emily deteve-se.

— Acho que vi...

Emily virou-se rapidamente e olhou-me com os olhos escuros, intensos e suplicantes. Em silêncio, pediu-me para não contar, não emitir as palavras que lutavam para tomar forma. Não isso. Não então. Era para ser nosso segredo.

— O que, Lizzie? — meu pai incitou.

Emily continuou em seu caminho. Sabia que eu tinha entendido e iria honrar seu pedido não proferido.

— Acho que vi pegadas de renas. Tenho certeza de que os lobos estavam atrás delas.

Meu pai soltou um resmungo em concordância, e eu soube que no dia seguinte ele sairia à procura do rebanho. Os lobos tinham ido até o Lago rastreando alguma coisa. Desejei que fossem renas. Esperei que ele as encontrasse.

Naquela noite, bem aconchegadas na cama, uma lasca de lua brilhando na neve lá fora, o Lago resmungando e explodindo suas queixas contra os limites do inverno, Emily e eu ouvimos os lobos uivando. Meus pais conversavam baixinho próximo ao fogo, e o luar fazia uma poça de prata no formato da janela sobre nossas cobertas; Emily e eu, dois montinhos minúsculos, debaixo delas. Ela se virou para mim e, num gesto que lhe era estranho, percorreu meu rosto com seus dedos delgados, passando pela minha testa, contornando meus olhos, descendo pelo meu nariz, indo dos meus lábios ao queixo. E, então, virou-se de bruços. Aninhei-me bem junto a ela, aproveitando seu calor, escutando como sua respiração tornava-se suave e regular, e ela adormeceu.

Levei algum tempo para conseguir pegar no sono. O coro noturno me emocionava e me aterrorizava ao mesmo tempo, eu pensava no lobo e em seus olhos amarelos, encarando intensamente Emily, enquanto o resto do bando andava agitado, à espera. Pensei também no homem que eu tinha visto. Tentei me convencer de que era apenas fruto da minha imaginação, uma aparição criada pela neve branca e pela presença dos lobos à espreita. Mas Emily também o havia visto. Sabia que ele estava lá, assim como sabia que eu estava.

Emily o tinha visto e não queria que meu pai soubesse.

28

Morgan

Estou sentada na cama dela, apoiada na parede, os joelhos puxados junto ao peito, os braços ao redor deles, escutando. Fui levada ao mundo dela, de volta a décadas atrás. Ela fala de um jeito que me faz sentir como se estivesse tocando a neve, vendo as estrelas e ouvindo o quebrar das ondas. Pega a pintura emoldurada das libélulas, e, quando o faz, as veias azuis sob a pele da sua mão saltam com o movimento dos dedos, e eu tento imaginá-la garotinha. Sob certos aspectos, é impossível. Mas, então, há algo a respeito dela que faz com que não seja. Ela se levanta lentamente, vai até a cômoda e coloca a pintura de volta com as outras duas.

O diário está sobre a cama, ainda aberto. Fecho a capa e deixo minha mão pousada sobre as letras salientes, traçando o *A* e o *L*. O faroleiro nunca escreveu sobre o homem barbudo. Ele menciona os lobos e as renas, que acabou encontrando, e a andança de Emily, mas não cita o homem estranho que se escondia em meio às árvores, observando. Trata-se de um segredo guardado por uma menina de 10 anos.

— Ele era o meu avô — digo. Não é uma pergunta.

Ela ainda está de costas para mim, arrumando as pinturas. Vejo-a endireitar o corpo, mas ela não se vira.

— Deus do céu, menina, não! — Ela se vira para mim, os olhos vazios procurando desesperadamente conectar-se com os meus. — Ele era o homem que seu avô matou.

No instante que ela leva para me contar isso, toda a minha infância estilhaça-se.

Elizabeth

Não preciso ver seu rosto. Está chocada. Claro que está. Por que esperei que ela soubesse? Ele não contaria a ninguém. Para nos proteger. Para proteger Emily. É complicado demais. E, no entanto, faço uma pergunta redundante:

— Você não sabia?

— Não, na verdade, nunca tocamos nesse assunto. — Percebo um tremor em sua voz. Está nervosa. Mas volta a colocar a máscara rapidamente, e suas próximas palavras vêm cobertas de sarcasmo: — Mas, por outro lado, não é o tipo de coisa que alguém simplesmente soltaria numa conversa com sua neta de 10 anos, não é? "Ah, meu bem, será que comentei com você que matei um homem? Você gostaria de um pouco mais de purê?"

— Dez?

— É. Ele morreu quando eu tinha 10.

Ele morreu. Claro que sim. Morgan ainda estaria com ele se não tivesse morrido. Todo esse tempo, eu me permiti o capricho da memória, imaginá-lo, imaginar onde estaria, o que estaria fazendo, se tinha voltado a amar, se pensava em mim. Ele se foi. Dói-me ouvir isso transformado em realidade, mas, na verdade, há muitos anos sei disso. Um coração reconhece quando uma parte sua morre, e ele ficou com parte de mim desde o dia em que fugimos para o extremo norte da ilha, perto do canal Walker, e nos deitamos em um leito de musgo. Respiro fundo e deixo que minha mente registre a perda, junte as partes do desenho imaginário que era a vida dele e permita que a costura se feche. Mais tarde, haverá tempo para lamentar, se é que ainda resta algum lamento a ser feito.

— Como?

— Um derrame.

— E seus pais?

— Meu pai nunca fez parte do cenário, e não me lembro da minha mãe. Ela morreu quando eu tinha cerca de 1 ano e meio. Teve câncer quando estava grávida de mim e recusou tratamento. Recusou-se a abortar, mesmo com os médicos falando que ela morreria se não o fizesse. Vovô cuidou de nós duas.

Sinto ternura por essa mãe que ela não conheceu, uma melancolia pela mulher que escolheu dar a vida à filha em vez de conservar a sua. É notável a capacidade humana de amar, ter uma conexão tão profunda e intensa com alguém que, em essência, não se conhece.

O sentimento não dura.

— Na verdade, eu caguei pros dois, não precisava deles. Não precisava de nenhum dos dois. Ele... Tínhamos um ao outro.

Novamente percebo a saudade em sua voz.

— Ele foi o único pai que conheci. Depois que morreu, tentaram descobrir informações sobre meu pai. Não conseguiram. Fiquei dançando entre lares adotivos provisórios por alguns anos. Acabei onde estou agora. Uma merda, mas a vida é assim, não é? Estou bem. Estou me virando.

Como aconteceu ontem, penso, mas guardo para mim. Ela é tão nova! Talvez ainda haja tempo.

É tão típico dele criar a menina! Ele teria sido bom com crianças, igual era com Emily. A maioria das pessoas não entendia Emily e caçoava ou tinha medo do que não entendia. Elas se recusavam a enxergar além do seu mutismo, suas fixações, seus transes e seu comportamento peculiar. Mas ele, não. Amava Emily exatamente como eu. E, no fim, isso arruinou o amor que tínhamos um pelo outro.

— Ele não foi um assassino. — Espero que isso lhe seja de algum consolo. — Mas essa é uma longa história.

Ela se recosta, puxando meu *kilt* em torno dela, o *kilt* que fiz com Emily.

— Estou escutando.

30

Elizabeth

Naquele inverno, Emily não saiu mais para caminhar.

Em março, temperaturas em elevação provocaram uma devastação, uma vez que as montanhas da neve, que havia caído durante o pior inverno registrado, derreteram. Rios obstruídos por gelo romperam suas barragens, pondo fim ao frio com inundações terríveis. Era o início do que viria a ser o verão mais quente registrado. Num paradoxo da natureza, uma onda de calor estendeu-se pelas Américas, acabando com toda a umidade, varrendo a terra fértil das campinas para o espaço, no auge do que ficou conhecido como os *Dirty Thirties*. Lemos tudo a respeito nos jornais que meu pai acumulava, estando salvos, por misericórdia, do calor, refrescados pelas brisas frias do Lago, oferendas agradáveis vindas das profundidades geladas da água.

Terminadas as aulas, apenas Charlie voltou para a ilha naquele verão. O pai fez questão de mantê-lo ocupado no farol, dizendo que um menino de 15 anos deveria estar trabalhando, e não se divertindo em barcos ou correndo despreocupado pelas florestas. Ele estava sendo criado para a vida de faroleiro. Peter estava destinado a coisas maiores, mas Charlie ficava à vontade no Lago, e o meu pai sabia disso. Emily e eu ficamos responsáveis pelas galinhas e ajudávamos na horta, mas as tarefas do farol, que minha mãe e eu dividíamos nos meses de abril a junho, foram entregues a Charlie. Ele substituía meu pai durante a noite, especialmente quando soava a sirene de nevoeiro, e a luz varria a escuridão, conversando com os capitães dos navios que passavam e repetindo: "Estamos aqui, estamos aqui, estamos aqui". Ficou encarregado de caiar as construções, verificar os níveis de querosene nos tanques de combustível e ajudar a descarregar os mantimentos e as provisões quando chegassem. Nos dias de sol, quando as tarefas terminavam e a sirene de nevoeiro ficava em silêncio, eu conseguia convencer Charlie a dar uma escapada e me levar com Emily ao *Sweet Pea*, para uma pequena aventura.

Charlie sempre foi bom marinheiro. Isso lhe veio de forma natural, assim como as gaivotas põem-se a planar em correntes de ar ascendentes, bem acima da água, arremetendo-se com as rajadas e mudando com o deslocamento da brisa. Conseguia ler o vento e as ondas e parecia estar no auge da felicidade empunhando a cana do leme do barco, com o ar do Lago enchendo as velas de lona da pequena embarcação carangueja. E, embora eu tivesse bastante habilidade para navegar nas águas ao redor de Porphyry, Charlie nos levava mais longe, atravessava até a baía Black ou passava por Shanaganash em direção à ilha Swede. Procuramos e encontramos canteiros melhores de frutas silvestres e passamos horas colhendo as roliças e suculentas frutas para serem desidratadas ou preservadas para os meses longos e frios do inverno. Ou, nos dias em que o vento estava calmo, e o sol brilhava, saíamos sem rumo, a vela batendo, enquanto Charlie lidava com as escotas, soltando-as e, depois, trazendo-as de volta, tentando impulsionar o barco e desfrutando o desafio. Emily e eu passávamos o tempo preguiçosamente, os dedos arrastando-se pela água fria.

No começo daquele verão, ele nos levou até a ilhota Silver para o *Dominion Day*, dia das comemorações da confederação do Canadá quase setenta anos antes.

O final das aulas sempre anunciava a chegada de famílias na ilhota Silver para passar o verão, e parecia que a civilização ficava um pouquinho mais perto de nossa ilha natal. Por uma estação, o lugar floresciа. As prateleiras do armazém geral eram estocadas com tecidos e miudezas e um sortimento de balas; a praia no lago Surprise, nos limites da comunidade, era rastelada e liberada para natação. As noites viam a linha da costa pontilhada de fogueiras.

Para mim, a iminente comemoração do aniversário do Canadá apenas tornava a aventura ainda mais atraente. Charlie tinha ido no ano anterior e contara tudo a respeito para mim e Emily: os jogos, a comida e os fogos de artifício, principalmente os fogos de artifício. Mesmo quando metade do país lutava para pôr comida sobre a mesa, alguém tinha conseguido fornecer fogos de artifício.

Depois de amarrar o *Sweet Pea* no cais, fomos à casa de Arnie Richardson. Charlie e Arnie haviam ficado muito amigos na escola, e os pais dele tinham nos convidado para ficar com eles, garantindo que tinham muito espaço, já que os irmãos de Arnie não estariam lá. A mãe acabou consentindo. O pai não queria que velejássemos de volta depois de ficar escuro, e eu não abriria mão de ver os fogos.

Arnie era o mais novo de cinco filhos, todos meninos, sendo seu irmão mais próximo seis anos mais velho. Seu pai vinha frequentemente à ilha durante o inverno, mas a família mudava-se oficialmente quando sua mãe descia do rebocador no cais em junho e contratava serviços domésticos para o verão.

— Você vai ganhar este ano? — Arnie perguntou. Tínhamos reunido um grupo de crianças enquanto caminhávamos pela estrada de terra da casa de Arnie até a praia em Surprise Lake. No ano anterior, Charlie tinha perdido por pouco a corrida de cem metros para Doug Owen, de forte William. Estava decidido a não deixar que isso se repetisse.

— Vou — disse Charlie. — Vou levar aquele troféu pra casa.

— Doug está aqui de novo — disse Arnie. — Está na casa do primo.

Charlie chutou uma pedrinha, levantando uma nuvem de poeira:

— Posso vencê-lo.

Eu sabia que ele podia. Vinha praticando e era o mais rápido de sua classe, treinando todo o inverno no ginásio do Port Arthur Collegiate Institute.

Estendemos nossa coberta ao lado de várias outras, procurando um lugar em que houvesse sombra. Embebi-me com ansiedade daquela atmosfera, observando as criancinhas que entravam e saiam correndo da água fria do lago Surprise e ouvindo as risadas e as conversas das mães. Aquele era um mundo diferente do que eu conhecia. Minha mãe raramente tinha o luxo de uma conversa ociosa ou de mãos ociosas. Não teria se sentido confortável ali.

Charlie e Arnie entraram em todas as disputas que puderam: a corrida de três pernas, a corrida de saco, a corrida do barril; correram todas elas e ganharam a maioria. Emily e eu assistimos, eu incentivando, ela calada como sempre, preferindo ficar mais atrás, longe da multidão e do barulho, mais interessada nas plantas e nos insetos do que nas pessoas que tentavam conversar com ela. Charlie e Arnie até me convenceram a entrar na corrida de saco, que não ganhei. Mas não me importei. Não podia me lembrar de algum dia que tenha rido tanto, tropeçando na linha de chegada no penúltimo lugar e passando tanto tempo caindo no chão quanto pulando para frente.

Também houve uma gincana. Emily me ajudou nisso. Nós nos espalhamos com as outras crianças dentro do matagal à procura de pinhas, folhas de bordo vermelho, penas de gaivota, trevos de quatro folhas, pedras em formato de coração e musgo de caribu. Achamos a maioria dos itens da lista e ganhamos uma sacolinha de balas que manteve Emily ocupada pelo resto da tarde.

Por fim, chegou a hora da corrida de cem metros.

Charlie, Arnie e Doug alinharam-se com os outros. Deixei Emily em nossa coberta na sombra — ela estava com seu caderno de desenhos e com as balas e parecia bem contente — e juntei-me aos outros espectadores ao longo da corrida. Quando a pistola deu a largada, a multidão pôs-se a festejar. Aquele era o último evento do dia. A rivalidade entre Charlie e Doug era famosa, pelo menos entre os jovens, e aquela era a corrida que todos estavam esperando.

Doug começou na liderança, mas Arnie e Charlie vinham logo atrás.

— Vai, Charlie! — gritei. — Corra! Mais rápido!

Charlie bombeava os braços, e seu rosto trazia foco e determinação. Passou Arnie em poucos passos e estava rapidamente chegando em Doug. Faltava pouco, por um momento duvidei de Charlie, duvidei que ele pudesse vencer a distância entre eles. Segundos viraram minutos, mas a cada passo que Charlie dava, aproximava-se mais de Doug. A corrida de cem metros não é longa. Acaba em poucos instantes, mas para mim pareceu uma eternidade. Por um dedo, por meio pé, Charlie cruzou a linha de chegada em primeiro. O troféu seria dele, exatamente como tinha dito.

Porém Doug pensou que tinha ganhado. Levantou os braços para cima, dançando em volta da linha de chegada, enquanto Charlie e Arnie recuperavam o fôlego. Charlie não aceitaria aquilo. Erro dele, imagino. Em vez de esperar que alguém esclarecesse Doug, foi até ele e bateu em seu peito.

— Eu ganhei de você — disse, ainda sem fôlego, ofegante. — Eu ganhei.

Doug abaixou as mãos, ficou frente a frente com meu irmão, olho no olho, e inclinou-se em sua direção:

— *Eu* ganhei.

O público ficou calado. Pude ver o maxilar de Charlie agitando-se, os punhos fechando-se.

— Vamos lá, Doug — disse Arnie. — Charlie ganhou. Jogo limpo.

— Nem pensar. — Doug ainda encarava Charlie. Não olhou para Arnie nem para o rosto da multidão calada. Pude sentir a tensão se formando. — Você nem mesmo é daqui. — Ele cuspiu no chão. — Você e suas irmãs retardadas.

Doug nem viu o punho vindo, mas sentiu. Desabou no chão. Arnie rapidamente agarrou os braços de Charlie e o segurou para que ele não pudesse tomar novo impulso. Quando Doug conseguiu ficar de pé e enxugar o sangue do nariz, alguém também o havia agarrado.

O juiz da partida entrou no meio dos dois.

— Chega. — Tinha a voz firme e autoritária. — Não vamos tolerar isso. Caiam fora daqui.

Charlie lutou para se soltar de Arnie, mas não por muito tempo. Em seguida, ele se virou e se afastou de todos nós.

Naquela noite, Emily e eu subimos no *Sweet Pea* e nos afastamos do cais. Estava quieto e tranquilo, e só tive de remar algumas vezes para entrarmos no canal entre a ilhota Silver a ilha e Burnt, onde flutuamos, pairando na superfície escura do Lago. A lua, quase cheia, subia no céu, e nos deu toda a luz de que precisávamos. Eu podia ouvir a música. Sabia que havia dança. Sabia que Charlie e Arnie estariam lá. Todos os jovens estavam. Menos eu e Emily. Eu me convenci de que, afinal de contas, não éramos grandes o bastante para ir. No próximo ano, Charlie nos levaria. No próximo ano, iríamos ao baile. Deitamos no fundo do barco, enroladas na nossa coberta de piquenique, as mãos tampando nossos ouvidos, enquanto os fogos estouravam de encontro ao pano de fundo índigo da noite.

No dia seguinte, quando velejamos de volta a Porphyry, o troféu não veio conosco.

31

Elizabeth

O verão continuou quente e seco. Às vezes, quando o calor ficava insuportável, nadávamos. O Superior conserva, no fundo de suas profundezas escuras, o frio do inverno, recusando-se a abrir mão dele, e naquele ano não foi exceção. As ondas azuis que batiam na costa eram tentadoras, ocasionalmente ficávamos só com nossas roupas íntimas e entrávamos na água; o gelo chegava rapidamente ao centro de nossos ossos, deixando-nos trêmulas, doloridas e saciadas. Emily nunca nadava. Mesmo em dias como aquele, entrava só até os tornozelos antes de se retirar para a sombra de uma árvore, de onde assistia a mim e Charlie ofegantes com o frio, molhando um ao outro e rindo. Em outros dias, Charlie nos levava para longe no Lago, onde a brisa amainava o sol escaldante. Foi em um desses dias, quente e seco, que Charlie, Emily e eu subimos no *Sweet Pea* com um vidro de conserva cheio de chá doce gelado e meia dúzia de biscoitos envoltos em uma toalha e contornamos o promontório Porphyry, passando pela ilha Dreadnaught e seguindo pelo canal Magnet, entre a ilha Edward e a península Black Bay. O vento estava ameno, mas forte o bastante para encher nossa vela e mandar uma série de ondulações vindas da popa. O mar formava ondas grandes e irregulares que se levantavam pela superfície tranquila, fazendo o *Sweet Pea* pular como uma rolha. Só podíamos fazer esse percurso em dias claros; os ponteiros da bússola de Charlie giravam loucamente quando nos aproximávamos da ilha Magnet, e por isso sabíamos por que o lugar ganhou esse nome.

Decidimos levar nosso piquenique para a baía Pringle, sentar na praia e molhar os pés na água.

Levei um livro comigo, deitei-me à sombra e rapidamente viajei para longe das praias do Lago, para terras distantes com um homem chamado Gulliver, devorando as fascinantes criaturas que criavam vida nas páginas. Emily tinha trazido um caderno de desenhos que Peter lhe enviara e estava com seus lápis, resultando nas ervilhas-da-praia que surgiram nas páginas. Charlie saiu para explorar com estilingue na mão.

Devo ter cochilado, pois tive visões de liliputianos correndo pelas minhas pernas enquanto estava deitada sobre a areia, presa por fios imaginários, vagando entre a terra de Swift e a minha, em um mundo ilusório habitado por formigas negras apressadas e os sonhos em vigília dos cochilos da tarde.

— Sim, sim, boa tarde, minhas jovens. Que surpresa! Aqui no meio do nada, quem diria!

Acordei sobressaltada, olhando rapidamente ao redor, como de hábito, para localizar minha irmã. Estava sentada da mesma maneira desde quando chegamos, capturando os mínimos detalhes das flores roxas da ervilha-da-praia, de suas gavinhas curvas e das vagens finas que estavam começando a se formar. Parecia não ter notado o homem e a mulher que caminhavam pela praia em nossa direção. Eu era mais esperta.

Levantei-me de um pulo, alisei minha saia de algodão leve e franzi os olhos para olhar o rapaz, cuja voz tinha um sotaque estrangeiro, como se ele tivesse acabado de sair das páginas do meu livro. Ele tinha bem mais de 1,80 metro, mas era esbelto, com braços e dedos longos e olhos cor de avelã muito juntos. Tinha o rosto barbeado, exceto por uma sombra escura de barba, sugerindo que sua navalha não fora usada naquele dia. Sua calça de algodão estava ligeiramente manchada nos joelhos; as mangas da camisa estavam enroladas; na cabeça, trazia um chapéu de aba larga; e do ombro pendia uma sacola.

Alguns passos atrás, vinha uma mulher tão miúda que eu pensaria ser uma menina, não fosse pela maneira como se portava. Escolhia o caminho ao longo da praia, o rosto corado pelo calor e pelo sol, o nariz e as faces livremente pontilhados de sardas, o cabelo puxado para trás e enfiado debaixo de um chapéu de aba larga, parecido com o do companheiro. Vestia calça enrolada até os tornozelos, presa na cintura com um pedaço de corda. Não era mais alta do que eu, tinha olhos verdes curiosos e mãos delicadas.

O homem estendeu um braço comprido, oferecendo a mão em cumprimento:

— Me chamo Alfred.

Apertei sua mão.

— Esta é minha esposa, Millie.

— Elizabeth. Esta é minha irmã, Emily. Ela não fala muito — acrescentei, esperando evitar o constrangimento que geralmente se seguia quando alguém conhecia Emily. — Meu irmão Charlie está por aqui.

Olhei em direção ao mato, pensando que Charlie poderia ouvir nossa conversa e aparecer. Eu não estava com o mínimo medo, mas o surgimento de dois estranhos em uma ilha que costumava ser isolada, tão distante no lago Superior, tinha me desestabilizado, principalmente porque eu tinha acabado de sair da terra dos sonhos das *Viagens de Gulliver*.

Alfred virou-se e estava examinando o *Sweet Pea*.

— Vocês velejam nisto?

Às vezes, os adultos fazem as perguntas mais esquisitas às crianças. Engoli uma resposta sarcástica de que, na verdade, tínhamos voado naquele barco, atrelado a um bando de biguás. Claro, ele só estava querendo iniciar uma conversa, pensando, como era de se esperar, que tinha viajado para os limites da civilização e na remota possibilidade de surgirem crianças em praias desertas de ilhas longínquas em um barquinho de madeira. Então, respondi:

— Charlie é um marinheiro muito bom.

— Vocês vieram de longe?

— Não tão longe. Da estação do farol do promontório de Porphyry.

— Ah, sei, do outro lado da ilha Edward — Millie disse. Vi que ela olhava intensamente para Emily.

Alfred rodeou o *Sweet Pea*.

— É uma coisinha bonita, não é?

Concordei com a cabeça.

— É usada no farol para carregar provisões para lá e para cá do barco de abastecimento. E para ir pescar. Nosso pai comprou um motor que pode ser instalado atrás, e o mastro pode ser baixado quando não for necessário. Mas Charlie prefere velejar para cá.

Vi Millie observando Emily, enquanto Alfred inspecionava a "coisinha bonita".

Lembrei-me, então, de ser educada e fiz, em contrapartida, as perguntas apropriadas, mantendo um olho em Emily.

— Vocês estão com um barco aqui?

Alfred tirou um lenço do bolso e enxugou a testa e o pescoço.

— Só uma canoinha, uma coisa de madeira e lona. Dá conta do recado. Millie e eu temos que cuidar da propulsão. Não tem velas nem motores, só nós e nossos remos.

Por alguma razão, Alfred não me deu a impressão de ser ligado em barcos. Não parecia que ficaria imensamente confortável ou seguro na imensidão de um lago do tamanho do Superior, sobretudo por ser dado a rajadas e nevoeiros, além de tempestades de verão que levantavam ondas ainda mais altas do que ele. E, embora vez ou outra parassem canoas no farol, geralmente eram remadas por alguém que parecia ter mais experiência.

— É um lago tremendamente grande para uma canoa.

Emily tinha deixado as ervilhas-da-praia, os lápis coloridos e o caderno de desenhos largados sobre uma pedra enquanto engatinhava pela areia atrás de um besouro preto. O inseto corria sobre seixos, depois estalava as pernas, enterrando-se na areia quente até desaparecer por completo. Emily olhava para onde ele tinha sumido, esperando.

Millie observava Emily.

— É mesmo. — Alfred continuava olhando o *Sweet Pea*. — Ah, é, você tem razão! Viemos de porto Arthur em um rebocador. O *James Whalen*, acho que era esse o nome. A canoa veio amarrada no deque. Eles trouxeram a gente há duas semanas e vão voltar daqui a mais duas. Só estamos usando a canoa para explorar a ilha.

O caderno de desenhos de Emily tinha chamado a atenção de Millie. Antes que eu pudesse preveni-la, inclinou-se para pegá-lo. A mão de Emily foi rápida, agarrando-o e apertando-o contra o peito.

— Por favor, senhora... — Eu não sabia que palavra usar. Não estávamos acostumados a chamar os adultos pelo primeiro nome como os jovens fazem hoje em dia, mas não sabia qual era o sobrenome de Millie. — Sra. Millie, Emily... minha irmã, é um pouco... — Não queria chamá-la de esquisita, embora muita gente assim a considerasse. Não queria dizer que ela era diferente. Ela era. — Emily é especial. Não é fácil para ela...

Millie tocou Emily no ombro. Emily gritou. Abriu os braços, derrubando a mulher no chão. Corri até Emily. Alfred correu para a esposa.

Então, Charlie apareceu, subindo no afloramento rochoso na extremidade da baía e correndo pela praia.

— Que diabos?

Millie dispensou as tentativas do marido de ajudá-la a ficar de pé.

— Eu não tinha direito. Nenhum direito. Peço desculpas. A culpa foi minha. Totalmente minha.

Seu chapéu tinha caído, soltando seu cabelo, que caiu até os ombros em ondas de um ouro avermelhado. Eu nunca tinha visto um cabelo assim, cor do céu ao entardecer. Emily também reparou. Livrou-se de mim e foi até Millie, pegando um cacho entre os dedos e torcendo-o.

— Emily! — A voz de Charlie estava tão firme quanto suas passadas.

— Não, por favor. — As palavras de Millie contradisseram a tensão em seu corpo. — Está tudo bem. Deixe-a à vontade.

Emily soltou o cabelo encaracolado e levou os dedos às sardas do rosto de Millie; seus olhos cinzentos estavam arregalados e curiosos enquanto ela traçava um desenho de pinta em pinta. Pegou a mão de Millie, puxou uma de suas mangas até em cima e correu os dedos para cima e para baixo do seu braço.

— Tenha paciência! — Alfred aproximou-se da esposa.

— Alfred — o tom de Millie parou o marido.

Emily continuou a explorá-la com delicadeza, até que sua inspeção chegou aos olhos verdes. Millie sustentou seu olhar. Era muito atípico Emily sustentar o olhar em alguém, em qualquer um que não fosse eu.

Percebi que estava prendendo a respiração quando Emily desistiu de Millie e soltei o ar com um suspiro.

Ela se sentou em uma pedra e estendeu seu caderno. Millie sentou-se a seu lado e o pegou. Examinou cada página, cada imagem, durante muito tempo, antes de passar para a próxima. Charlie, Alfred e eu estávamos de fora, olhando as duas. Emily, logicamente, não disse nada. Nem Millie. Apenas estudou os desenhos, página a página. Quando chegou ao último, fechou o caderno e olhou para Emily.

— Extraordinário. — Virou-se para o marido, os olhos brilhando. — Simplesmente extraordinário. Os detalhes são notáveis. Alfred, ela tem uma *Listera borealis* e uma *Polygonum viviparum*. Aqui, há espécies de plantas da flora nativa da região ártica que nunca foram registradas nestas partes. Mas esta — ela voltou a abrir o caderno, folheando-o até parar no desenho de uma planta com a qual estou bem familiarizada —, esta é a mais extraordinária.

Chamávamos aquela de clube do diabo. Era grande, chegando a ter o meu tamanho, se não fosse ainda maior. Suas folhas pareciam as do bordo, e dava frutinhos vermelho vivo que a mãe nos disse que nunca, jamais deveríamos comer. Mas a característica mais peculiar da planta era ser coberta, do talo às folhas, por espinhos longos e pontiagudos.

Millie virou-se para mim e Charlie:

— Ela viajou para algum outro lugar? Oeste, talvez? Ou para o extremo norte?

— Não, senhora — Charlie respondeu. — Quase nem saiu da ilha.

Millie levantou-se.

— Vocês precisam nos levar lá, nos mostrar as plantas, o lugar onde ela as encontrou.

Ela agia como se estivesse pronta para partir naquele exato momento no pequeno *Sweet Pea* ou caminhar diretamente pela mata. Eu nunca tinha analisado os desenhos de Emily. Nunca lhes tinha dado muita atenção, apenas notava que eram bonitos, detalhados e cheios de cor. Mas alguma coisa tinha provocado Millie.

Foi Charlie quem falou:

— O que é "listeri boreali"?

— *Listera borealis* — Millie respondeu, com uma animação evidente. — É uma orquídea. Uma flor verde, linda e delicada, com a forma de uma pequena língua, muito rara. Ah, não chega nem aos pés da exuberância das da família Cypripedium, com flores que parecem pequenos e delicados mocassins. Tenho andado procurando essa espécie em particular há algum tempo, mas a *Oplopanax horridus*, a clube do diabo, cresce por aqui?

Saboreando xícaras de chá no escasso acampamento dos dois, soubemos que Alfred tinha estudado Botânica na Inglaterra, especializando-se em turfas e alagados. Millie era aluna na University of British Columbia e trabalhava em sua tese sobre orquídeas. Tinha estudado com o eminente naturalista John Davidson e passara um tempo como ajudante de campo nas velhas florestas da costa oeste, onde a clube do diabo é comum.

— A gente se conheceu há pouco mais de um ano — disse Alfred. — Na universidade.

— Ele estava fazendo uma apresentação sobre o musgo esfagno — acrescentou Millie, ao mesmo tempo que nos estendia uma lata de biscoitos. — As orquídeas são uma das poucas espécies que florescem na baixa acidez dos brejos, então rapidamente descobrimos algo em comum.

Eles se casaram apenas um mês antes que sua pesquisa os levasse às margens do lago Superior, com uma lista especulativa de espécies de orquídeas que diziam existir nas ilhas do litoral norte, munidos do seu improvisado material de acampamento.

Depois de compartilharmos chá na praia, eles mudaram seu acampamento para a ilha Edward, próximo às velhas minas, onde ficava mais perto para remarem sua canoa de lona verde até o ancoradouro de barcos ou ao redor do promontório até o farol, para se juntar a mim e a Emily nas excursões. Charlie, comprometido como estava com o farol e suas tarefas, observava nosso florescente relacionamento com certa má-vontade, enquanto levávamos o casal de brejo a charco, com Emily na liderança, e eu agindo como intermediária e intérprete.

Mostramos a eles os canteiros de clube do diabo. Era uma planta a que mamãe recorria muitas vezes, evitando cautelosamente os talos perigosos, para arrancar as raízes superficiais, que usava para fazer tinturas e cataplasmas. Não consegui me identificar com o fascínio que os dois tinham pela planta, mas, como dava prazer a Millie, também dava a mim.

Aquele era um verão seco, mas mesmo assim os mosquitos nos atormentavam quando nos demorávamos nos alagados. Millie usava uma tela que descia da aba de seu chapéu, preservando seu rosto delicado das picadas, mas Emily era especialmente atormentada pelos insetos e com frequência se recusava a se aventurar pelos brejos, apesar dos pedidos de Millie. Nesses dias, sentávamos na praia, onde as brisas do Lago espantavam as pestes. Millie sempre descobria algo para observar, tirando suas notas de campo e seus guias e escrevendo observações no diário. Tinha uma paciência infinita com Emily, mas eu ainda sentia que precisava estar presente, uma sombra protetora, parte de um todo.

Millie fascinava-me, com seu cabelo dourado brilhante e a paixão obstinada pela ciência. Era jovem e linda, mas também inteligente. E usava calças masculinas. Não se parecia com nenhuma mulher que eu conhecesse. Preenchíamos o silêncio ao redor de Emily com conversas sobre livros, e ela prometeu me mandar exemplares de seus romances preferidos quando voltasse a Toronto, no outono. Ria com frequência e, quando o fazia, era tão refrescante quanto uma chuva de verão.

Eles passaram um tempo visitando o farol. Enquanto Millie e Emily sentavam juntas com esboços e cadernos, Alfred e meu pai acendiam seus cachimbos, instalados nas cadeiras de madeira à sombra do farol, e discutiam política, a tensão crescente na Europa, a seca nas campinas e a depressão econômica que deixara homens jovens, capazes e impacientes, impedidos de alimentar suas famílias.

Alfred era um conservacionista bem antes de isso ser algo comum. Criticava a abordagem convencional no manejo da vida selvagem, que, para seu desânimo, tendia à eliminação rotineira de animais considerados daninhos. Argumentava que animais como os lobos desempenhavam um papel vital em todos os níveis do que chamava de sociedade natural, e o abate indiscriminado perturbaria o equilíbrio necessário para a preservação até mesmo do que houvesse de mais humanizado e valorizado na vida selvagem.

O pai discordava. Não era o sistema da mata, argumentava, mas sim a maneira de pensar dos cientistas, longe das praias, das florestas e dos animais, longe da realidade. Afirmava que os lobos tinham devastado a população das renas e que, sem controle, levariam ao desaparecimento das florestas dos Grandes Lagos. Mas notei, mesmo enquanto ele falava, um brilho em seus olhos. Gostava daquela discussão. E não imagino que Alfred, ao sair com Millie à procura de orquídeas difíceis de achar, tivesse previsto que depararia com deliberações científicas tão perspicazes e vigorosas, vindas de um faroleiro em uma ilha remota. Ficava sentada em silêncio aos pés do meu pai, ouvindo e aprendendo.

Minha mãe não parou para vir se sentar conosco. Não gostava das calças de Millie, do seu cabelo rebelde nem da maneira como participava da conversa com seu marido e o pai, frequentemente discordando de um ou de outro. Zombou quando a moça elogiou o talento de Emily e sugeriu que ela tinha um futuro com seus desenhos e suas pinturas. Eu sabia que a minha mãe tinha pouca tolerância com mãos e mentes ociosas. Emily não aprendera a cozinhar, tirar pele de coelhos, limpar ou consertar roupas, tricotar meias ou cortar lenha. Emily não tinha as habilidades que a mãe considerava necessárias para um futuro.

Naquele ano, uma raposa vermelha fez de Porphyry sua casa, provavelmente após ter vagado pelo gelo na primavera anterior, a barriga já crescendo com uma ninhada. Emily e eu a avistamos muitas vezes, durante maio e junho, rondando o perímetro do nosso quintal; as tetas compridas e pretas, os olhos agudos e rápidos, as orelhas espetadas enquanto caçava comida para as crias.

Por fim, Emily deparou com sua toca, uma entrada bem escondida atrás de uma pilha de pedras, e me levou ao lugar para mostrar.

Passamos vários dias modorrentos, no auge do verão, observando os filhotes, quatro ao todo, brigando uns com os outros em uma pequena clareira a uma distância segura do seu covil. Emily conseguia se aproximar deles, movendo-se lentamente, estalando a língua e embalando-os com seus olhos cinzentos, numa curiosidade calma, a ponto de eles tocarem as pontas de seus dedos com os focinhos pretos e definidos.

Millie podia passar horas como nós, simplesmente observando as traquinagens dos filhotes que cresciam e maravilhando-se quando eles perambulavam próximos o bastante para puxar a saia de Emily. Minha mãe estava sempre ocupada, lavando, costurando ou arrancando pragas no jardim, e, embora ela fosse muito capaz, nunca a vi disposta ao prazer. Nunca a vi parar para considerar a forma das nuvens deslizando pelo céu ou para colher um buquê de flores silvestres. Eu queria ter o cabelo ruivo indomável de Millie; queria usar calças que facilitassem rastejar pela mata; queria tomar parte em conversas profundas e significativas; queria rir bastante e livremente.

O *James Whalen* retornou na data certa para buscar Alfred e Millie, que encheram sua canoa verde, prendendo-a no deque para a viagem pela baía Thunder até porto Arthur, guardando debaixo sua barraca e seus caixotes. Levaram com eles amostras de plantas em saquinhos meticulosamente anotados com datas, locais e nomes de gênero, espécie e família.

Não voltamos a ver Millie nem Alfred na ilha. Mantivemos contato, uma correspondência intermitente ligando a região selvagem do norte de Ontário, as instituições acadêmicas da British Columbia e as cidades exaustas de guerra da Inglaterra. E, quando precisei deles, quando tive de lutar por Emily como nunca antes, eles compareceram.

Elizabeth

Peter não veio para a ilha nem uma vez naquele ano. Planejava se tornar médico, um sonho que um exíguo salário de faroleiro não poderia proporcionar. Mas meu irmão estava determinado. No auge da Grande Depressão, conseguiu garantir um emprego em um campo de trabalho patrocinado pelo governo, pelo qual ganhava apenas um salário irrisório mais quarto e comida, o suficiente para mantê-lo longe das filas para sopa e ainda guardar uns trocados. Tive orgulho dele; admirava seu sonho de ir para a faculdade e quanto dava duro para consegui-lo. Era muito mais velho do que eu, então eu o olhava com certo deslumbramento. Era bonito, alto, moreno, com a alma de um poeta, um pouco misterioso e muito inteligente. Charlie, em contrapartida, era loiro como o pai. Sentia-se mais à vontade com a água e o vento, era barulhento e cheio de conversa fiada, sempre louco por uma briga. Meus irmãos eram tão diferentes quanto os corvos e as gaivotas, e eu amava os dois profundamente.

O sr. Niemi tinha sido bastante gentil para, novamente, separar um quarto para Peter quando o programa governamental terminou. Talvez, Charlie nos insinuou quando se preparava para voltar a porto Arthur no final do verão, fosse por causa da filha, Maijlis, que era apenas um ano mais nova do que Peter. Maijlis era roliça e loira, com olhos azuis redondos, e podia destripar um peixe tão rápido quanto qualquer homem. Porém, naquele ano, ela não foi com eles para o acampamento de pesca, assumindo um trabalho na cozinha do Hoito, no porão do Labour Temple finlandês, onde servia refeições caseiras quentes a membros da comunidade finlandesa. À noite, preparava bules de café puro e forte para Peter beber, enquanto ele estudava sob a luz de um lampião a óleo.

No final do verão, restava apenas um filhote de raposa. Dei a ele o nome de Heathcliff, para depois descobrir que era fêmea. Era grande, escura e atlética, começando a ultrapassar o desajeitamento de filhote, mas ainda não uma adulta. Emily era como parte de seus companheiros de ninhada, e ela saltava por ali, grudada nos seus calcanhares com uma exuberância adolescente, ou se enrodilhava à sombra de uma árvore, enquanto Emily desenhava ou lia. Gosto de pensar que a mãe de Heathcliff e seus irmãos deixaram a ilha nadando em fila indiana pelo canal Walker, realocando-se no território muito mais bem abastecido de alimentos da ilha Edward. Gosto de pensar isso, mas sei que eles começaram a desaparecer logo depois que nossos frangos sumiram, quando meu pai saiu de manhã cedinho com sua espingarda.

O Dia do Trabalho chegou de mansinho; as horas com luz do sol foram gradativamente diminuindo, deixando o ar mais frio e trazendo certo alívio para o calor opressivo. Para os veranistas da ilhota Silver que escapavam da vida na cidade para aproveitar os fins de semana e as férias em suas casas de verão na antiga comunidade mineira, a data assinalava o fim da estação. Era a oportunidade para uma última aventura, um último passeio de barco emocionante pela água fria e verde do Lago, uma última tarde para brincar de esconde-esconde na mata e deitar sobre a areia preta e quente, enquanto as gaivotas navegavam na brisa ao alto. Eles se espalhavam pelas praias de Porphyry, com suas cestas cheias de sanduíches de presunto e salada de batatas, carregando cobertas de lã para espalhar pelo chão.

Já tendo Charlie voltado para porto Arthur, restavam apenas Emily e eu para receber seus barcos quando flutuavam para dentro do ancoradouro, agarrando suas cordas e amarrando-as nos ganchos do cais de madeira carcomida. Os adultos punham-se a trabalhar, construindo uma fogueira na praia e esquentando água para o café, enquanto as crianças espalhavam-se pela mata e pela curta trilha até a praia leste da ilha. No grupo, havia dois meninos que eu não conhecia, Everett e seu irmão, Jake, primos de Arnie Richardson, vindos de Toronto. Eram novidade para nós e, ao contrário dos outros, que viajavam até a ilha muitas vezes ao longo dos anos, eram novidade para Emily, e ela para eles. Emily não olhou para eles, mas também não olhava para ninguém. Seguiu a certa distância do restante de nós, fazendo e não fazendo parte da turma. Heathcliff havia desaparecido, sob o abrigo das árvores e das moitas, antes da chegada do animado grupo.

Sentamo-nos na praia, filtrando a areia e os seixos escuros à procura de vidro de praia, cacos polidos pelas ondas que ficaram parecidos com joias faiscantes, apenas à espera de serem descobertas e levadas de sua morada provisória.

— O que há de errado com a sua irmã? — O menino chamado Everett perguntou e, em seguida, pegou uma pedra chata e atirou-a na água, de modo que ela quicasse sobre a superfície seis, sete, oito vezes, e então se voltou para mim, orgulhoso, como se seu feito tivesse conquistado minha devoção. Emily estava sentada distante de nós, olhando as ondas, a ilha Dreadnaught e o navio além dela, que navegava em direção ao meio do Lago.

— Não há nada de errado com ela. Só é tímida, só isso — respondi. Essa era toda a explicação que eu queria dar. Tudo o que era necessário. Também peguei uma pedra e, com uma torção do pulso, mandei-a pulando pelo Lago, oito, nove, dez vezes. Provavelmente, foi a coisa errada a se fazer.

Everett saiu de perto de mim e disse para o grupo que estava entediado.

— Este lugar é idiota.

Arnie havia estado na ilha muitas vezes. Conhecia seus segredos. E sabia como intrigar um menino da cidade.

— Eu desafio você a passar pelo cemitério — disse.

Everett pegou outra pedra e atirou-a na água. Ela não quicou nem uma vez.

— Passo por cemitérios o tempo todo. Em Toronto tem cemitérios por toda parte.

— É, mas este é um cemitério indígena, certo, Elizabeth? — Arnie olhou para mim com os olhos faiscando. — Os ancestrais da mãe dela conhecem este lugar desde sempre. É assombrado. É antigo, mais antigo ainda do que a ilhota Silver, de antes da chegada dos homens brancos. Só os maiores guerreiros estão enterrados lá. Dizem que é sagrado, uma abertura entre o mundo dos vivos — ele fez uma pausa, abaixando a voz de modo a fazer todos se aproximarem para ouvir o resto — e o mundo dos *mortos*.

Era a primeira vez que eu ouvia essa história, mas não me atrevi a contradizer a narrativa de Arnie. Nossa cultura indígena não era algo que celebrássemos, e eu sabia muito pouco sobre a família de minha mãe.

Nossa imaginação jovem era um terreno fértil. Arnie continuou a espalhar a história:

— Os guerreiros vagam entre os dois mundos, o rosto e o corpo pintados com cores de guerra: vermelha, branca e amarela. Vestem peles de urso, ainda pingando sangue, jogando-as sobre os ombros como capas vivas, e usam cocares gigantes, feitos de penas de corvos pretos místicos, espíritos do submundo. Seus gritos estranhos e assustadores ecoam pela noite, um aviso aos vivos ou um grito de batalha para os mortos — Arnie fez uma pausa, nossa atenção tinha sido arrebatada, alimentando-se com o desenrolar de sua história. — Eles esperam para levar os que acabam de morrer para o submundo, em canoas feitas de casca de bétula, canoas possuídas, assombradas... Se você for lá na lua cheia, pode ver os fantasmas por entre as árvores.

Sua voz ficou ainda mais baixa, e ele olhou por sobre o ombro.

Todos nós copiamos seu gesto, checando, imagino, o lampejo revelador de uma pele de urso ou o vislumbre de uma pena de corvo. — Mas se os fantasmas o virem... — Arnie fez nova pausa, olhando para cada um de nós — eles o agarrarão e o arrastarão para o submundo com eles. E você nunca, jamais... *jamais* conseguirá escapar.

Emily e eu tínhamos levado Millie até lá, para mostrar-lhe a área de clube do diabo que crescia denso e alto nos espaços abertos entre as árvores. E, às vezes, a mãe nos mandava colher as raízes da planta. Para mim, era um lugar silencioso, tranquilo e respeitado. Não pensava nele como um terreno assombrado por espíritos. Não pensava nos meus ancestrais. Nós não comentávamos nossa origem porque nunca havíamos sentido o preconceito que poderia derivar da origem da nossa mãe.

Até aquele dia.

— Um bebê poderia fazer isso — Everett disse.

Isso era tudo o que faltava para o desafio ser aceito. A aventura deveria começar ao anoitecer, depois da refeição, exatamente quando a luz começasse a declinar sobre o Lago, mas antes que os barcos partissem para sua viagem de volta à ilhota Silver, sob o luar. Todos se revezariam, percorrendo a extensão do cemitério, arriscando-se a ser capturado pelas aparições de guerreiros e a uma sina inquestionável de desgraça, chafurdando por toda a eternidade como ser humano no mundo dos mortos.

Conforme o sol foi se pondo a oeste, nós nos esgueiramos da fogueira e da conversa dos adultos, uma lua oportuna iluminava nosso caminho, conspirando para aumentar o clima. Emily não veio junto. Tinha saído um pouco antes, desaparecendo silenciosamente. Era o jeito dela.

Estávamos cheios de bravatas, com risadinhas das meninas e conversas atrevidas dos meninos. Não havia trilhas até o cemitério. Liderei o caminho por entre as árvores e os arbustos, até chegarmos ao local e pararmos. Eu tinha começado a ter reservas, a hesitar. Não só eu. As risadinhas haviam cessado. Os meninos estavam mudos. E, então, Everett deu um passo à frente.

— Vocês são um bando de mariquinhas — declarou e partiu para atravessar o arvoredo. — Vejo vocês do outro lado. — A escuridão o encobriu quando entrou no mato.

O chamado de uma raposa fêmea é assustador. Tem o som de uma criança, ficando entre um choro, um latido e um grito. Assim também é o som de um índio guerreiro morto-vivo, saindo da tumba para agarrar crianças e levá-las para o mundo dos amaldiçoados. Soube no mesmo instante que era Heathcliff, mas mesmo assim os cabelos atrás do meu pescoço se espetaram, enquanto o som subia e descia pela minha espinha. É possível que tenhamos ficado ainda mais imóveis e silenciosos, a respiração presa dentro do peito enquanto os segundos escoavam tensos. A escuridão tinha engolido Everett completamente.

— É o fantasma? — cochichou Jack, tremendo.

Não respondemos.

— Devemos ir atrás de Everett? — Era Arnie. Embora ele soubesse que a história que tinha contado não tinha nem um tiquinho de verdade, ficou parado, imóvel como o restante de nós, olhando para o antigo lugar de sepultamento do povo que caminhara por esta terra e remara no grande Lago centenas de anos antes da noite em que ficamos em seus limites, enquanto a voz de Heathcliff pairava no ar.

Vi Emily antes de ouvir Everett. Movia-se por entre as árvores, seu vestido branco luminescente ao luar, o cabelo preto caindo solto pelos ombros. Afastava-se de nós, em direção ao som de Heathcliff, e, antes que eu tivesse chance de chamá-la, Everett começou a berrar. Seus gritos vinham envoltos em terror, e eu soube que ele também a tinha visto, a visão enevoada pelas histórias dos guerreiros indígenas mortos e obscurecida pelos artifícios de luz e sombra.

Vinha correndo pela mata, chocando-se e tropeçando na penumbra, imprudente em seu pânico.

Arnie chamou-o:

— Everett, por aqui! Estamos aqui!

— Ai, meu Deus! Ai, meu Deus! — Foi sua resposta desesperada. — Me ajudem! Alguém me ajude!

Chamei Emily e fui até ela, escolhendo o caminho com cuidado sobre troncos caídos e contornando trechos com clubes do diabo. Ela não olhou para mim e continuou andando na direção do som dos gritos de Heathcliff. O luar reluzia azul e revelava Everett arremessando-se para longe dela, olhando por sobre o ombro enquanto corria, e eu o vi tropeçar e cair nas garras espinhosas do clube do diabo, onde se debateu; seu foco não estava mais no espectro que se movia em sua direção, mas nos espinhos que se agarravam em sua carne. Emily debruçou-se, franziu os lábios e estalou a língua como fazia para chamar a raposa, e Heathcliff surgiu das sombras, passando pelo menino e indo para junto dela. Ela se virou e olhou para Everett, os olhos cinzentos penetrantes, com uma intensidade que eu nunca tinha visto.

Arnie e os outros chegaram até Everett e o ajudaram a se levantar. Tinha o rosto arranhado, e seus braços e suas mãos estavam cobertos por minúsculos vergões nos pontos perfurados pelos talos espinhosos. A frente da sua calça estava manchada, molhada. Ele se soltou dos braços que o apoiavam, enxugando o rosto com as costas da mão, e virou-se para ir embora. Eu gostaria que ele apenas tivesse andado e que os outros o tivessem seguido, mas, após apenas alguns passos, ele parou e girou, olhando para Emily e para a raposa encolhida a seus pés.

— Você é uma maldita feiticeira índia — disse, a voz rouca, quase um sussurro. — Vou fazer com que pague por isso.

E fez. Ah, como fez.

33

Elizabeth

Os dias foram ficando mais curtos à medida que o inverno se aproximava. Os veranistas não voltaram à ilha depois do passeio do Dia do Trabalho, mas Heathcliff era uma visita constante. Emily e eu escondíamos pedaços de carne de veado ou de torresmo debaixo das saias, e as levávamos até uma grande pedra chata ao lado do lenheiro. Ela encorpou, a pelagem ficou brilhante, o rabo exuberante, e nossas simples oferendas tornaram-se acréscimos desnecessários, porém bem-vindos, à sua dieta de camundongos e pássaros. Meu pai ignorava-a pelo bem de Emily, e eu o amava ainda mais por isso. Até a nossa mãe começou a deixar de lado restos da cozinha, colocando-os na velha panela amassada e entregando-a a Emily para que ela a levasse para fora depois do jantar. Já não havia galinhas para tentar a raposa; as remanescentes tinham parado de botar e acabaram dentro do caldeirão de sopa. Mas temi pela sina de Heathcliff quando as estações mudaram, e o galinheiro voltou a reviver com um cacarejar emplumado.

Não precisava ter me preocupado.

Sempre me lembrarei daquele inverno por dois motivos. Um foi o naufrágio do *Hartnell*, em novembro. O outro foi a morte de Heathcliff.

Foi ela quem nos alertou para o desastre que ocorria nas águas geladas e agitadas pelo vento do canal de navegação entre a ilha Royale e Porphyry.

Eu estava dormindo na cama que dividia com Elizabeth. O farol funcionava, seu zumbido rítmico era quase imperceptível, um som de fundo contínuo e não registrado pelas conversas irritadas do vento e das ondas enquanto uma tempestade de início de inverno abria caminho pelo Lago. Acordei com um sobressalto. Algo tinha me agitado, chegando até meus sonhos. Olhei em volta, as sombras assumindo forma e substância na escuridão. Então, ouvi o latido de uma raposa.

Instintivamente, procurei Emily, minha mão deslizando pelas cobertas vazias, sentindo apenas um restinho de calor.

Heathcliff tornou a latir, e eu soube que Emily tinha ido atrás dela.

Minha mãe e meu pai dormiam. Era raro os dois dormirem ao mesmo tempo, principalmente quando fazia mau tempo. Geralmente eles se revezavam ao longo da noite, verificando a luz, monitorando o combustível, medindo o vento e registrando tudo no diário de bordo. Minha única dedução é de que foram tomados pela exaustão. Mas a luz piscava, e não percebi nada de errado. Calcei as botas, vesti uma jaqueta, o barulho da tempestade abafava o som da porta, batendo contra a parede da casa com o vento. Fechei-a depois que saí e olhei para as faixas de luz que passavam brilhando pela água escura. O facho dançava contra flocos de neve levados pelo vento, criando uma cortina cintilante ao redor da ilha.

Uma camada enlameada de neve cobria o chão. Era o suficiente para clarear a escuridão, e pude discernir a trilha que levava até o promontório. As pedras eram ásperas, pretas e porosas, e escolhi o caminho com cuidado. O vento fustigava uma tempestade no Lago, e as ondas eram um espetáculo, arrebentando-se na costa, um aguaceiro frio que se misturava com a neve que caía.

Emily estava em pé no promontório, olhando o ofegante mar negro. Heathcliff estava bem distante do alcance das ondas, andando de lá para cá pela crista acima da praia, as orelhas abaixadas, parando de tempos em tempos para lançar seu alerta.

Eu estava cansada das andanças de minha irmã, comportamento ensimesmado que me fazia ir à sua procura em noites como aquela, arriscando a saúde e o físico para trazê-la de volta ao calor de nossa casa e à segurança de nossa cama. Aquela foi a primeira vez que me lembro de ter ficado brava com minha irmã.

— Emily!

Minha voz foi levada pelo vento e mergulhada na água que pendia do céu, granizo perseguido pelo vento.

— Emily!

Ela se virou quando a chamei, olhou-me e depois voltou a se virar para o Lago, levantando um braço e apontando para a escuridão. O raio de luz percorreu pateticamente a muralha salpicada de escuridão e vi de relance uma embarcação inclinando-se perigosamente, sendo levada pelas ondas em direção ao rochedo negro vulcânico de promontório Porphyry. Seu motor estava em silêncio, a tripulação lutando, provavelmente, para controlar o barco, se é que já não o tivesse abandonado.

Deixei Emily, uma figura branca parada no rochedo negro sob o farol. Em questão de minutos chamei meu pai e ele lançou o *Sweet Pea* na água, o pequeno motor de popa rugindo para a vida enquanto ele se precipitava pelas ondas volumosas. A mãe alimentou o fogo e colocou panelas de água para ferver.

A espera foi interminável. Emily recusou-se a vir para dentro, então me juntei a ela no promontório, onde ficamos enroladas em cobertores de lã, assistindo às imagens desconexas enquanto o drama se desenvolvia, dramaticamente iluminado pelo farol. O *Hartnell* era um cargueiro, possivelmente fazendo sua última viagem da temporada até Duluth, e o motivo de ter se desviado tanto do curso era algo que eu só podia especular. Estaria procurando abrigo, fugindo dos ventos violentos e das ondas impetuosas de um clássico vendaval de novembro, esperando se enfiar nas proximidades da ilha

Royale e buscar abrigo na enseada McCargo? Talvez. Se fosse esse o caso, algo tinha dado errado, terrivelmente errado, e o olhar revelador do farol mostrava a embarcação vagando sem destino, empurrada pelo vento e pelas ondas, até encalhar por completo, seu casco de metal entortando, enquanto ela acabava nas águas rasas da barra de Porphyry.

Ouvi gritos na escuridão e o som do motor de popa. Emily e eu, lanternas na mão, fomos ao encontro do *Sweet Pea* em terra. Cinco homens amontoavam-se em nosso barquinho, molhados e trêmulos, o rosto pálido, os olhos com as bordas escuras de choque e de medo.

— Leve-os até sua mãe. Faça com que fiquem aquecidos.

O pai permaneceu na popa do *Sweet Pea*; as ondas da praia levantavam o barco e o sacudiam, ensopando-o a cada movimento.

— Ainda faltam três, incluindo uma mulher.

Meu coração apertou-se. Não era incomum que a esposa, e às vezes os filhos, do dono ou do capitão de um barco viajasse a bordo. Perdi meu pai de vista bem antes de o som do motor ser engolido.

Minha mãe fez os homens se despirem, envolveu-os com lã quente e preparou um café bem forte. Eles ficaram sentados em choque, calados, os dentes continuavam a bater bem mesmo depois de estarem com a pele rosada e de terem tomado a bebida quente.

Depois de cuidar dos homens, minha mãe voltou sua atenção para mim e Emily. Tínhamos vestido roupas secas e sentado com as mãos esticadas para o calor do fogo, mas, mesmo assim, Emily tremia. Mamãe pegou o rosto dela nas mãos, o polegar demorando-se por um momento na face pálida, até que os olhos cinzentos voltaram-se para ela e encararam-na por um brevíssimo instante. Então, ela se sentou e escovou o cabelo de Emily até ele brilhar como as penas de um corvo.

A história foi revelada, montada pelos homens à medida que recobraram suas vozes. O *Hartnell* tinha perdido os motores a duas milhas da ilha Passage, pouco antes das dez da noite. Ondas monstruosas arrebentaram-se no deque, rompendo a tampa das escotilhas e inundando a casa de máquinas. O navio estava equipado com um mastro de mezena, e eles içaram a vela, alterando o curso para se abrigar atrás da ilha Royale, onde poderiam esperar o fim da tempestade e depois seguir até porto Arthur para os consertos. Mas as ondas aumentaram demais e eles perderam o leme por volta da meia-noite, ficando à mercê do vento, que os levou direto para as pedras da ilha Dreadnaught. Lançaram o barco salva-vidas e estavam iniciando o processo de abandono do navio. O primeiro suboficial estava a bordo da balsa para ajudar a esposa do capitão a embarcar. Justo quando faziam isso, uma onda enorme desceu, afastando o barco da lateral do navio e mandando seus três passageiros para o domínio escuro do Superior.

Eu conhecia bastante o Lago para captar o destino deles. Uma vez que alguém caía em suas garras gélidas, o Superior não ficava propenso a soltar. Pude perceber pela expressão no rosto dos homens empoleirados nas cadeiras da nossa humilde morada, amontoados debaixo dos cobertores, que eles tinham o mesmo entendimento.

Nosso pai ficou fora pelo que pareceram horas. O vento continuou a uivar, amainando ligeiramente apenas quando o sol surgiu, com seu brilho difuso tentando, inutilmente, lançar luz e calor sobre a ilha coberta de neve. Papai apareceu à porta nas primeiras horas da manhã, sacudindo a cabeça sem dizer nada.

Os homens ficaram conosco por três dias. Meu pai conseguiu comunicar-se com a Guarda Costeira, e o *James Whalen* veio buscá-los. Logo depois, chegou um barco de resgate, e o *Hartnell* foi arrastado das pedras e rebocado até os estaleiros em porto Arthur; seu casco estava estragado, batido e torcido.

Emily passou aqueles três dias caminhando pela praia. Pedaços e peças do cargueiro *Harnell* vieram dar nas praias: engradados de madeira, latas, boias e pedaços de tecido rasgado. Heathcliff nunca ficava longe, da madrugada até o entardecer, companhia fiel enquanto ela caminhava em peregrinação, parando ocasionalmente para virar um item do naufrágio e procurando. Não consegui entender sua obsessão, mas havia muita coisa em Emily que não entendia.

Encontramo-la no quarto dia, sentada ao lado do corpo da mulher.

Nosso pai parou ao vê-las: Emily tão pequena e frágil, agachada ao lado da mulher morta, e me chamou. Emily tinha tirado seu cachecol vermelho de lã e estendido-o sobre o corpo. Uma das pontas ia dar na água e movia-se com as ondas, como um ser vivo, e tudo o que pude pensar, tudo o que eu ou meu pai pudemos pensar foi em afastar Emily daquela forma fria e inchada.

— Tire ela daqui, Lizzie. Que inferno, leve-a pra casa!

Fiz o que era dito, mas não antes de perceber que nada daquilo fazia sentido. A mulher tinha vindo dar na praia do lado leste da ilha; estava estendida na areia além do lugar onde o Lago poderia tê-la colocado. Ela não poderia ter parado ali, não com a direção em que o vento estava soprando durante dias. E Emily, a querida Emily, não poderia tê-la carregado nem mesmo arrastado o corpo e posicionado-o da maneira que estava. Deduzi que alguém havia movido o corpo. Alguém o tinha trazido onde sabia que ele seria encontrado. Alguém que conhecia o vento e as ondas. Alguém que sabia que a filha do faroleiro andara vagando pela costa, procurando. Alguém que era capaz de esconder sua presença de todos nós, exceto de Emily.

E eu sabia quem era.

Enquanto Emily e eu íamos embora, olhei em volta, buscando nas árvores um relance de sua barba escura e do casaco de pele de veado. Estaria nos observando até agora? Estremeci e puxei Emily para mais perto de mim.

Morgan

Estou com os diários espalhados ao meu redor sobre a cama, acompanhando a fala de Elizabeth. Suas lembranças ecoam nessas páginas.

— Era Grayson, não era? — Algumas das peças estão se juntando. — O assistente de faroleiro que estava desaparecido.

— Era — ela responde. — Na época, eu não sabia. Na época, pensei que fosse... Não tenho certeza de quem eu pensei que fosse.

— O que aconteceu com Heathcliff?

— Ah, é. Ela parou de vir em fevereiro. Deduzi que tinha se mudado, atravessado para outra ilha em uma passagem de gelo, à procura de um companheiro. Emily não pareceu preocupada. Era o jeito de agir da natureza, e, embora nós duas nos divertíssemos com a raposa, ela ainda era, em grande aspecto, um animal selvagem. No entanto, infelizmente, não foi isso que aconteceu.

— Acompanhei meu pai até a cidade naquele inverno. Fomos até porto Arthur em um trenó puxado por cães, saindo da ilhota Silver e atravessando a gélida baía Thunder, com o enevoado Gigante dormindo sob um cobertor de neve. Foi uma viagem excitante. Aproveitamos para dar uma passada na agência de corretores Sewchuck's, uma loja com vitrines dando para a rua Cumberland que atendia às necessidades de caçadores, trocando peles por armadilhas, ferramentas e munição. Enquanto estávamos lá, um homem entrou com um pacote de peles e ficou na sombra, ao passo que o pai terminava suas compras. Usava um casaco de pele de veado e gorro de pele, mas estava de costas para mim. Pensei tê-lo reconhecido, mas não conseguia me lembrar de onde. Ele sentiu meu olhar e virou-se, olhando para mim. Seu rosto tinha cicatrizes horríveis, as marcas mal escondidas por uma barba preta cheia, e cheguei mais perto do pai. Já o tinha visto antes. Apenas uma vez, mas o tinha visto, escondido entre as árvores num dia frio de inverno, um lobo solitário rejeitado pelo bando.

Fez uma pausa e continuou:

— Em cima da sua pilha de peles, havia uma de raposa, mais escura do que a maioria, bonita e cheia. Minha mão esticou-se para tocá-la. Não tive dúvida de que fosse Heathcliff. Talvez ela tivesse pisado, inadvertidamente, em uma armadilha colocada para a captura de lince ou marta, complacente em sua mansidão. Talvez. Os olhos do homem encontraram os meus brevemente e, quando ele desviou os olhos desaparecendo nas sombras, vi que continham vergonha e tristeza. Nunca esqueci aqueles olhos escuros e atormentados, nem nunca contei a Emily.

Não digo nada por alguns minutos. Percebo que ela está perdida em pensamentos. Está montando um quebra-cabeça, tanto quanto está recordando.

— Mas não era isso o que a senhora estava procurando aqui, descobrir quem era aquele homem? Não foi por isso que seu irmão foi de veleiro até Porphyry, para buscar os diários?

— Não. Charlie nunca soube a respeito dele. Ninguém soube, a não ser Emily e eu. E, no fim, seu avô.

— Certo. Então o que tudo isso tem a ver com o meu avô?

Por mais que eu ache a história da sra. Livingstone fascinante, não há ligação entre o homem com o violino e o conjunto de desenhos de Emily, que foi o que deu início a isso tudo. Não tem nada a ver comigo.

— Tudo é importante, Morgan, mas não é simples nem mesmo fácil. — A sra. Livingstone não tinha sequer se movido na poltrona. — Muito mais tarde, seu avô desempenhou um papel pequeno, mas vital, neste drama.

Minha boca está seca. Uma ressaca furiosa está em ebulição, e posso sentir o uísque na minha garganta. Não faço ideia da hora. O quarto está ficando mais claro, então o sol deve ter saído. A porta não está bem fechada, e entram sons do corredor; a rotina da vida continua, o arrastar de passos, as portas fechando, as vozes falando, Marty assobiando bem ao longe. Posso sentir cheiro de café e de comida sendo feita. Penso em Laurie; pergunto-me se a esta altura ela já notou que não estou na minha cama.

— Eu deveria ligar pra alguém pra dizer onde estou.

— Já foram avisados — ela diz e depois acrescenta: — Horas atrás.

Só sinto culpa por pouco tempo.

Levanto-me e me sirvo de um copo de água. A senhora não diz nada. Percebo que está esperando por mim, seguindo meus movimentos, e sabe o que estou fazendo. Parece notar que estou ansiosa por ouvir o resto da história, descobrir mais a respeito do meu avô e como ele conhecia Emily. Tiro o cabelo do rosto e puxo-o sobre um ombro, fazendo uma trança grossa.

Volto para a cama, folheando os diários espalhados. Empilho-os em ordem, colocando o primeiro ano embaixo, os que li em voz alta, e os mais novos por cima. Só tem mais um livro.

— Onde está o restante dos diários de seu pai? — pergunto. — Estes daqui só vão até 1943. O que aconteceu com os outros?

— Não existem outros — ela responde, dobrando as mãos sobre o colo. — Não poderia haver. Se houvesse, seu avô não teria feito parte desta história, não teria ido para a ilha, não teria conhecido Emily. Não teria matado Grayson, o homem que eu chamei de lobo solitário. — Ela faz uma pausa e depois acrescenta: — Ele não teria sido necessário.

Subo de volta na cama e cubro os ombros com a manta afegã, folheando as páginas do último diário.

— Por quê?

35

Elizabeth

Peter e Maijlis casaram-se em junho de 1939. Um casamento discreto, uma cerimônia simples, organizada às pressas na igreja luterana Immanuel, na rua Pearl. Nosso pai usou terno e gravata. Ficou puxando a gravata o dia todo e livrou-se dela assim que o pastor e sua esposa deixaram a recepção. Nossa mãe e a sra. Niemi prepararam travessas de sanduíches, bolos de peixe frito e tortas de morango para os convidados que se reuniram no saguão da igreja após a cerimônia no meio da manhã. Maijlis estava linda e levava um buquê de lilases amarrados com uma fita azul.

Não tínhamos dinheiro para arcar com vestidos novos, mas minha mãe fez questão de que estivéssemos brilhando de tão limpas, por isso nossas roupas estavam remendadas e passadas. Trançou nosso cabelo naquela manhã, torcendo as longas tranças escuras ao redor da nossa cabeça, de modo a parecermos princesas. Vestiu roxo, e, ao vê-la sem avental ao redor da cintura pude imaginar como deve ter sido quando se casou com meu pai. Deu-me recomendações estritas para não perder minha irmã de vista, prestar atenção para Emily não causar uma comoção nem sair vagando pelas ruas da cidade. Não precisava ter dito.

Peter usou seu uniforme. Sem dinheiro para estudar medicina, alistara-se no exército e tinha acabado de completar o treinamento. Menina de 14 anos, imersa nos romances de Jane Austen, achei o casamento imensamente romântico. Mas suspeito que minha mãe não teve a mesma sensação. Sentia-se orgulhosa, muito orgulhosa, mas estava abrindo mão do filho para Maijlis e para o exército.

Lembro-me dela arrumando sua gravata para as fotografias, a mão demorando-se em sua lapela enquanto encarava os olhos escuros do filho, e não tive certeza se estava triste ou feliz. Quanto a Peter, eu sabia que ele nunca havia estado mais feliz. Inclinou-se, beijou o alto da cabeça de mãe e depois se apressou em se juntar a Maijlis nos degraus da igreja, para as fotos. Foi um momento de ternura tão raro e comovente que ficou em mim para sempre.

Peter e Maijlis mudaram-se para Winnipeg, onde meu irmão serviu com os granadeiros. Naquele setembro, o Canadá declarou guerra e, no mês seguinte a unidade de Peter foi mandada à Jamaica para ficar de prontidão. Maijlis voltou para a casinha azul da rua Hill.

Charlie arrumou trabalho no estaleiro do porto Arthur. A companhia tinha andado ociosa durante os longos e difíceis anos da Depressão, mas a guerra, que carregava com ela morte e destruição, ironicamente insuflava vida na indústria ao assegurar contratos para a construção de navios de guerra para a Marinha canadense. Ele alugou um quarto em uma pensão no rio Current e só esteve na ilha algumas vezes naquele verão.

A guerra estava na mente de todos; era assunto de conversas ao redor da mesa de jantar, nas docas e nas ruas. Rapazes eram recrutados, treinados e despachados para além-mar, cheios de retidão idealista, com os beijos quentes da namorada em seus lábios e o amor da mãe tricotado em meias de lã.

Recebi uma carta de Millie. Escreveu que logo eles partiriam para a Inglaterra, se é que já não tinham partido quando seu recado chegou à ilha. O pai de Alfred não estava bem, então, apesar das rações e das restrições e das incertezas das bombas alemãs, eles acharam melhor largar o trabalho no Canadá e voltar para a casa dele. Escreveu que estava a ponto de publicar um trabalho sobre as orquídeas da floresta boreal e perguntava se poderia incluir alguns dos desenhos de Emily que havia levado com ela. Mandava amor para todos, papel e lápis para Emily e livros para mim.

Peter escrevia-nos com frequência, às vezes sendo cinco ou seis cartas entregues de uma vez. Minhas respostas para ele enchiam páginas e páginas. Eu escrevia sobre os acontecimentos rotineiros no farol, os seres imaginários de Emily e as novidades do livro que eu estava lendo. Selava as cartas e as enviava no *The Red Fox* para uma guerra que parecia muito, muito distante, além de lagos imensos e de um oceano ainda mais vasto, mas que também afetava tão incrivelmente perto de casa.

Peter veio rapidamente para casa no outono de 1941, mas não conseguimos vê-lo. Partiu novamente algumas semanas depois, e comecei a ter mais interesse pelos jornais do meu pai, que continuavam a chegar com regularidade. Líamos as notícias em voz alta, à noite. Traziam histórias sobre as políticas de guerra, as batalhas ganhas e perdidas e o número de mortos e feridos.

A primavera de 1942 assinalou o começo daquilo em que penso como o ano das três mortes.

A primeira foi a minha própria.

A temporada começou cedo, com os canais de navegação abertos e o farol operando no início de abril. Meu pai sentia grande satisfação em ser capaz de pôr o farol para funcionar, com os espelhos girando, antes que qualquer outro faroleiro conseguisse até mesmo chegar a seu posto. Os cargueiros que haviam hibernado no porto da baía Thunder abriam caminho em direção ao Lago, na esteira da embarcação quebra-gelo, e partiam para as comportas de Sault St. Marie e Welland, com os porões transbordando de carga. Papai estava a postos para assinalar a primeira etapa de sua viagem.

A primavera era a estação de coleta de ovos de gaivota, que cozinhávamos ou usávamos em massas, uma alternativa deliciosa antes que nossas próprias galinhas pudessem nos fornecer um suprimento regular. Emily e eu fomos até a colônia de gaivotas, na ilha Hardscrabble, recolhê-los; era primeira vez que minha irmã confiava em minha habilidade de navegação para nos transportar em segurança pelas águas escuras do Lago. Empurramos o *Sweet Pea* para a água de manhã cedo, sem nos preocuparmos em encaixar seu mastro; em vez disso, cada uma pegou um remo, e trabalhamos juntas para cobrir a distância até a face íngreme da costa sul. Podíamos ver pelo canal Walker, depois de Devil's Thumb, uma formação rochosa sagrada que nossa mãe chamava de Shamanitou, a qual ficava na entrada. Soube que já não se encontra lá, tendo sido desencaixada pelos dedos gelados do Lago alguns anos depois de deixarmos a ilha. Atrás dela, vi *The Red Fox* a distância e, pela sua posição, soube que estava se dirigindo para o canal e provavelmente pararia em Porphyry.

Remamos até a passagem de pedras que ligava as duas partes da ilha e proporcionaria abrigo suficiente para puxar o *Sweet Pea* para cima, longe do alcance das ondas. Amarrei a boça a uma árvore como precaução extra, já que não era raro o vento levantar uma onda sem aviso prévio. Emily e eu pegamos nossas cestas e atravessamos a mata densa em direção ao alto do penhasco.

Nossa presença provocou a reação esperada. As gaivotas levantaram voo, enchendo o ar de grasnados discordantes e dos gritos estridentes de pássaros em pânico. Circularam sobre nossa cabeça, investindo para baixo de maneira assustadoramente próxima, tentando nos afastar dos ninhos onde estavam seus ovos salpicados de marrom, expostos e vulneráveis. Emily encolheu-se com aquele ataque, agachando com as mãos na cabeça e os olhos fechados com força. O barulho e a agitação eram demais para ela. Eu deveria ter sabido disso.

Fui em frente, deixando Emily debaixo das árvores, e escolhi um ovo de cada ninho que tivesse dois, exatamente como minha mãe tinha me ensinado. Elas botariam de novo, ela me disse, tal qual as galinhas. Coloquei-os na minha cesta com delicadeza, ignorando o lampejo de asas brancas próximo ao meu rosto e o tumulto girando no céu acima de mim, até minha cesta estar cheia. Sabia que Emily não encheria a dela.

— Volte para o barco — disse a ela. Sua cesta estava no chão ao seu lado, e eu a peguei. — Encontro você lá.

Enchi a cesta dela em minutos. Peguei as duas no braço e fui embora, escolhendo o caminho com cuidado até a margem abaixo.

Emily não estava no *Sweet Pea*. O barco continuava firmemente amarrado no tronco da árvore, então coloquei as cestas no fundo e me sentei para esperar. Espirais de neblina começaram a flutuar ao longo da costa distante da ilha Edward. Era um nevoeiro leve, e não a tela densa e impenetrável pela qual o Lago é de forma tão infame conhecido. Mas era o bastante para eu considerar nossa curta remada de volta com mais urgência. Precisava encontrar Emily.

Comecei a caminhar ao longo da costa, pensando que ela poderia ter imposto certa distância entre si mesma e os pássaros que gritavam. Em alguns lugares, a vegetação descia até a beirada da água, e tive de contornar para abrir caminho, arranhando braços e pernas nos galhos espinhosos de roseiras bravas e framboesas. Ao virar para o lado norte, o terreno foi substituído por uma encosta baixa, relativamente livre de árvores. Nunca havia estado lá.

Réstias de neblina também haviam subido a colina, vagando como uma torrente ao redor da ilha e assentando nos vales rasos e ao longo das costas. Olhei para o outro lado do Lago. Dali, eu podia ver Porphyry começando a flutuar para dentro e para fora por trás da cortina de gaze, embora a própria torre do farol se elevasse nítida acima da nuvem que se assentava embaixo. Olhei em volta à procura de Emily.

Em vez disso, encontrei uma cruz, uma simples marcação de madeira cuja superfície cinzenta estava desgastada. Soube, sem sombra de dúvida, que tinha tropeçado em uma tumba. Meu lado romântico viu-se intrigado. Que corpo estaria debaixo da pilha de pedras manchadas de líquen? Quem teria sido disposto com tanto cuidado no sono eterno, com uma vista para o lago Superior, em toda sua magnificência e seus inúmeros humores, estendida à sua frente? Gavinhas enevoadas de neblina enrolavam-se para dentro e para fora das árvores. Eu estava terrivelmente seduzida, perdidamente atraída pela cruz.

As duas pranchas caiadas tinham sido entalhadas, mas o vento, a chuva, o sol e a neve tinham feito seu trabalho, e tive de me debruçar para entender as inscrições. Corri os dedos por elas. Diziam simplesmente: "Elizabeth Livingstone, 16 de maio de 1925-29 de novembro de 1926".

É uma sensação estranha ficar em frente à sua própria tumba. Quando penso nisso agora, foi um momento dickensiano, como o pobre Scrooge confrontando seu futuro na companhia de um fantasma. Ajoelhei-me ao lado da cruz, ao lado do montinho que continha debaixo dele o corpo de um bebê, nascido no aniversário dividido por mim e Emily, levando meu nome. As gaivotas gritaram. O Lago sussurrou. Senti-me dolorosa e desconfortavelmente vazia.

No entanto, mais uma vez o nevoeiro bateu no meu ombro. Eu não podia me permitir perder tempo.

Resolvi voltar, fazer perguntas e exigir respostas, mas os acontecimentos que se desenrolaram, mesmo enquanto eu me ajoelhava em frente à tumba perdida, acabaram por ofuscar o mistério da minha morte. Restou-me existir como um fantasma.

Voltei para o barco e encontrei Emily ali, sentada em uma pedra, como se tivesse ficado esperando o tempo todo. Empurramos o *Sweet Pea* para a água e seguimos ao longo da costa, sem perder a terra de vista para evitar seguir em círculos dentro do nevoeiro. Atravessamos o canal Walker e seguimos para o sul, em direção ao farol. O pai tinha ligado a sirene, e o som ricocheteava sinistro nos penhascos de Hardscrabble. Também era possível ouvir as gaivotas discutindo entre si, gritando ao voar sem ser vistas sobre nossa cabeça. Emily e eu remávamos, com o silêncio sufocando quando não era quebrado pelo som intermitente da sirene.

Ao chegar, encontramos a mãe sentada na cadeira do pai. Tinha uma carta na mão. Era de Maijlis. Os granadeiros de Winnipeg tinham estacionado em Hong Kong, ela escreveu, e, na mesma manhã do bombardeio de Pearl Harbor, o Império do Japão também tinha atacado a colônia britânica. A batalha fora violenta, durando várias semanas até que as forças do Commonwealth se renderam. Peter estava desaparecido, possivelmente capturado, sabia-se que ferido, presumivelmente morto.

A mãe não se mexeu o dia todo. Não se levantou para fazer o jantar, varrer o chão ou jogar lenha no fogo. Lembrei-me de como tinha olhado para Peter no dia do casamento, endireitando sua gravata, espanando seu uniforme. Tinha tanto orgulho dele! Especulei se ela teria percebido, então, que estava se despedindo.

Cozinhei ovos para o jantar e servi-os com uma fatia grossa de pão, mas nem Emily nem eu conseguimos comer muito. Ao escurecer, saí de casa furtivamente, sentei-me no promontório envolto em nevoeiro e deixei que as lágrimas caíssem nas pedras úmidas. Chorei até ficar com o corpo dolorido, até a exaustão começar a toldar a raiva e a fúria, até Emily vir e me levar para a cama, juntando seu corpinho de encontro ao meu, passando os braços pelos meus, e sofremos como uma só pessoa.

Meu pai não entrou de volta em casa a noite toda. A sirene de nevoeiro funcionou por 24 horas, gritando pelo Lago em um tom tenebroso e triste.

Naquela semana, Charlie veio visitar. Tinha se alistado. Minha mãe implorou para que ele não fosse. Era ainda uma criança. Não podia se arriscar a perder mais um filho, disse.

Compartilhei os sentimentos de minha mãe. Quis acrescentar minhas súplicas, convencer Charlie de que ele precisava ficar. Mas entendi por que ele queria — não, *precisava* — ir. Conseguiu arrumar uma carona de volta a porto Arthur em um barco pesqueiro que tinha parado no canal. Todos ficamos em terra, olhando o barco subir e descer nas ondas agitadas, borrifos brancos saindo da proa à medida que ela rodeava o promontório e encaminhava-se para oeste, em direção ao pé do Gigante Adormecido.

Emily e eu ficamos bem juntas, com as mãos entrelaçadas.

— Ele vai voltar — minha voz transmitia uma confiança que eu não sentia. — Você vai ver, Emily. Charlie vai voltar pra nós.

Quando já não avistávamos o barco, o pai subiu as escadas do farol e ficou ali sentado sem dizer uma palavra.

Guerra e morte podem silenciar o mais forte dos homens.

Morgan

Ela está quieta. Sei que está pensando nos irmãos. Deve ser especialmente doloroso não saber o que aconteceu com Charlie. De uma maneira estranha, ela recebeu a mesma mensagem em relação a ambos, com décadas de diferença: desaparecido e presumivelmente morto.

— A senhora descobriu o que aconteceu com Peter?

— A morte de Peter foi confirmada naquele outono. Seu corpo está enterrado em um cemitério militar em Hong Kong. Sua plaquinha de identificação foi entregue a Maijlis, com uma carta do comandante da unidade de Peter. Ele transmitiu as mais profundas condolências do Ministério de Defesa Nacional e a gratidão pelo sacrifício que Peter fez pelo país e pela liberdade.

— Mas Charlie voltou — é algo estúpido de dizer. Sei que voltou. Ele é a razão de estarmos aqui sentadas com estes velhos livros. Ele voltou, mas agora está novamente desaparecido.

— É, Charlie voltou, como você sabe, anos depois. Mas não era o Charlie que partiu. Não era o Charlie que nos levava para navegar no *Sweet Pea* ou lia histórias todo feliz para Emily quando era difícil saber se ela estava ao menos ouvindo. Aquele Charlie morreu em algum lugar distante, do outro lado do oceano, com uma arma nas mãos e o coração cheio de ódio e vingança.

— A senhora disse que aconteceram três mortes? — Quase não quero perguntar.

— É, houve mais uma.

37

Elizabeth

Foi antes do início da temporada de navegação, no final de março do ano seguinte. O Lago estava livre do gelo além do promontório Porphyry, e tivemos vários dias de ventos amenos, vindos do sul. Nosso rádio conseguia pegar o sinal de Michigan, e nós nos reuníamos ao seu redor para ouvir um concerto do Carnegie Hall e um episódio da série cômica *Fibber McGee and Molly*. Um fogo crepitava no fogão, e, por um breve momento, usando com parcimônia o precioso poder da bateria, nós nos conectávamos com o mundo externo. Ouvíamos e ríamos. Escutávamos as notícias e, depois disso, a previsão do tempo. Nosso pai nunca prestou muita atenção nessas previsões. As dele eram muito melhores, tendo passado anos observando o céu e as ondas e seguindo a direção do vento. Um barômetro pendia da parede ao lado do mapa do Lago, e a pressão era marcada em seus diários de bordo todos os dias, até no inverno. Ele sabia que a tempestade estava vindo e não precisava dos locutores do rádio para lhe dizer que seria enorme e nefasta.

Durante a noite, o céu ficou pesado. As nuvens escuras, que geralmente pairavam sobre as águas abertas no centro do Lago, começaram a se formar, mandando rajadas de vento chacoalhar as venezianas e fazendo as árvores assobiar. Abastecemos as latas de lenha e os lampiões a querosene e trouxemos para dentro baldes de neve para derreter e termos água, acomodando-nos para a passagem da tempestade.

Os ventos aumentaram gradativamente, empurrando volumosas montanhas de água que rolaram, giraram e estouraram contra o promontório rochoso, enviando um aguaceiro terrível que chegou até a torre do farol e a nossa casa, que ficava debaixo.

A tempestade assolou durante dias, formando camadas sobre camadas de água que se congelavam como cobertura em um bolo de casamento e gotejavam pingentes de gelo enormes que pendiam da galeria e do telhado do farol. Nosso fogão lutava, arfando por ar, enquanto a água congelava e abafava a chaminé, até não conseguirmos mais fazê-la aspirar. Amontoamo-nos ao redor do fogo enfumaçado, na sala escura, e o vento uivando, enquanto as ondas colidiam contra a terra obstinada e arremessavam-se sobre nós. Por fim, o pai não teve escolha; estávamos sendo sepultados pelo Lago em nossa própria casa. Com um machado, livrou uma das janelas das garras congeladas, investindo contra o vidro e a cobertura de gelo, até o mundo externo. Mas, então, a tempestade estava amainando, substituída por céus azuis límpidos que só fizeram nossa ilha envolta em gelo parecer mais sobrenatural, uma terra encantada de magos e feiticeiras.

O pai subiu no telhado, com o machado na mão, para livrar a chaminé, enquanto a mãe assistia de baixo. Em todos os anos, ele tinha prevalecido sobre o Lago, conseguindo se virar em meio a nevoeiros que impediam a visão, e registrava passagens seguras próximas a rochas insuspeitadas e bancos de areia escondidos, prevendo ventos e ondas. No final, foi o próprio Lago que veio até a terra e levou o faroleiro. Ele escorregou no gelo que se agarrara à nossa casa e morreu instantaneamente ao atingir o solo.

Ainda posso vê-lo. Emily e eu ficamos à janela quebrada, o mundo lá fora revestido de branco e calmo, as gaivotas rodando no alto, no céu cobalto, o sol brilhando, e meu pai amassado, torto, quebrado, uma mancha vermelha escoando pelo gelo.

* * *

Não estou ficando cansada. Estou descobrindo que contar isso me torna mais forte. Essas palavras que brotam de mim e compõem a história, que fizeram com que nós duas estivéssemos aqui, agora, neste quarto, estavam esperando ganhar vida. Compartilhá-las me liberta e me alivia. Que dupla estranha de conspiradoras nós formamos, esta menina e eu.

— O que vocês fizeram? — ela diz, preenchendo a pausa na minha narrativa.

— A única coisa que podíamos fazer — respondo. — Sobrevivemos.

* * *

A terra, sólida como estava, impediu qualquer espécie de enterro. A mãe arrastou o corpo do pai até o depósito de combustível, e o cobrimos com um cobertor de lã. Durante dias, fomos tirando lascas em nossa tumba, ajudadas pelo sol caloroso da primavera, até que as portas se abriram, e o sol conseguiu passar pelas janelas. Polimos as grandes lentes do farol e enchemos o reservatório com querosene. Lubrificamos as polias e substituímos as correias gastas, esperando a chegada do *James Whalen*. Quando o barco veio, a mãe embrulhou o corpo do pai em uma das velas rasgadas do *Sweet Pea*. Eles o levaram e o enterraram no cemitério em porto Arthur. Nós não fomos. Não vimos os ossos do nosso pai serem postos para repousar. Havia um farol para manter. Eu o teria enterrado na ilha Hardscrabble, ao lado da tumba com a inscrição de Elizabeth. Eu o teria mantido mais perto de mim, mais perto da ilha e do Lago que ele amava. Mas minha mãe não pensou nessas coisas.

As pessoas lidam com a perda e a morte de inúmeras maneiras. Não vi nossa mãe de luto, não do jeito tradicional. Não acredito que ela se permitiria isso, haja vista sua tolerância para a ociosidade e a autopiedade. Talvez a morte do meu pai, ocorrendo tão próxima à de Peter, fosse simplesmente demais para ela. Em um esforço para prover, cuidar da família, trazer de volta uma impressão de normalidade e lidar com a dura realidade que enfrentávamos, ela confundiu dureza com força. Numa época em que, mais do que nunca, precisávamos uns dos outros, ela se tornou cada vez mais distante e pragmática. E mais do que nunca senti falta da natureza gentil e da ternura do meu pai.

Chorei sua morte sozinha. Quando encontrava um momento, subia nas vigas sozinha, fora das suas vistas, e sentava-me entre os jornais folheando-os até meus dedos ficarem pretos de tinta, deixando que as lágrimas saíssem. A minha mãe começou a perder a paciência com Emily e todas as suas estranhezas. Suas palavras — *"Você devia ter deixado que ela morresse. Emily nunca vai ser normal"* — eram um peso enorme para mim. Sempre tinha sido meu pai a defendê-la rapidamente, a encorajar a esposa a aceitar minha gêmea como ela era. Ele não a entendia, não como eu, mas a amava. E agora ele tinha partido. Emily precisava de mim mais do que nunca.

Era 1943. O Canadá ainda estava mergulhado em guerra. Homens jovens e capazes lutavam nas trincheiras da Europa. E, embora o conflito conspirasse para roubar minha família, naquela altura ele serviu para atender às nossas necessidades. Durante anos, minha mãe tinha sido registrada como assistente de faroleiro, primeiro no Departamento de Marinha e Pesca e agora no Departamento de Transportes, criado recentemente. Com poucos homens competentes disponíveis para preencher o cargo de faroleiro-chefe, ela assumiu o papel por falta de opção. Para ela, veio a calhar. Tinha a ideia de que a função passava de pai para filho. Faríamos isso por Charlie, ela disse. Acenderíamos o farol e cuidaríamos do combustível e da pintura das construções até que ele voltasse para casa, pisando novamente na costa da ilha e assumindo sua função legítima como faroleiro da estação do farol de Porphyry.

Sua promoção deixou vago o cargo de assistente. Eu tinha 18 anos, idade quase insuficiente, mas mesmo assim me candidatei. Enfatizei minha experiência, uma vez que havia sido criada em Porphyry, meu conhecimento do Lago e minha familiaridade com as grandes lentes Fresnel. Expliquei minha perícia em pôr para funcionar o diafone da sirene de nevoeiro e disfarcei minhas habilidades de marinheiro. Nunca obtive resposta do Departamento de Transportes. Eles escolheram entregar o posto a um veterano de guerra, um rapaz cuja única qualificação era a dívida do Canadá por ele ter servido na guerra e pela bala alemã alojada em seu quadril.

Nunca havíamos tido uma moradia para um assistente de faroleiro, mas compartilhar nossa casa sob o farol não teria sido aceitável. Solicitou-se, então, ao departamento que providenciasse acomodações, e, antes da chegada do novo assistente, o mato atrás da construção principal foi limpo e uma casa simples, de dois cômodos, foi construída.

Seu avô chegou em Porphyry no começo de junho, e Emily e eu fomos ao seu encontro.

Ele desceu do escaler do *James Whalen* com uma rabeca enfiada debaixo do braço, a pele branca e as mãos macias, a boca suja de algo verde, resquício do enjoo que o tinha acometido durante a travessia de porto Arthur. Usava calça social de flanela cinza, camisa branca, gravata ainda firmemente presa ao pescoço e um fedora inclinado na cabeça. E tinha uma bengala. Apoiou-se pesadamente nela ao subir a costa pedregosa até onde sua bagagem tinha sido descarregada.

— Oi, vocês devem ser Elizabeth e Emily — disse, apenas com um leve sotaque escocês, enganchando a bengala no braço esquerdo para livrar a mão direita e nos cumprimentar. — David Fletcher. Muito prazer em conhecer vocês.

Olhei para aquela bengala e para seu rosto magro, os olhos escuros e nervosos. Não vi um homem que tivesse lutado batalhas medonhas, que tivesse sido baleado no calor do combate enquanto os companheiros morriam à sua volta, que tinha então retomado sua luta para viver e voltar a andar enquanto a guerra, que quase o tinha levado, continuava com grande violência. Vi o que quis ver. Um rapaz aleijado, alquebrado, vulnerável. Estava fora do seu elemento, incapaz de corresponder às exigências físicas do trabalho e ao esforço mental de uma vida de isolamento e dureza. Era ele que o departamento tinha escolhido em detrimento de mim. Ressenti-me dele com todas as fibras do meu ser. Ressenti-me da sua morada recentemente construída, pois mudou a paisagem da nossa ilha e perturbou a vida que papai construíra com tanto cuidado. Ele era fraco. Era um intruso.

Não lhe estendi a mão. Sem uma palavra, peguei suas malas e segui em direção ao farol.

— Ei, com sua licença — ele disse, mancando atrás de mim, tentando me aliviar do peso.

Ignorei-o, zombando em silêncio de sua evidente inabilidade em completar até mesmo uma simples tarefa enquanto lutava com sua bengala e com o estojo do violino no terreno irregular. Continuei a passos rápidos. Ele se virou para Emily, que caminhava ao meu lado. Ela tinha juntado um buquê de flores e caminhava olhando para elas, e não para seus pés, não para a trilha em frente. Quando penso nisso agora, que dupla nós duas devíamos formar, Emily sendo Emily, e eu, enredada numa raiva justa e num ressentimento equivocado, desabalada pela mata!

— Que flores lindas! — ele disse. — O que são?

Emily não respondeu. Não olhou para ele. Para ela, não se tratava de uma escolha, como era para mim.

— Tudo bem. Surda e muda, é isso? Então vamos em frente? — Sua voz tinha um traço de irritação.

Não parei, então, para responder, mas pude sentir o rubor começar atrás do meu pescoço e subir, passando pelas orelhas. Soltei suas malas em frente à nova casa e me virei para olhá-lo.

— É aqui que você vai ficar — eu disse. Depois acrescentei, em voz baixa para Emily não ouvir: — Nunca mais caçoe dela. Jamais.

Naquela noite, ouvimos pela primeira vez seu violino. O Lago estava parado, murmurando baixinho ao longo da costa, e as árvores, quietas. Emily e eu estávamos deitadas juntas na cama, a janela aberta de modo que o ar primaveril passava por nosso rosto, a música mesclando-se com os cantos dos coros de sapos. Era linda, dolorosamente linda. Fez com que eu pensasse ainda mais em meu pai, Peter e Charlie. Eu estava determinada a não deixar que suas músicas me amolecessem, derretessem o ressentimento e a raiva que haviam se instalado na minha alma. Tentei, mas de algum modo o jeito que ele tocava mexeu com um lugar dentro de mim, e permiti que minhas lágrimas corressem livremente. Não deixaria que ele visse. Não deixaria que soubesse. Mas Emily sabia. Ela enxugou meu rosto com sua manga e depois pegou minha mão, levando-me para fora, e nos sentamos ao luar, olhando o quadrado amarelo da janela dele, até que escureceu, e os sapos continuaram cantando o refrão, desacompanhados.

* * *

Existe uma leve hierarquia entre o faroleiro e o assistente. Na prática, um não é superior ao outro, e, embora alguns faroleiros sejam prepotentes em relação a seus ajudantes, não era isso que acontecia em Porphyry. O trabalho foi dividido igualmente, seu avô aprendeu com rapidez, sempre pronto a colaborar com o trabalho a ser feito, apesar das limitações em decorrência do pedaço de chumbo alojado em seu quadril.

Minha mãe foi muito mais complacente do que eu. Mostrou-lhe como funcionava a luz, como dávamos corda no mecanismo e lubrificávamos as engrenagens, onde registrávamos os níveis de combustível, a direção do vento, os nomes dos navios que haviam passado dentro da visão do farol. Quando o sr. Niemi levou-o para pescar em seu rebocador e o devolveu em terra terrivelmente verde, minha mãe lhe trouxe chá e fez com que eu terminasse suas tarefas no farol, até que seu mundo parasse de subir e descer, e ele conseguisse lavar o cheiro de entranhas de peixe e vômito de suas roupas. Ela o aceitou na ilha, até o incentivou, apesar de durante tanto tempo termos mantido o mundo externo à parte, e isso me intrigou. Por um tempo. Ela e eu éramos igualmente capazes de operar a estação do farol sem mais ninguém para ajudar, muito menos um homem aleijado e afável. Talvez projetasse Peter nele, pensasse no filho ferido, prisioneiro em terra estranha, morrendo com estrelas desconhecidas ao alto. Além disso, ela dizia que a ilha não era lugar para fracos. Eu sabia que estava se referindo a Emily, o que me deixava furiosa. Seus planos para Charlie não incluíam as filhas; filhas cujos desenhos a lápis de mamangabas e agrião-moeda-do-campo pouco faziam para manter a luz ardendo, a sirene soando e a comida na mesa. Fiquei, então, na dúvida se minha inscrição para o Departamento de Transportes teria passado de suas mãos para a tripulação do *The Red Fox*.

Eu, no entanto, deixei claro que David não era bem-vindo em nossa casa, ao redor de nossa mesa, sentado na poltrona do pai com um cachimbo na mão, escutando as notícias no rádio que chegavam de Michigan, atravessando a extensão do Lago. Ele não era meu pai. Não era Peter. E não era Charlie. Eu não era suscetível a seu sorriso de moleque nem a suas tentativas divertidas de conversar comigo. Nossa relação transcorria em torno do funcionamento do farol.

Ele aprendeu a manejar o *Sweet Pea*, preferindo o pequeno motor de popa a velas e remos, e, a cada saída, aventurava-se cada vez mais longe, às vezes voltando com uma truta extra ou uma perdiz; batia, então, à nossa porta com a contribuição e partia sem esperar pelos agradecimentos ou mesmo por um convite para participar do preparo e comer conosco. A contragosto, eu tinha de reconhecer sua superioridade na habilidade mecânica. Conseguia consertar qualquer coisa. Enquanto eu lutava com as partes oleosas de um motor birrento, ele rapidamente desmontava, consertava e remontava tudo, do motor a vapor movido a querosene ao Johnson 9.9 HP do *Sweet Pea*.

À medida que a temporada avançava, foi se fortalecendo; o cabelo foi clareando por causa do sol, o rosto tornou-se bronzeado e escuro, e pés de galinha formaram-se nos cantos dos olhos por forçá-los a enxergar sobre a água. Nunca parou de mancar, mas, em poucos meses, a bengala era deixada na varanda quando seguia pelas trilhas até o farol ou quando subia empurrando o carrinho do ancoradouro com as provisões. Os visitantes da ilha adoravam-no. Conversava com os barqueiros sobre a pesca, o nevoeiro e as melhores baías para ancorar e levava as pessoas que faziam piquenique na ilhota Silver para conhecer o farol. Fazia viagens ocasionais a porto Arthur no *The Red Fox* e voltava com saquinhos pardos cheios de balas, que entregava à mãe, destinados, tenho certeza, a Emily e a mim. Emily começou a esperar sua chegada, recebendo seus saquinhos de balas quando o brigue atracava rapidamente no porto para ele desembarcar, mas nunca lhe dei esse prazer.

Em muitas noites, Emily e eu ficávamos deitadas acordadas, ouvindo-o tocar. Em algumas delas as notas chocavam-se com a violência e a força das ondas que se perseguiam, rolando e girando como grandes leviatãs nascidos na península Keweenaw para morrer, estendidos nas rochas vulcânicas negras da nossa costa. Em outras, a música era doce, leve e delicada como os coelhos que pulavam debaixo da moita de lilases e comiam na horta da mãe. Mais de uma vez, quando a mãe estava ocupada com o farol, e a lua acenava provocante, Emily e eu dançávamos, duas fadas vestidas de branco à sombra de um farol, nossos pés acompanhando o ritmo, e o ritmo acompanhando os vaga-lumes.

Eu não lhe demonstrava a menor aprovação. Minhas interações com ele permaneceriam mínimas, apenas o que fosse necessário na transmissão do relatório mais recente sobre o tempo ou para assinalar a data aguardada para a próxima entrega de combustível.

Emily, no entanto, era mais fácil de ser seduzida. Ou talvez, ao contrário de mim, visse as coisas como elas eram. Começou a enfiar seus desenhos por debaixo da porta dele. Flores, borboletas e, sim, até a imagem de duas libélulas foram parar no alpendre do assistente de faroleiro.

Um dia ele veio até mim enquanto eu pendurava nossas roupas no varal para secar à fresca brisa de agosto. Tinha um desenho em uma mão, um desenho detalhado de um corvo, feito meticulosamente a lápis, de um realismo de tirar o fôlego.

— Estes desenhos da Emily são mesmo muito bons.

Ele me deixou espantada, aparecendo assim, entre os panos de prato e as fronhas. Pendurei outro pano no varal.

— Acha que eu não sei? — repliquei, embora, de fato, não soubesse. Eles eram bonitos, mas eu não tinha um quadro de referências da grande arte mundial. Ainda não. E é claro que os desenhos que Emily havia dado a Millie tinham sido publicados em sua pesquisa sobre orquídeas.

— Não, acho que você não sabe. Ela tem um talento notável, um dom. As pessoas pagariam muito dinheiro por eles. Vocês poderiam deixar a ilha. Levar a vida em algum outro lugar.

— Você é muito atrevido. — Larguei de volta na cesta o pregador que estava segurando e me virei para encará-lo. — O que o faz pensar que a gente quer deixar a ilha? Que queremos outro tipo de vida? O que há de errado com esta que levamos? — Eu tinha pensado nisso algumas vezes, nas noites solitárias, quando sentia falta do papai. Mas Emily e eu estávamos juntas. Na ilha, ela tinha liberdade para ser ela mesma, e eu não me permitiria considerar nenhuma outra coisa. — Você não me conhece. Não conhece Emily.

— Sei que ela a adora, Lizzie.

Fiquei enfurecida. Ele não tinha o direito de me chamar de Lizzie.

— Elizabeth — retruquei secamente.

— Ela a adora, Elizabeth. E a seguiria pra qualquer canto. Vai ser feliz em qualquer lugar onde você estiver. Ela vive por você.

Ele estava enganado. Eu vivia por ela. Eu a protegia.

— Aqui ela está segura — eu disse. — As pessoas não a entendem na cidade. Não a deixariam em paz. É barulhento demais, cheio demais, e ela não estaria à vontade para fazer seus desenhos. Isso a mataria.

— E quanto a você, Lizzie? O que você quer?

Dessa vez, eu não o corrigi. Só peguei a minha cesta e voltei para casa.

Algumas semanas depois, os ursos apareceram.

Tínhamos tomado cuidado com nosso lixo, queimando o que desse e enterrando sobras de refeições e cascas de vegetais no jardim. Limpávamos nossos peixes na praia, jogando os restos para as gaivotas, sempre presentes, as quais lutavam por pedaços de entranhas e tentavam sair voando com enormes pedaços de pele. Mas, às vezes, isso não bastava.

Emily estava sentada em uma espreguiçadeira de madeira, virada para o Lago, com a mata atrás dela. Nossa mãe tinha ido à cidade no *The Red Fox* e não deveria voltar até o dia seguinte, então David e eu dividíamos as tarefas do farol. Um cargueiro que passava atraiu a atenção de Emily; seu casco ocre estava bem baixo na água enquanto ele rumava para sudoeste, repleto de carga, soltando uma nuvem de fumaça cinza de duas chaminés brancas.

Eu estava carregando água para o galinheiro. Nesse ano, acabamos ficando com um galo, e mamãe decidira deixar que uma das galinhas chocasse uma ninhada. Os pintinhos amarelos piaram e lançaram-se entre meus pés quando entrei em seu espaço. O galo tinha, desde então, ido parar num cozido. Abaixei-me para recolher os ovos escuros no meu avental, em meio às reclamações das galinhas.

O urso perambulou pela grama, entre a casa do assistente de faroleiro e o farol. A princípio, não reparou em Emily, parada e silenciosa, mas vagou a esmo da maneira interessante e desajeitada dos filhotes, parando para provar os amores-perfeitos que cresciam num canteiro próximo ao degrau. Eu sabia que ele era jovem; não tinha o tamanho de um adulto, mas era grande demais para ter nascido no inverno anterior. De onde eu estava, podia sentir o cheiro penetrante da sua pelagem, úmida e acre, e ver suas garras afiadas nas patas descomunais. Tinha, inadvertidamente, se colocado entre minha irmã e eu.

Emily sentiu sua presença e virou-se, e o animal espantou-se. Tive esperança de que fosse correr para a mata. Não correu. Recuou, farejando o ar e olhando para trás e para frente, entre Emily e eu.

— Emily — eu disse calma e claramente. — Não se mexa.

O urso desceu sobre as quatro patas, balançando a cabeça para trás e para frente, roncando e resfolegando. Emily olhou para mim. Não percebi medo em seus olhos, mas percebi no urso. Estava encurralado, e ursos encurralados eram imprevisíveis. Movi-me devagar, caminhando de lado, uma das mãos segurando meu avental cheio de ovos, e a outra acenando acima da cabeça, enquanto tentava atrair a atenção do animal para mim. Ele tornou a recuar e depois investiu em direção a Emily, mas parou no último segundo, rodeando-a e encarando-a mais uma vez.

O tiro passou silvando pela minha cabeça, ressoando no balde de metal que estava pendurado ao lado do galinheiro, derrubando-o no chão com um estrondo. O disparo ecoou, um estalido seco, desaparecendo sobre o Lago, e o urso disparou para dentro da mata.

Virei-me em direção a David.

— Que raios! — gritei. — Você não sabe disparar uma maldita arma?

De onde eu estava, sua pontaria tinha errado por uns bons cinquenta centímetros, atingindo as ferramentas penduradas no barracão, em vez de acertar a cabeça do urso.

David olhou para mim. Seus olhos, geralmente suaves e levemente divertidos, estavam sombrios e ameaçadores. Com a arma ainda em punho, ele se virou e passou por mim, caminhando em direção à mata sem dizer uma palavra.

Emily veio até mim. Eu tremia, e uma mistura de raiva e alívio percorria meu corpo. Ela me olhou defendendo-o com os olhos e censurando-me em silêncio.

— Não me olhe assim, Emily! — respondi. — Você podia ter se machucado, ou até mesmo morrido. — Eu não confiava que a misteriosa conexão que minha irmã tinha com animais selvagens chegasse a ponto de tranquilizar um urso preto em pânico, mesmo que ele fosse jovem e pequeno.

Emily curvou-se para o chão. Abriu sua mão delicada, esticando os dedos, mas, ainda assim, eles não conseguiram preencher a marca na terra macia que havia debaixo. Não eram as pegadas do filhote. A fêmea que as havia feito devia estar parada a menos de dois metros de mim. Teria duas vezes o tamanho do filhote.

Ele havia deparado com uma escolha impossível, Emily ou eu. Em vez disso, mirou com precisão, fazendo os dois ursos fugirem assustados com a batida estridente da caída do balde de metal no chão.

Ele voltou algumas horas depois, indo diretamente para seu chalé sem dizer uma palavra. Naquela noite, não houve música nem dança sob o luar. E cada vez que me levantei para assumir meu turno no farol, lá estava ele, sentado no degrau de sua casa, com a arma sobre o colo.

Era em noites como aquelas, quando a morte vagava em todas as suas formas misteriosas, que eu pensava no bebê de apenas dezoito meses deitado sob um monte de pedras na ilha Hardscrabble. Não pensava nele com frequência, mas, naquela noite, pensei.

⋆ ⋆ ⋆

— Ele matou os dois? — Morgan pergunta.

— Não. O sr. Niemi nos contou que os viu nadando pelo canal Walker alguns dias depois. Só então seu avô baixou a guarda. E apenas em parte. Tornou-se muito protetor, o que me empolgava e me irritava com a mesma intensidade. Frequentemente dava uma olhada em nós, esperando que voltássemos no *Sweet Pea* quando pegávamos o barco para ir pescar, colher frutas silvestres ou colocar armadilhas em outras ilhas. Fiquei espantada quando no começo de dezembro ele embarcou no *The Red Fox* para ir a porto Arthur.

— Vocês não foram? Continuaram na ilha o inverno todo?

— Não tínhamos para onde ir. Se tivéssemos, não sei se a minha mãe teria ido. E nos viramos, apesar de ser muito mais parado sem o papai lendo os jornais para nós à noite, sua voz grave cantando com o rádio e sua risada sincera ecoando pela sala. Ele deixou um vazio na minha vida maior do que o próprio Lago. Derrubei uma árvore no Natal e decorei-a com fitas e guirlandas de pipoca. Assamos pão de mel e ouvimos concertos pelo rádio. Quando o gelo congelou no final de fevereiro, fomos de sapatos de neve até a ilhota Silver buscar os mantimentos trazidos para nós pelos Richardsons. Vi Arnie, então. Não tínhamos nos visto muito nos anos depois do cemitério. Estava indo estudar em Kingston para ser advogado. Paramos em sua casa para tomar chocolate, mas foi uma visita esquisita, pois faltava em nossa conversa forçada o conforto familiar a que tínhamos nos acostumado quando crianças.

— E a senhora nunca descobriu quem estava enterrada em Hardscrabble?

— Não. Meu pai já não estava conosco, Charlie estava longe, na guerra. E não consegui tirar nada da minha mãe. Perguntei a ela a respeito, criando coragem numa noite tempestuosa de inverno, o vento uivando como um bando de lobos, e nós enfiadas dentro de casa, no conforto do nosso tricô. Ela simplesmente respondeu: "É melhor que alguns túmulos permaneçam sem identificação".

— É o que a senhora esperava descobrir nos diários do seu pai.

Acho que era a minha esperança. Sei que existe uma criança, uma criança com meu nome e minha data de nascimento, morta e enterrada. Não sou eu, por mais que algumas vezes eu me sentisse como uma aparição flutuando pela vida ao lado de Emily. Éramos como uma só pessoa. Elizabeth e Emily. Emily e Elizabeth. A presença daquela cruz de madeira e da pilha de pedras não pode mudar isso. Só agora, quando começa a esfriar do meu lado, quando tento aprender como ser apenas Elizabeth, ela volta a me assombrar.

— Agora pouco importa — respondo.

— É mesmo? — a menina pergunta. Novamente a ansiedade. Ela tenta soar indiferente, mas transparece em sua voz. — A senhora não acha que, quando conhecer seu passado, ele pode fazer diferença no seu presente? E também no seu futuro?

Ela já não está falando comigo.

— Seu avô passou mesmo por maus bocados ficando longe.

38

Elizabeth

Eu estava lá fora, com sapatos de neve num dia claro no começo de março, verificando as armadilhas. Nosso suprimento de carne tinha diminuído, e eu havia colocado armadilhas de cordas pelas trilhas por onde as renas costumavam passar na ilha. Embora o sol emitisse calor, o ar estava desesperadamente frio, levando-me a parar com frequência e agitar os braços para aquecer os dedos. As ilhas a distância, Trowbridge e Pie, bem como o Sleeping Giant, eram montículos de índigo dispostos no horizonte além da extensão do Lago, que era salpicada de azul e branco.

No início, pensei que fosse um alce, uma silhueta escura entre Porphyry e as ilhas próximas à ilhota Silver. Mas o movimento era diferente. Os alces começaram a entrar na região quando as renas escassearam e aproveitaram-se das pontes que o inverno constrói entre as ilhas, cruzando-as, para procurar novas fontes de alimento. Mas aquela figura escura não tinha seu andar de trote, de pernas longas. Voltei para o farol, apontando a imagem que se aproximava para minha mãe. Ela resmungou e pôs a chaleira no fogo. Subi na torre e observei daquele ponto vantajoso. Com o passar do tempo, consegui discernir a imagem de um homem com sapatos de neve, puxando um tobogã de neve. Quando o sol se pôs sobre a baía Thunder, como uma bola laranja incandescente, seu avô estava soltando os sapatos de neve em Porphyry.

Minha mãe acendeu o fogo na casa do assistente de faroleiro. Enquanto passava o tempo no farol, não reparei na fumaça que saía pela chaminé. Mas o frio se foi da sala principal, e uma panela de sopa de feijão fervia no fogão. Ela tinha sido avisada.

David trouxe uma oferta de paz para mim: livros. Eu tinha lido e relido tantas vezes os volumes em nossas prateleiras que sabia de cor partes deles. Foi difícil reprimir minha gratidão. Mas fiz isso. Peguei-os e coloquei-os causalmente no peitoril ao lado da escrivaninha do pai, disfarçando minha animação com um agradecimento educado. Não ia lhe dar a satisfação de saber que, pelas próximas noites, eu queimaria um querosene precioso na lamparina para devorar cada palavra doce e mágica.

Ele também trouxe um presente para Emily: barrinhas de tinta aquarela, um conjunto de pincéis de crina de cavalo e papel. Mostrou tudo a ela com paciência, misturando os pigmentos para criar novos tons, que espalhava e sobrepunha na página. Depois, afastou-se e assistiu ao fascínio de Emily empunhar o pincel e seu papel criar vida, cantando e dançando com cor. Foram essas suas primeiras pinturas verdadeiras.

Fiquei grata por isso. Disse a ele quando deixou o aconchego de nossa sala de visitas e saiu para atravessar a escuridão em direção a seus próprios aposentos, onde seu fogão estalava, desafiando a noite fria. Parou sob o céu que vibrava com uma aurora boreal cintilando de verde e me disse novamente:

— Ela é mesmo muito boa.

— Eu sei.

E então voltei para nosso chalé e fechei a porta, deixando-o parado na noite escura.

Estava frio demais para ele tocar violino naquelas noites. Imagino que havia pouco mais a fazer em sua cabana de madeira, cheia de correntes de ar, além de se encolher debaixo dos cobertores, com os pés virados para cima contra a grelha e o ardor do fogo, irradiando calor a apenas uma curta distância da chama. Mas ele começou a tocar nas noites passadas conosco, e, com o decorrer dos dias, elas foram ficando cada vez mais frequentes. Tocava para

Emily. E, quando seu pé começou a acompanhar o arco que dançava nas cordas, Emily bateu palmas seguindo o ritmo. Não pude deixar de sorrir. David não pôde deixar de notar.

E me perguntei se, na verdade, ele tocava para mim.

* * *

Junho é quando o Lago fica frio, mas o ar absorveu o calor do sol. Mais do que qualquer outro, junho é o mês que produz nevoeiro. Eu estava terminando o ritual diário de polimento. Toda noite a luz piscava na cor branca, iluminando a escuridão que se estendia ampla em todas as direções. E, embora a intenção fosse a de informar nossa localização para os navios que passavam, também servia, inadvertidamente, para atrair uma quantidade de insetos alados, alguns do tamanho da minha mão, e fazê-los esvoaçar contra a sedução hipnótica de suas vidraças. Emily tirava inspiração das formas, algumas ainda agarradas ao vidro, outras mortas em grupos nas saliências e nas tábuas da galeria. Ela subia comigo, com lápis e papel equivalendo ao meu balde e meu esfregão, sentava-se e desenhava, enquanto eu limpava. De onde eu estava, podia ver à frente da ilha Royale, uma massa de terra de baixa altitude sob nuvens de um cinza mais escuro, e a oeste, um barco a vapor passando pelo cabo Thunder, seu curso rumando para além da baía Black, em direção ao canal de navegação que descia. Anotei sua posição, a fim de monitorar o progresso e assinalar o nome e o tempo de travessia em nosso diário de bordo quando a embarcação atingisse o promontório.

Chequei novamente cerca de quarenta minutos depois e não consegui ver o navio. Dava para eu ver o Lago cinzento, liso e encoberto, batendo lentamente nas rochas fora do promontório, e, ao longe, a plataforma da ilha Pie. No meio, a água fundia-se cinzenta e indistinta. Meu esfregão ficou pendurado por um instante, enquanto as imagens se acomodavam. Havia-se formado uma barreira de nevoeiro baixa, densa e escura. O navio estava envolvido em seu centro.

Meu esfregão caiu e ali ficou. Desci da torre chamando a mãe e David para que eles soubessem que era preciso acionar a sirene.

A estação de nevoeiro em Porphyry ficava a poucos passos da moradia e da torre de luz. Dois motores a vapor de seis cavalos, à base de carvão, operavam compressores que produziam o ar para o sinal. Só os acionávamos quando o faroleiro ou seu assistente já não podia avistar a ilha Passage ou Trowbridge Lights. Nossa estação tinha um padrão diferente de som, um sopro longo que durava dois segundos e meio, repetido a cada minuto. Era um silvo alto, grave e sonoro que se esvaía num ronco peculiar ao final de cada emissão descendente. Os navios sabiam que éramos nós.

David e eu nos encontramos à porta do farol e nos pusemos a trabalhar rapidamente.

Minha mãe andava transferindo lentamente as responsabilidades do farol para mim. Eu não era menos capaz do que ela, e os acontecimentos do ano anterior tinham feito sua saúde declinar, à medida que sua estrutura delgada sucumbia e andar se tornava mais difícil. Na maioria dos dias ela se arrastava rigidamente, mascarando a dor com cuidado, seus movimentos eram restritos, mas sua determinação, inquebrantável. Continuou brusca, com as mãos nunca ociosas, e sua exigência por ordem, rotina e decência imutável permanecia, ao contrário dos elogios e dos afetos, que foram minimizados.

Ela surgiu na varanda da frente com uma mão levada à testa, sombreando o sol ausente, numa tentativa de discernir a ameaça que se aproximava. Esta se arrastava pela água, e, quando David e eu acionamos o motor e conseguimos manter a pressão do vapor constante, a barreira tinha engolido em nevoeiro as ilhas distantes e o mundo misterioso do Superior. A mãe acenou sua aprovação e sumiu de volta para dentro para anotar a hora no diário de bordo.

Subi na torre e voltei a contemplar o Lago. Agora, eu conseguia ver o cargueiro. Estava a cinco milhas de distância, navegando a leste nos canais de navegação, apenas seus guindastes e o alto de sua chaminé ultrapassando a nuvem baixa que se estendia por milhas e milhas, em todas as direções. Era como se a superfície do Lago tivesse subido, criando novas ilhas com a parte de cima das outras e canais onde antes não havia nenhum.

Conforme a escuridão se aproximava, David assumiu a vigília noturna e acendeu o farol, ajustando as mantas nos quatro queimadores até que as chamas ficaram estáveis e vivas, girando as engrenagens e movimentando os pesos e as roldanas que girariam os refletores, criando a ilusão de uma luz que acende e apaga. Minha mãe, Emily e eu sentamo-nos em nossa casa sob o farol, escutando os sons conhecidos dos mecanismos dele e o chamado intermitente da sirene.

Acordei depois da meia-noite com o silêncio. As engrenagens acima de mim continuavam a girar, mas já não podia ouvir a sirene. Vesti minhas roupas e saí, esperando ser recebida pela luz das estrelas, esperando que a lua iluminasse um caminho na água a partir do promontório. Só não esperava ser ainda envolvida num nevoeiro denso e impenetrável.

David já estava em plena função no diafone. Despira-se até a cintura e estava deitado no chão, mexendo no *boiler* e lutando com um volante. Havia ferramentas e peças espalhadas à sua volta, e pude ouvi-lo xingando o motor baixinho, seu sotaque marcado, forte e desinibido.

— Há quanto tempo ele está parado? — perguntei.

Ele levou um susto e bateu a cabeça na caldeira boiler ao deslizar de sob a máquina.

— Deus do céu, Lizzie! Você me deu um baita susto. — Enxugou a testa com um trapo oleoso, deixando um risco preto. — Não mais do que vinte minutos. O volante quebrou. Estou tentando chegar ao parafuso para ver se consigo fazer uma gambiarra. — E tornou a se enfiar por debaixo.

Ajoelhei-me a seu lado, olhando o motor acima. Minhas habilidades, embora certamente adequadas, não se comparavam às dele.

— Está muito denso lá fora — ele disse. — Não temos escolha. Precisamos começar o sinal manual.

Juntos, puxamos para fora o equipamento antiquado e o instalamos na costa rochosa. Era uma antiga sirene de navio acondicionada em um estojo de madeira, a qual estava guardada e, provavelmente, fora de uso havia décadas. Verifiquei os foles de couro à procura de fissuras, esperando que os rolamentos de latão não estivessem corroídos, e então apertei a alavanca. Era um substituto lamentável, uma ressonância peculiar, queixosa e irritante, uma triste sequência ao sinal satisfatório do diafone. Mas bastaria. Alcançaria uma milha ou mais a partir do promontório rochoso para dizer: *Estamos aqui.*

— Eu assumo a primeira vigília — ofereci.

Acomodei-me na costa ao lado da sirene e marquei o tempo, estabelecendo um ritmo regulado pela girada na manivela de latão e pelo som saindo dela e adentrando a noite enevoada. Eu tinha de imaginar as ilhas à minha volta, os bancos de areia, as rochas e os canais. Os navios. Eu sabia que eles estavam por lá, ouvindo, ouvindo. Fantasmas vagando. Então, eu gritava para eles e também esperava que respondessem.

O amanhecer pairou sobre um horizonte inexistente, e o mundo ficou só um pouquinho mais claro com a expectativa do aparecimento do sol. Conforme os pássaros acordaram à minha volta e entoaram saudações esticando suas vozes, ouvi um eco da minha sirene.

Enquanto soava a sirene, apurei minha audição, ignorando os murmúrios do Lago, as conversas dos pássaros canoros e os sapos saltando no pântano.

Ela se fez ouvir novamente, a localização confusa, mas o padrão definido. Três curtos, três longos, três curtos. Três curtos, três longos, três curtos. O sinal era inconfundível. A embarcação estava em perigo.

Girei a manivela de nossa sirene dando a resposta, dois ciclos a mais, esforçando-me para ouvir a cada vez, conseguindo uma direção melhor do navio. Assim que terminei o terceiro sopro, corri, batendo à porta de David para acordá-lo, e depois repeti o gesto para acordar a minha mãe. Voltei à sirene antes que o minuto tivesse passado e não deixei de soar um sinal.

Mamãe e David vieram, a aproximação dos dois fora anunciada pelo fraco brilho amarelo das lamparinas a querosene. Ficaram parados no promontório rochoso, olhando ao largo a turva muralha de nuvens que engolia a varredura do raio do farol, esforçando-se para captar o chamado da embarcação escondida no meio daquilo.

— Está fora do curso — minha mãe disse. — E, pelo som, não longe do banco de areia.

— Posso sair no *Sweet Pea* — David respondeu. — Ver se dá pra ajudar. Eles podem ter dado nas pedras.

— Elizabeth vai junto. Vocês dois serão necessários para achar o caminho de volta.

Eu conhecia a água ao redor das ilhas melhor do que ninguém. David manejava melhor o barco.

Minha mãe acomodou-se ao lado da sirene:

— É melhor vocês irem.

David e eu corremos para desatracar o *Sweet Pea*. A água estava calma, uma superfície lisa e oleosa que refletia vagamente o brilho da lamparina. O motorzinho Johnson ganhou vida, e zarpamos pelo Lago, mantendo a costa a bombordo. Sentei-me à proa, e a lamparina estava acima da minha cabeça, iluminando debilmente um mundinho por onde trafegaríamos. Podíamos ver a luz do farol e ouvir o som constante da sirene acionada pela minha mãe, que usamos para nos guiar. David segurava uma bússola e continuou olhando para ela, mesmo enquanto tínhamos terra à vista, em busca de orientação. Rodeamos o promontório para a face leste de Porphyry, evitando com cautela as rochas que espreitavam abaixo, criaturas escorregadias que mal quebravam a superfície imóvel do lago. Dreadnaught ficava a apenas meia milha da costa, uma ilhota não maior do que uma grande rocha com algumas árvores miseráveis agarradas a ela. Com uma última olhada para a praia escura de Porphyry, ajustamos nosso curso e partimos da costa, com o nevoeiro jogando, rapidamente, uma tela à nossa volta.

Passado algum tempo de travessia, David desligou o motor. Ficamos balançando na obscuridade envolta pela neblina, olhos esforçando-se e ouvidos ansiando pelo apelo da embarcação em perigo. Eu podia ouvir minha mãe soando a sirene com precisão, nada além disso. Nenhuma outra sirene, nenhum motor. E, embora eu soubesse que a turbina movida a vapor poderia impulsionar o cargueiro em relativo silêncio, pus-me a cismar com a possibilidade de realmente ter sido um navio fantasma. Mas, não, minha mãe e David também o tinham ouvido. David pegou os remos, e seguimos em silêncio, lentamente, com cautela. Reparei na mudança da água; a onda mal discernível tinha começado a se mover, e eu soube que estávamos próximos da ilha, pois a costa enviava a ondulação de volta para nós.

— Dreadnaught fica fora do nosso facho. — Apontei em direção a uma parede em branco.

Desviamos; os remos imergiam, puxando; e a água batia no casco do *Sweet Pea*, rondando a embarcação. Havia vozes, eu as ouvi, girando, recusando-se a se estabelecer em um lugar determinado. Vinham da nossa frente, vinham de trás. Rodopiavam como fadas. David e eu as seguimos, primeiro por um lado, depois pelo outro. Os remos imergindo.

Chamei, minha voz era um sinal que se estendia pela água como a luz do farol, como a sirene, mas eles não a escutaram. Quando finalmente ouvi seus motores, as reverberações graves, pulsantes, mal perceptíveis, que percorriam a água, subiam a bordo do *Sweet Pea* e instalavam-se na boca do meu estômago, soube que estávamos perto, perto demais.

A embarcação irrompeu pelo nevoeiro a menos de trinta metros, um fantasma, empinada como os penhascos do Gigante Adormecido, maciça e cinza, vindo cegamente em direção a nosso bote de madeira. Éramos uma casca minúscula balançando na superfície encoberta, muito abaixo dos seus conveses, invisível, e justo em seu caminho.

— David! — berrei.

David já estava na popa, lutando com o motor. Deu um puxão, ele cuspiu e falhou uma, duas vezes, antes de roncar para a vida. Eu me encolhi no fundo do pequeno *Sweet Pea*. O casco de aço do cargueiro se assomou sobre nós e, quando David saiu da sua frente, pude sentir o cheiro de diesel de seus motores e ouvir as batidas da água ao se dividir para a proa.

— Eles acham que estão nas vias navegáveis. Acham que o sinal que vem de Porphyry é de outro navio. — David gritava acima do som do motor. — Temos que descobrir uma maneira de avisá-los.

Procurei no fundo do bote. Tínhamos pouco material de serventia: nossa lamparina, um pouco de corda, um colete salva-vidas, um galão de gasolina, nossos remos. Não levávamos sinalizadores, não no *Sweet Pea*. A única sirene portátil já estava clamando de Porphyry, onde o ótimo e estridente diafone permanecia inútil e mudo.

David inclinou-se para a frente, onde eu estava sentada, estendendo uma mão para agarrar meu braço e deixando a outra parada sobre o motor:

— Você está se sentindo corajosa, Lizzie?

Olhei-o no rosto. Seus olhos brilhavam, maliciosos; o cabelo era uma confusão de cachos despenteados. Aquele cargueiro estaria nas rochas em poucos minutos se não fizéssemos alguma coisa. Meu coração já estava disparado, meus sentidos, aguçados. Ele que se danasse! Assenti com a cabeça.

— Venha aqui. Assuma o motor.

Cambaleei até a popa e empunhei o acelerador.

— Emparelhe com ele o mais próximo que conseguir. Mantenha o barco estável.

— O que você vai fazer?

David ajoelhou-se no fundo do barco e pegou a lamparina:

— Mandar uma mensagem.

Ficamos paralelos ao navio; seu grande casco maciço erguia-se metros acima da superfície, e batalhei para estabilizar o *Sweet Pea* na onda que saía da popa. Éramos um mosquito minúsculo zumbindo e infernizando um gigante.

— Firme... Firme! — David debruçou-se a bombordo, e o *Sweet Pea* reclamou, inclinando-se abruptamente com a mudança do peso dele. Afastei-me do casco do navio virando de forma excessivamente brusca, o que fez David cair contra a amurada. Mal ouvi o xingamento.

— Vamos lá, Lizzie, você consegue. Devagar e firme, agora.

Aproximei-me novamente, fazendo o *Sweet Pea* ficar na diagonal do cargueiro, próximo o bastante para ser visível do convés, mas distante o suficiente para ser visto da ponte.

David segurou a lamparina em uma mão e levantou o remo com a outra. Dirigiu o débil facho de luz em direção à casa do leme, usando o remo para encobrir a luz intermitentemente. Breve. Longo. *Flashes*. Traços, pontos. Letras. Palavras.

— Porphyry sem sinalização.

Repetiu a mensagem. Não consegui segurar para uma terceira, e nos afastamos do casco, completando apenas "Porphyry".

David sentou-se no fundo do barco, respirando pesadamente de cansaço.

— A chance de eles terem visto isso é mínima — disse, arquejando. Desliguei o motor e assistimos a todos os oitenta metros do navio deslizar por nós, seguindo em direção às pedras. Não havia mais nada que pudéssemos fazer.

Sem aviso, eles alteraram o curso. Uma luz apontou para baixo, vasculhando a água.

— David! David! Veja! — A luz piscou. Traços, pontos.

— Não acredito! — David agarrou nossa lamparina novamente. Traços, pontos.

Eles voltaram a alterar o curso. Ficamos ali parados, olhando, enquanto a popa deslizava para detrás da cortina, e o navio desaparecia, com o murmúrio de seu motor quase inaudível, agitando-se em direção à grande extensão aberta do Lago.

Começamos a rir, ambos tontos de alívio, caindo no fundo do *Sweet Pea*.

Fui eu quem beijou primeiro. Fiquei mais surpresa do que ele. Há muito que ele sabia.

Morgan

— A senhora o amava.

Abracei meus joelhos junto ao peito. É quase como se ela estivesse falando de outras pessoas quando penso nela e nele. Eles se amavam. Toda uma vida atrás.

— É, eu o amava — ela responde. — Nunca deixei de amar. E, no entanto, meu desejo é que isso nunca tivesse acontecido. Se eu não o tivesse amado, poderia ter salvado Emily, tê-la protegido.

Penso em como seria ter uma irmã, alguém como Emily, e não consigo. Também penso em Derrick. Fico imaginando o que sinto por ele. Se é amor. Quero que seja.

— O amor não é cego como dizem, Morgan. O amor nos cega. É um ladrão.

Essas palavras parecem duras.

— Como é que a senhora pode lamentar o amor? — pergunto, com minha voz ainda mais baixa do que pretendi. É a emoção da coisa toda. Está me pegando. — É melhor ter amado e perdido do que nunca ter amado.

— Você expõe a *naivité* da juventude com as palavras de Tennyson.

Estou prestes a perguntar o que quer dizer quando ela me interrompe com uma pergunta que me surpreende:

— Me conte sobre a sua avó.

Relembro o mundo que ele e eu compartilhamos, os dias felizes que vivemos, só nós dois. Ele raramente falava da minha mãe e menos ainda da minha avó.

— Eu... Ela... Não sei. Ele nunca falou muito sobre ela.

— Não precisa me proteger, Morgan. Não sou boba. A vida segue.

— Sinceramente, sra. Livingstone, só o que sei é que eu e minha mãe somos parecidas com ela. Ele dizia que éramos muito parecidas. Eu... — Não sei o que contar. Nem mesmo tenho alguma foto. Não tenho nada além do violino e dos desenhos, os desenhos de Emily. Em vez disso, faço-lhe uma pergunta: — O que aconteceu entre a senhora e ele?

Elizabeth

A tristeza exala de mim como um suspiro. Posso ver os olhos luminosos de David brilhando em seu rosto queimado de sol; posso sentir a maciez de seus lábios contra os meus; sentir o gosto das framboesas silvestres recém-colhidas que manchavam nossas línguas. Sinto suas mãos, ásperas, mas gentis, acompanhando meu quadril, minha cintura, meus seios, enquanto nos deitamos nus num leito de musgo, cercados por uma escolta de árvores que pintalgam um teto de céu azul.

— Aconteceu no final daquele verão.

* * *

Quando voltamos a Porphyry, fiquei surpresa ao descobrir que minha mãe tinha voltado para nossa casa, onde tinha feito café. Não estava mais operando a sirene; Emily era quem fazia isso. O nevoeiro ainda pairava sobre a água, embora o sol nascente, tentando desesperadamente tocar a terra, a tivesse tingido de laranja. Emily estava agachada ao lado do estojo de madeira, girando a manivela de latão com precisão. Emily, que nunca tinha conseguido completar uma única tarefa no farol, tinha ficado para operar o sinal, guiando-nos de volta ao promontório, guiando-nos de volta para ela. Quando seu avô e eu nos aproximamos, ela se levantou. Tinha o rosto difícil de decifrar, o que acontecia com frequência. Olhou de um para outro e percebi que sabia, e fui eu então quem baixou os olhos. Senti-me como se a tivesse traído. Mas ela veio até mim e tocou meu rosto.

Era como se estivesse me agradecendo. Não consegui imaginar pelo que ela poderia ser grata.

Mais tarde, quando o sol já estava alto o suficiente para remover a neblina, o nevoeiro dissipou-se. O vento veio se juntar para afastar quaisquer filamentos pendentes sobre as agitadas ondas do Lago. Algumas semanas depois, *The Red Fox* trouxe notícias sobre o *Palisade* e sua noite angustiante vagando no nevoeiro ao largo da ilha Royale. As ações oportunas dos faroleiros da Estação Porphyry eram dignas de elogios por terem salvado o navio do encalhe, depois de se ver absolutamente perdido, surpreendentemente longe do canal de navegação. Especulou-se sobre bebidas na ponte, sobre o primeiro suboficial ter caído no sono, mas foram apenas conjecturas.

The Red Fox também trouxe notícias de Charlie. Estava estacionado na Grã-Bretanha, escreveu, mas logo seria mobilizado. Não disse onde nem quando. Transmitiu seu amor, agradeceu à mãe pelo pacote que lhe enviara no Natal e prometeu matar vários alemães em nome de todos nós. Eu me pergunto se chegou a lhe ocorrer que o maior medo da mãe estava em um desses alemães reclamar outro filho seu.

Embora a guerra parecesse extremamente distante, ela também se insinuava em nossa ilha solitária, graciosa e cinza. No início, havia algumas corvetas, seguidas por caça-minas: *Middlesex*, *Rockcliffe*, *Oshawa*. Pelo binóculo, que mantínhamos pendurado na torre do farol, eu os via passar, via seus números de identificação pintados no casco em algarismos grandes e vivos. Eles foram para a água em meio a festejos no canteiro do estaleiro de porto Arthur, para serem acolhidos pelo Lago e despachados para lutar batalhas distantes em mares estrangeiros. Enviei bons votos pelas ondas, pedindo que levassem com eles pelo menos uma gotinha do Superior agarrada no casco, para lembrar Charlie de sua casa, para trazê-lo de volta para nós.

Nossa mãe passava cada vez mais tempo sentada em sua poltrona, as costas curvadas e doloridas. Mandou-me juntar os talos do clube do diabo de folhas grandes no cemitério indígena e, cuidadosamente, evitando os espinhos afiados que protegiam as raízes curativas, trouxe-os para ela. Ela descascou a parte externa e amassou o interior carnudo, até transformá-lo numa pasta, e fez com que eu a espalhasse em suas costas. Tomava chá feito dos brotos tenros do álamo e, nas noites frias, eu esquentava pedras no fogão a lenha, embrulhava-as em algodão e enfiava-as debaixo de suas cobertas para mantê-la aquecida. Incentivei-a a ir até a cidade, consultar-se com os médicos em porto Arthur, mas ela se recusou por teimosia, exatamente como se recusou a informar ao Departamento de Transportes que sua saúde havia declinado a ponto de se ver incapaz de cumprir seus deveres. Em vez disso, deixou-me assumir mais responsabilidades.

Estávamos dando tempo ao tempo até o retorno de Charlie, o que para mim era conveniente. Quando ele voltasse para casa, poderíamos ficar na ilha, Emily e eu, e voltaríamos a ser uma família.

E então David aconteceu.

Enganei-me achando que minha mãe não soubesse. Fazia parte de seu plano maior, imagino. Ela não disse nada, não fez perguntas, mas se deu conta do nosso amor conforme ele florescia discretamente, terno e hesitante, como os primeiros botões de lilás na primavera.

A princípio, recusei-me a deixar que meus sentimentos crescessem livremente. David era uma contemplação nova, inesperada, que me deixava confusa e em conflito. Ele era paciente comigo. Continuamos a rotina de zelar pelo farol, nosso beijo roubado pairando velado entre nós, enquanto caiávamos as construções, recebíamos a entrega de querosene, consertávamos a sirene de nevoeiro e cuidávamos do jardim. Mas as noites em nossa casa voltaram a ser animadas, cheias de música e risadas, florescendo numa felicidade que eu não sentia desde a morte do papai.

David era bondoso e gentil com Emily, e eu sabia que ela confiava nele, talvez até o amasse, como amava Charlie, como amava o pai. Ela dizia isso a ele enfiando pinturas sob sua porta. Era a única linguagem que tinha. Havia poucas pessoas com as quais Emily sentia-se realmente confortável. David a compreendia. Ela o aceitava. E, por causa disso, foi ficando cada vez mais difícil negar a palpitação do meu coração quando David sorria para mim ou o formigamento da minha pele quando nossas mãos roçavam-se acidentalmente.

Uma manhã, quase no final do verão, subi na torre do farol com o esfregão na mão para polir as lentes. Era cedo, o sol ainda não estava totalmente acima da linha do horizonte, e por um instante parei para olhar o Lago, o mundo despertando. Soprava uma brisa leve, e virei o rosto para ela, fechando os olhos. Não o ouvi chegando, mas senti. Ele ficou ao meu lado, e mantive os olhos fechados, sentindo o vento, a friagem do Lago, o calor do seu corpo próximo ao meu.

— Você já pensou em mais? — ele sussurrou baixinho, como se achasse que, se falasse alto, quebraria o encanto.

Pensei na ilha, o único lar que eu já conhecera. Pensei nas tarefas do farol, na mãe e em Charlie, na bebê Elizabeth enterrada na ilha Hardscrabble. Pensei nos jardins, nas galinhas e nas mudanças de estação. Mas, acima de tudo, pensei em Emily.

— Não — respondi. Era verdade.

Agora eu podia sentir o sol. Estava chegando acima do horizonte, mandando dedos de calor laranja para acariciar meu rosto. Nunca tinha pensado em mais.

Abri os olhos e virei-me para ele. Vivemos toda uma vida naquele momento, compartilhando nossa respiração, o vento, o Lago, o sol nos envolvendo juntos, de modo a não haver nada mais, nada mais no mundo a não ser nós dois.

— Elizabeth!

Nós nos separamos quando a voz da mãe subiu a escada e me chamou. O encanto estava desfeito, mas a magia ainda pairava quando David tomou o esfregão da minha mão e começou a limpar as grandes lentes Fresnel do farol.

— Estou indo — respondi.

Parei antes de descer e virei-me para David, inundada pela luz do amanhecer.

— Eu não tinha pensado em mais — eu disse —, mas agora eu penso.

Durante todo o verão, continuamos a receber visitantes tanto de lugares próximos como a ilhota Silver quanto de porto Arthur, forte William e, ocasionalmente, de iates viajando pelos Grandes Lagos, vindos de lugares distantes como Chicago. Emily não perambulava com frequência e, quando o fazia, nunca ia longe. Tendia a evitar os velejadores que largavam suas âncoras na baía ou atracavam no cais de madeira; os jovens que chegavam com seus cestos de piquenique para excursões de um dia, por sua vez, evitavam-na. Embora a noite no cemitério tivesse se desvanecido como uma memória longínqua, corriam histórias sobre a mulher isolada que cuidava do farol em Porphyry e sua filha estranha que não falava, mas vagava pela mata como um fantasma, encantando animais. Eu me sentia confortável que Emily se bastasse, feliz com seus lápis, papéis e tintas. Talvez fosse por isso que senti que podia baixar a guarda para escapulir naquele dia de final de verão, livrando-me do vínculo que nos prendia tão intimamente, para satisfazer meu jovem coração inquieto.

Não era algo que tivéssemos planejado, embora agarrássemos a oportunidade para nos afastarmos a sós. Minha mãe salgava os peixes que David havia trazido como pagamento, depois de passar um dia ajudando os Niemis a içar as redes. Emily estava sentada em uma espreguiçadeira de madeira, com vista para a praia pedregosa próxima ao promontório. As ondas não estavam grandes, mas desfilavam em direção à costa e depois desapareciam silvando entre as pedras. Eu sabia que durante horas ela estaria absorta, observando os desenhos que se formavam e se modificavam conforme a água manchava o solo escuro e o sol batalhava para secá-lo. David e eu partimos no *Sweet Pea* com instruções da minha mãe para checar as armadilhas e trazer uma cesta de batatas novas de nossa horta na ilha Edward. David levou junto sua espingarda, esperando encontrar perdizes banhando-se em áreas secas de terra ou ciscando no matagal.

Ao sair do ancoradouro, vimos uma embarcação vinda do oeste e reconhecemos ser o barco dos Richardson. Aquilo não me surpreendeu nem um pouco; tinha esperado que os veranistas da ilhota Silver viessem de visita nos últimos fins de semana do verão. Logo recomeçariam as aulas, e a tranquilidade dos feriados e dos passeios às ilhas terminariam, com a volta dos rapazes para a Queens, a McGill ou a Universidade de Toronto. Vi quando eles pararam no ancoradouro, enquanto David dirigia o *Sweet Pea* para o canal Walker, e ao redor do promontório onde o pai havia feito uma horta de tubérculos, muitos anos atrás. Acenei para Arnie. Estava com os primos, Everett e Jake. Voltavam frequentemente para uma visita de poucas semanas antes que a rotina do outono tivesse início. Havia anos que eu não falava com eles. Não tinha vontade.

Cultivávamos uma variedade de vegetais na península: tomates, feijões, ervilhas, berinjelas, mas o solo era muito superficial para muito mais coisas. O lugar era muito mais adequado para batatas, beterrabas e cenouras, mas seu relativo isolamento também significa que os coelhos conseguiam se banquetear prontamente nas plantas. Ao atracar o *Sweet Pea*, assustamos uma perdiz e David saiu atrás dela enquanto eu verificava as armadilhas próximas à horta. Estavam vazias.

O sol estava a pino, surpreendentemente quente para o final de agosto. Enquanto eu trabalhava, cavando as fileiras de batatas, meu pescoço começou a pinicar de suor, que pingava entre meus seios. Inspirada em Millie, eu tinha começado a usar calças alguns anos antes, achando que facilitavam muito os movimentos, mas naquele dia senti falta de uma saia de algodão esvoaçante que permitisse a liberdade do vento. Colhi criteriosamente, afofando o solo sob cada montículo, antes de selecionar uma ou duas batatas de cada planta, deixando as outras sossegadas para continuar a beber a água da chuva e extrair nutrientes da terra por algumas preciosas semanas mais. Quando minha cesta ficou cheia, minhas mãos estavam sujas de terra, a blusa grudava em mim, e meu rosto estava corado, raiado de terra e suor. Olhei a água azul-escura com desejo.

No calor do meio da tarde, cedi à sua atração enganosa, tirei a roupa, e entreguei-me ao fresco abraço do Lago.

Mais tarde, tentei me convencer de que não pensei em David. Não é verdade. Pensei. Pensei nele me vendo flutuar no céu ancorado, meu cabelo preto espalhado ao redor da cabeça, a pele clara contra a escuridão da água. É mais fácil para mim dizer que não pensei nele, mas pensei. Pensei nele e senti seus olhos em mim. E era isso o que eu queria.

Quando saí, com a pele arrepiada e meus ossos doloridos, arfando por causa do frio, ele estava ali parado, segurando uma perdiz solitária pelos pés, as asas ligeiramente abertas, a arma pousada em seu ombro. Fiquei tremendo, o cabelo pingando água que corria pelas minhas costas para acabar no Lago como uma corrente de primavera.

Ele deitou a arma na grama, a ave ao lado, apanhou minha blusa e minha calça e as estendeu para mim. Olhei seu rosto; seus olhos cintilavam com um divertimento que não tinha tocado sua boca, a testa franzida numa censura fingida. Estendi uma das mãos para pegar minhas roupas, enquanto a outra permaneceu protegendo meu peito, mas ele recuou, ficando fora do meu alcance. Tentei ao máximo fazer cara feia, dando um passo fora da água, e ele reagiu afastando-se mais, o sorriso soltando-se, dançando em seu rosto. Atirei-me em sua direção, agarrando minhas roupas, mas ele as segurou com firmeza. Atraiu-me para ele até eu me ver envolvida em seus braços, aquecida pelo calor do sol na umidade do Lago, ainda agarrada à minha pele. Estremeci, não de frio, respirando no cheiro dele, no travo do seu suor, nos resquícios de pólvora, num toque de tabaco. Minhas roupas ficaram esquecidas no chão.

Passamos a tarde debaixo das árvores, embalados pelos cantos das toutinegras e dos pitiguaris, bebendo água direto do Lago, comendo framboesas silvestres temporãs e cochilando sob o dossel azul polvilhado de nuvens. Era a primeira vez que eu me sentia inteira e completamente livre.

Voltamos para casa ao pôr do sol. Menti para minha mãe, dizendo que não conseguíamos ligar o motor e David passara a maior parte da tarde desmontando-o e remontando-o.

— Cadê a Emily? — perguntei, colocando a cesta de batatas no chão e subindo a escada para preparar a luz do farol.

— Faz tempo que não a vejo — foi sua resposta. — Mas tenho certeza de que voltará para casa antes do acender do farol. Agora, ela nunca fica fora por muito tempo.

"Agora" era desde que as nossas noites haviam sido preenchidas com música. "Agora" era desde que David e eu deixáramos a ilha no *Sweet Pea* para resgatar o cargueiro. Não fiquei preocupada; não era atípico de Emily desaparecer por um curto período. Fui aparar os pavios da lâmpada e colocá-la em movimento, como tinha feito tantas vezes antes.

A perdiz foi depenada e frita com um pouco de banha de porco e servida com as batatas novas, cozidas com casca e passadas na manteiga. Ainda assim, Emily não chegou. Comecei a ficar inquieta. A lua, ainda em quarto crescente, espiava e sumia entre nuvens que deslizavam pelo céu noturno, fornecendo apenas luz suficiente para eu encontrar o caminho até a casa do assistente de faroleiro. David agarrou sua arma, e começamos pela descida que levava ao ancoradouro. Eu carregava a lamparina, mas não a acendi, confiando, em vez disso, na fraca iluminação que vinha do alto.

Meus olhos esforçavam-se a cada sombra, os ouvidos reagiam a cada som, e eu me debatia entre a raiva, a frustração e a preocupação. Emily conhecia intimamente a ilha. Conhecia cada praia, cada trilha, cada charco e a maioria das árvores e das plantas dentro deles. E, apesar de ser fascinada pela água, não entrava dentro dela. Era inútil chamar. Ela não responderia. Nunca respondeu.

Não havia barcos ancorados na baía nem presos na doca no ancoradouro. Apenas poucos carvões laranja reluziam no braseiro, e uma garrafa vazia de uísque estava encostada em um toco. Arnie e seus primos deviam ter partido horas antes, voltando para a ilhota Silver, para suas camas quentes, antes que baixasse a escuridão. Não vi ninguém por lá. O vento farfalhava por entre as árvores, levando-as a sussurrar e balançar, e sobressaltei-me várias vezes com o estalar de galhos sob pés reais ou imaginários. Não era do meu feitio. David abriu a casa de barcos, e eu acendi a lamparina e dirigi a luz amarela para os cantos escuros. Estavam vazios.

Atravessamos a clareira até a trilha curta que nos levava à praia em frente à ilha Dreadnaught. Ao sairmos da mata e chegarmos à margem, eu a vi, um monte encolhido vestido de algodão branco, seu cabelo preto tão parecido com o meu, caindo solto e livre. Estava deitada no chão, a lua era uma lamparina estranha acima dela. Não se movia.

— Emily!

Corri até ela, jogando-me na praia rochosa ao lado de sua forma largada, meus olhos inteirando-se do seu vestido rasgado, do corte em seu braço, o rosto ensanguentado e o lábio inchado, os olhos fechados. Aninhei sua cabeça no meu colo.

— Emily! — sussurrei, as lágrimas já começando a cair. — Emily, sou eu!

David estava ao meu lado. Pude ouvi-lo praguejar. Ele se virou e tornou a praguejar, e eu soube que a raiva fervia dentro dele com a mesma força que a culpa me dilacerava.

Então, ouvi passos. Dessa vez, não era o pisar imaginário de um urso faminto ou as andanças fantasmagóricas de almas passageiras. Era o pisar firme de um homem andando por entre as árvores, pisando nas pedras soltas da costa, cobertas de líquen.

David também ouviu. Girou e levantou a arma, apontando-a para a escuridão. Então eu a vi, a canoa suspensa acima do alcance das ondas. Não a reconheci.

— Quem está aí? — Ouvi o soldado na voz de David. Autoritária. Exigente. Mas também ouvi o tremor, a emoção que tocava seu coração e ia até a ponta do dedo pousado no gatilho.

Ninguém respondeu.

Uma sombra escura saiu de dentro das árvores e assumiu a forma de um homem. Parou por um momento antes de atravessar a praia em direção à canoa.

— Eu perguntei quem está aí! — David engatilhou a arma.

Emily mexeu-se e abriu os olhos, lutando para sentar.

A sombra alcançou a canoa e olhou em nossa direção, hesitando. E, então, o mundo parou de girar. O lago suspirou ao longo da costa, mal emitindo um som enquanto batia contra o casco da canoa. As árvores prenderam o fôlego enquanto a lua deslizava atrás de uma nuvem, depois piscava novamente do outro lado, clara, iluminando. A sombra virou-se abruptamente e veio em nossa direção.

Vi uma mão entrar debaixo de um casaco de pele de veado. Vi um lampejo de metal, um borrão escuro, e então soou um tiro. Ecoou contra as árvores, indo e vindo, sumindo no silêncio. A sombra fundiu-se com o chão.

Emily soltou-se dos meus braços e arrastou-se até o corpo que jazia metade dentro da água, metade fora, ao lado da canoa. Ela se inclinou e correu os dedos por seu rosto vincado e envelhecido, as cicatrizes mal encobertas sob uma barba cheia e grisalha.

O tiro tinha-o atingido bem entre os olhos. Olhos que haviam me olhado por entre as árvores enquanto um bando de lobos desaparecia por sobre um Lago congelado. Olhos consumidos de culpa, recusando-se a encontrar os meus, sobre a pele de Heathcliff. Olhos que meu pai chamou de assombrados, ao escrever sobre o assistente Grayson em seus diários, tantos anos antes.

Ainda tinha fechado um embornal em sua mão. Um com fecho de metal contendo raízes recém-colhidas do clube do diabo, tiras de cortiça de salgueiro, tufos de esfagno. Remédios da mata. Remédios para Emily. Ele estava tentando ajudá-la, curar seus ferimentos.

David desmoronou na praia ao lado deles, o rifle seguro sobre seus joelhos.

— Ai, Deus, o que eu fiz? — Afundou o rosto nas mãos.

Toquei no ombro de Emily. Ela estremeceu, afastando-se da minha mão.

— Ele fez isto com você? — perguntei. — Emily, ele te machucou?

Ela olhou para mim, seus olhos cinzentos tão diferentes dos meus. Vi neles medo, tristeza e vergonha. Balançou a cabeça.

E então me ocorreu como um delírio. Ele tinha sido um menino antipático; teria se tornado um homem hediondo? Abastecido com bebida, teria se afastado do fogo, aos tropeços até a praia? Ela estaria vulnerável. Estaria sozinha. Depois de todos aqueles anos de ódio supurado, ele finalmente tinha encontrado um jeito de se vingar dela.

— Everett. — Mal murmurei seu nome. Emily baixou os olhos, puxou as pernas contra o peito e começou a balançar para a frente e para trás, para a frente e para trás.

Everett.

David carregou-a até em casa e deitou-a em nossa cama. A frente do seu vestido estava rasgada. Queimei-o, primeiro alimentando o fogo até a chama reluzir de quente, espalhando calor pelo quarto. Hematomas roxos raivosos desfiguravam seu rosto e seus seios, e um ferimento profundo rasgava seu braço de maneira irregular. Tinha sido envolvido, amarrado com uma tira de algodão. Eu sabia que haveria um pedaço equivalente faltando na camisa de Grayson. À luz da lamparina a querosene, dei um banho nela, limpando a terra, as lágrimas e o sangue que corria fresco entre suas pernas. Escovei seu cabelo até deixá-lo brilhando e sentei-me com ela até seus olhos se fecharem e ela mergulhar no sono, a luz acima girando, girando, girando.

A mãe ficou de vigília em sua poltrona. A cada quatro horas subia com esforço a escada de madeira para dar corda nas polias e depois voltava a se sentar.

Não trocamos uma palavra.

David apareceu nas horas escuras que se estendem entre a meia-noite e o amanhecer. Fiquei com ele em silêncio; tendo a lua se enfiado abaixo do horizonte, nossa única luz era uma projeção de laranja lançada pela porta aberta do chalé e o reflexo do facho estendendo-se ao longe, noite adentro.

Grilos assumiram a conversa quando nossas vozes falhavam, falando bobagens confortantes em sua familiaridade.

— Como ela está? — ele perguntou, finalmente.

Virei-me, a luz pegava seus traços acentuados, tensos, e quis me chegar até ele. Quis que ele me envolvesse em seus braços. Apenas sacudi a cabeça, deixando as lágrimas voltarem a cair, calada.

— Ei, ei — ele sussurrou, chegando até mim, a mão sob o meu queixo, o polegar enxugando as gotas salgadas que grudavam ali. — A culpa não é sua.

Fiquei furiosa, recuei, livrando-me da sua mão. Ele sabia. Sabia que eu também chorava por causa da culpa que se instalara quente, dura e pesada no meu peito, roubando minha respiração, apertando meu coração com força. Se eu não estivesse com ele, aquilo não teria acontecido. Se tivéssemos voltado a tempo, Emily estaria no farol. Emily precisava de mim, e eu tinha falhado com ela. Ela era a minha vida, e eu era a vida dela. Não dava para ter os dois. Não dava para ter Emily e David.

Virei-me, subi os degraus de madeira e entrei no aconchego; o fechar da porta consumiu o retângulo de luz onde ele estava, deixando-o com os cantos dos grilos e o facho intermitente da luz que rastreava no alto.

Nunca mais vi seu avô. Ele sabia. Nós dois sabíamos. Tinha matado um inocente. E, embora não fosse alguém de se esconder das consequências de seus atos, o contrário seria comprometer Emily. Ela não teria sobrevivido a isso. Ele a amava demais para fazer isso com ela.

E ele me amava demais para ficar, para me fazer escolher entre os dois.

Na manhã após ter matado Grayson, antes que o sol estivesse pleno no céu, o corpo e a canoa desapareceram. E ele também.

Parte três

IRMÃS EM VOO

41

Morgan

Estou deitada na cama, acordada há horas, mas não tenho vontade de me levantar, encarar pessoas e participar de conversas estúpidas. É sábado. Geralmente durmo até o meio-dia aos sábados, depois de passar a noite de sexta-feira fora. Mas não saio há dias. Desde que Derrick e eu nos separamos, e eu fiquei bêbada e me fiz de babaca. Desde a noite que passei no lar dos velhinhos. Desde que soube que vovô atirou em Grayson.

Desde que tive os pés no chão.

A sra. Livingstone estava prestes a continuar sua história. Acho que tinha mais coisas que ela queria me contar, mesmo que nunca mais tenha visto meu avô. Mas Marty apareceu, suas sobrancelhas espessas dançavam para cima e para baixo na testa, enquanto seu olhar ia de uma para outra. Ele não disse nada, ainda que eu tenha certeza que tivesse todo tipo de pergunta. Acho que esse é o jeito dele, não mete o nariz onde não é chamado. Em vez disso, olhou para mim e disse que tinha alguém lá me procurando.

Primeiro pensei que fosse Derrick. Gostaria de poder dizer que não esperava que fosse, mas esperava. Ele que morra! Enfiei rapidamente as botas e desabalei pelo corredor até a entrada. Mas era Laurie, sentada em uma das poltronas de couro ao lado da lareira, o rosto todo congestionado de preocupação, frustração e desapontamento. E, provavelmente, exaustão. *Merda*!

Só olhamos uma para a outra. Ela não me pediu uma explicação, e eu não dei nenhuma. Tive a sensação de que alguém já tinha feito isso. Marty.

— Volto logo — disse a ela. Depois, voltei ao quarto da sra. Livingstone.

Elizabeth tinha se acomodado na cama. Parecia pequena, cansada e de certo modo vulnerável de um jeito que eu nunca tinha visto. Percebi que para ela deve ter sido um grande esforço reviver seu passado para me contar sobre vovô. E percebi, ali parada no quarto dela, olhando para ela deitada na cama, de olhos fechados, que nós duas amávamos o mesmo homem.

— Tenho que voar — eu disse. — Eu... hã...

— Não é o menino, é?

Não pude deixar de sorrir. Ela é uma puta de uma observadora.

— Não, não, não é ele. É minha mãe provisória. Ela deve ter ficado preocupada comigo.

— Tem a ver com carinho.

Só assenti, esquecendo que ela não enxergava. Estava tentando me dizer mais coisas com essas palavras. Ela entende de preocupação e carinho. Olhei os diários sobre a mesa e quis arrumá-los numa pilha, embrulhá-los de novo, mas deixei. Eles não traziam as respostas para o que ela queria saber, e senti-me decepcionada por ela. Dei uma topada com o pé no batente da porta. Não estava acostumada com a sensação.

— Sinto muito que a senhora não tenha encontrado o que estava procurando no diário do seu pai. Que não tenha descoberto quem estava enterrada naquela cova ou por que Charlie foi até a ilha buscar os livros.

Ela contraiu os lábios.

— Agora pouco importa.

— Volto depois.

Era uma declaração, mas quase uma pergunta. Não tinha certeza de que ela me quisesse de volta agora que já não havia diários para ler.

— Vou gostar

Virei-me para ir embora.

— Morgan — ela continuou. Parei e olhei para ela. Estava de olhos abertos, sem conseguir ver, olhando, em vez disso, para o passado. — Ele era um homem bom. Um homem muito bom.

Fiquei quieta por um instante na entrada do quarto, lembrando-me do vovô da maneira como o conhecia. Quando voltei a olhar para a sra. Livingstone, não vi uma senhora frágil; vi Elizabeth, a moça que tinha amado um homem bom. Um homem muito bom. Isso me fez ficar feliz por ela, mas de uma maneira triste. Dei meia-volta e caminhei pelo corredor, para longe das lembranças dela e das minhas.

Marty estendeu meu violino quando passei pela sua sala. Também me entregou um *donut* embrulhado em guardanapo e um copo de papel cheio de um líquido quente que cheirava a gengibre e mel.

— Achei que você poderia precisar disso.

Aquilo ajudou, mas não o bastante. A conversa com Laurie foi esquisita durante o curto trajeto de carro entre o lar e a escola, algo sobre telefonar e estar sempre ali para conversar e alguma outra merda. Resmunguei uma justificativa como um pedido de desculpa antes de bater a porta do carro e entrar, atrasada.

Derrick não estava lá, e fiquei feliz por não ter de encará-lo. Foi difícil ficar acordada durante a aula de história, e saí assim que tocou o último sinal. Estava louca por um cigarro e me animei assim que peguei o caminho que segue ao longo do rio, em direção ao lar de idosos. Parei na ponte para dar as últimas tragadas, antes de jogar o toco na água marrom, vendo-o girar e rodopiar, conforme era levado pela corrente em direção ao lago Superior.

Marty interceptou-me no corredor, em frente ao quarto da sra. Livingstone, cuja porta estava fechada. Sacudiu a cabeça.

— Ela precisa descansar.

Tentei novamente no dia seguinte, mas ela nem mesmo estava no quarto, então fiz o que precisava fazer para Marty e fui embora.

Tenho passado as últimas noites sozinha no meu quarto no porão, com meu violino. Agora já não dói tanto quando toco. Acho que ajuda saber mais sobre ele, ter alguém que também compartilhou suas músicas. A música me fazia lembrar, e lembrar me fazia sentir sozinha, assustada e pequena.

Sinto cheiro de café. E de bacon.

Derrick não ligou para mim. Eu também não liguei para ele. Somos os dois orgulhosos demais. Quero ligar, mas aí não ligo. Que puta confusão.

Alguém bate na porta.

— Ei. — É a Laurie. Ela está com duas canecas de café, oferece uma para mim e senta-se na minha cama. — Achei que você estivesse acordada.

Sento-me e pego a caneca, soprando antes de beber. Está caprichado, cheio de açúcar e creme. Bem da maneira que eu gosto.

— Você está bem?

— Estou. — Não sei o que quer de mim. Na verdade, não é da conta dela. Que diferença faz para ela, afinal? Duvido mesmo que ficarei aqui muito tempo. Nunca fiquei em lugar nenhum muito tempo.

— Marty, do Retiro Boreal, ligou outro dia. Disse que você tem feito um ótimo trabalho com a pintura.

Dou de ombros. Acho que ele precisa manter Laurie e Bill informados como parte de toda a merda de reabilitação recuperadora.

— Ele também disse que você tem passado um tempo com uma mulher que conheceu o seu avô?

— É — sei que ele contou mais que isso. Eu tinha os pés no chão.

Tomamos nosso café. Silêncio. Posso ouvir a TV no outro quarto. Barulho da cozinha.

— Eles foram namorados — digo.

— Ah.

— Antes de ele conhecer a minha avó

— É mesmo?

Dou outro gole no café.

— Eu não me lembro da minha avó.

Ela me olha com as sobrancelhas contraídas, e sei que está pensando em alguma coisa.

— Você nunca a teria conhecido. Ela nunca fez parte da sua vida.

— Como é que você sabe?

— Bom, antes de você vir ficar com a gente, tivemos um encontro com sua assistente social. Ela contou pra gente sobre sua família, tudo o que eles sabiam.

Por algum motivo, isso me deixa puta. Uma sala cheia de gente praticamente estranha, pessoas que na verdade estão cagando para mim; sentados em círculo, falam a meu respeito como se eu fosse a porra de um objeto, escrevem notas em uma ficha, fazem avaliações e tomam decisões sobre a minha vida, e eu não participo de nada disso. Mas isso me faz pensar no que mais ela sabe.

— Ah, é? Talvez alguém devesse ter pensado em me pôr a par.

Ela pousa a caneca, vazia.

— O que você quer saber?

— Sobre a minha avó. — Não sobre a minha mãe. Nem sobre o meu pai. Quero saber sobre a minha avó. Por causa da Elizabeth.

Ela fica quieta por um tempo. Vai ver que, no fim das contas, não vai me contar nada.

— Seu avô nunca se casou. Nunca teve outros filhos. Antes de você nascer, só estava vivendo havia alguns anos em Nipigon e era semiaposentado, mas às vezes trabalhava em um barco pesqueiro comercial. Tinha vivido no sul de Ontário antes disso, mas a ficha não especifica onde nem o que ele fazia. Havia um pouquinho sobre a sua mãe, que você já sabe.

Sei. Mas ela é só um nome em um pedaço de papel: Mãe, Isabel Lambton. Pai: desconhecido.

— Ela era de Toronto. Vai ver que a sua avó era alguém que seu avô conheceu quando viveu naquela parte da província.

Ela não diz isso alto, mas capto a sugestão de que, qualquer que fosse o relacionamento, não durou. É óbvio que eles não ficaram juntos, fosse ela quem fosse.

— Sua mãe já não era moça quando teve você e, além disso, foi diagnosticada com câncer de ovário depois que descobriu que estava grávida. Estava morrendo antes mesmo de você nascer. Aparentemente, ela localizou seu avô pela certidão de nascimento. Às vezes, pessoas que perderam contato com a família sentem-se compelidas a reencontrá-la e refazer a ligação quando ficam grávidas ou com doença séria, e com ela aconteceram as duas coisas. Desconfio que seu avô nem soubesse que tinha uma filha até ela aparecer em Nipigon.

O fato de nunca ter conhecido a mãe é que você se põe a imaginá-la e faz dela o que quiser. Quando eu fazia isso, minha mãe era sempre forte, moça e bonita. E tinha o vovô. Eles compartilhavam as mesmas coisas que nós dois: as noites ao pé do fogo, a música, as histórias do Lago. Agora, justo quando estou começando a juntar os fios da minha vida, o tecido está sendo novamente rasgado. Percebo que a única pessoa a quem chamei de família pode ter sido um estranho para minha própria mãe. Eu não sabia que os fios que me ligavam ao passado eram tão frágeis.

— Seu avô a criou depois que sua mãe morreu. Ela o tinha nomeado seu tutor. Deve ter sido bem pesado para ele assumir isso naquela idade, mas ele fez um trabalho notável. É evidente que ele a amava muito. Eles me contaram que ele ensinou você a tocar violino e que você tocava maravilhosamente bem. Eu... — ela para e olha para mim — Eu não sabia quanto você tocava bem.

Não consigo imaginar que ela olhe para mim e veja um trabalho notável. Não é bem que eu tenha facilitado a vida para ela.

— Por que você não me contou nada disso antes?

Ela suspira.

— Você nunca perguntou.

Ela se levanta e vai até a janela. Não coloquei a tela de volta do jeito certo na última vez que fugi, e ela a prende de novo no lugar.

— Às vezes, as pessoas dizem coisas com suas ações que não conseguem arrumar um jeito de dizer com palavras — ela diz, com a mão pousada no peitoril da janela e as costas para mim. — Se você tiver qualquer outra pergunta, terei prazer em ajudá-la a descobrir a resposta.

Não digo nada. Ela já não está falando da minha família. Ela sabe em relação à janela.

Ela volta e fica parada ao lado da minha cama, olhando para mim.

— A certa altura, todos nos perguntamos "Quem sou eu?". O fato é que não se trata de quem você é ou de quem você foi, mas de quem você pode ser. — Ela pega a caneca vazia da minha mão e vai para a porta. — As panquecas estão prontas.

* * *

Espalho jornal na calçada e coloco a lata de tinta em cima, tirando a tampa com uma chave de fenda. O dia está agradável, agradável o bastante, Marty disse, para acabar o que falta de pintura a ser feita, e então estarei livre para ir embora; minhas obrigações com o Retiro Boreal, minha "reabilitação recuperadora" por meu ato impensado de vandalismo, tudo estará terminado. Anne Campbell, enfermeira registrada, diretora executiva, assinará a dispensa nos papéis e nunca mais terei de voltar. Pego um pedaço de madeira e misturo a camada de óleo que flutua com a tinta branca, até deixá-la macia; depois, ponho o misturador em cima da lata. Faço tudo devagar.

O dia está tão agradável que vários moradores estão ao ar livre. O sr. Androsky está aqui; seu filho e a pequena Rebecca trouxeram o *milk-shake* semanal, e uma princesa de plástico bem colorida, com olhos exagerados e cabelo artificial, está ocupada, explorando o jardim de pedras em torno do tanque. Não vi a sra. Livingstone.

Meu telefone toca, mas não atendo. Derrick já deixou três mensagens. Quer conversar sobre o que houve. Não pede desculpas, e não sei se ele quer me ver ou apenas ter certeza de que eu não vou metê-lo em alguma roubada. Ainda estou puta. E me deixa ainda mais puta o fato de continuar querendo vê-lo.

— O que você está fazendo?

Becca apareceu no lugar onde estou trabalhando na cerca. Ela lembra uma menina de uma das primeiras casas provisórias onde morei. Eu tinha 12 anos, e ela, 4. Dividíamos um quarto, e às vezes ela se enfiava na minha cama no meio da noite, só levantava as cobertas e deitava-se do meu lado. Sempre saía de lá pela manhã, geralmente deixando um lugar molhado que acabava sobrando para mim. Nunca contei a eles que era ela. Pouco me lixava. Podiam fazer o que quisessem comigo, tanto fazia. Aprendi bem rápido a não sentir nada. Mas sabia que ela chorava à noite, sabia que ela sentia falta do carinho da mãe. Fiquei feliz quando ela foi levada para outra casa. Não por não a querer por perto, mas porque soube que a família ia adotá-la. Então, fiquei feliz e só com um pouquinho de inveja. Estava aprendendo a não me prender a ninguém.

— Estou pintando — respondi.

— Por quê?

Porque os guardas me pegaram pichando e acharam que seria uma boa ideia me ensinar uma lição me dando um monte de trabalho inútil para fazer.

— Pra deixar a cerca bonita.

— Branco não é bonito.

Mergulho novamente o pincel na lata e o aperto ao longo da tábua.

— O branco é a cor mais bonita.

Becca olha a cerca com atenção. Dá para perceber que ela acha que isso é um monte de besteira.

— Não! — Ela ri. — O branco nem chega a ser uma cor! Como pode ser bonito?

Passo o pincel para lá e para cá. A antiga pintura descascada deixou na madeira uma textura por baixo que só consigo ver se olhar bem de perto. Os desenhos com *spray* foram cobertos, as cores vivas da minha libélula ficaram no passado. Ainda estão lá, mas agora toda a raspagem, toda a lixação, toda a camada de base criaram uma tela em branco. Recuo um pouco e olho o trabalho que fiz. Estou começando a ver o que pode ser.

— Bom, o branco é a cor mais bonita porque na verdade ele é a junção de todas as cores; é mágico.

Ela me olha como se eu tivesse duas cabeças.

— Se você olhar bem de perto, e acreditar em mágica, verá todas elas ali. São encantadas, só à espera de se libertarem. O vermelho, o laranja, o amarelo, o verde estão lá, e há azul o bastante para cobrir o céu. Até o roxo, como as flores de Marty. — Sacudo a cabeça para ela. — O branco é a cor mais bonita porque pode ser qualquer coisa.

Ela se inclina em direção à cerca.

— É mágico?

— Pode crer! respondo, afundando o pincel de volta na lata.

A menininha fica me olhando por um momento. Vira-se e volta-se para a mesa de piquenique, onde sua mochilinha está encostada em uma das pernas, e acho que a perdi. Mas ela abre o zíper e joga a princesa de plástico dentro, fecha e encaixa a tira com a fivela na parte de cima. Vira-se para mim e pega o pincel.

— Minha vez.

42

Elizabeth

O leve cheiro de fumaça de cigarro entra pela minha janela. Posso ouvir Marty assobiando ao passar pelo pátio.

— Estou vendo que você arrumou uma ajudante — ele diz.

— Parece que as menininhas, assim como os meninos, também cobiçam uma coisa quando é difícil de conseguir — é a resposta.

Solto uma gargalhada. Puxa, ela é tão inteligente quanto eu achava. Rir é uma sensação boa.

Também posso ouvir Marty, gostando da resposta dela, com sua risada forte, cheia e gostosa.

— Acho que Tom Sawyer arrumou ajudantes melhores. A sua conseguiu pôr mais tinta nela mesma e no chão do que na cerca.

Sua resposta é simples:

— Merda!

O assobio continua e depois some.

Fecho a janela e enrolo-me em um cardigã de lã, antes de abrir a porta do quarto e entrar no corredor silencioso. O lobo segue. Como eu espero.

43

Morgan

Reponho a tampa na lata de tinta e a martelo para que fique bem fechada. Está escurecendo. Limpei a maior parte da sujeira e arrumei os escorridos de tinta que se juntaram na parte de baixo da cerca, mas Becca é outra história. Conseguiu algumas manchas de "mágica" em suas roupas, e sua mão e seu braço não vão ficar limpos tão cedo. É como se estivesse usando uma luva branca. Parece que o sr. Androsky achou divertido, e o filho só suspirou e deu de ombros.

A lata de tinta deixa um círculo branco no jornal quando eu a ergo, envolvendo uma antiga fotografia de um navio. A impressão preta me encara com os dizeres "Mergulhadores descobrem vapor naufragado em 1926 ao largo da ilha Edward". Pouso a tinta, aliso a imagem desbotada, a palavra *Kelowna* e o ano de 1921 escritos em um canto. Conheço a ilha Edward. Sento na calçada e leio:

> *Baía Thunder — Durante uma busca de um naufrágio mais recente, ocorrido na mesma área, um grupo de mergulhadores esportistas de Minnesota descobriu, sábado, o SS* Kelowna, *vapor naufragado a sudeste da ilha Edward, no baixio de Porphyry, há muito desaparecido. O* Kelowna *sumiu em uma tempestade no início do inverno de 1926.*
>
> *Os mergulhadores, Jack Huffman e Terry Fraser, fazem parte de um grupo que cataloga naufrágios no lago Superior e na ilha Royale. Em uma entrevista ao Chronicle Journal de domingo, Hoffman descreveu a surpresa que tiveram ao descobrir o Kelowna:*
>
> *"Ele sumiu sem deixar rastros há quase oitenta anos, e acreditava-se que tivesse encalhado perto da ilha Royale", disse Huffman.*

"Passamos anos procurando os destroços, e foi só por acaso que estávamos mergulhando próximo ao local onde ele está. Procurávamos um navio mais recente, que encalhou na ilha Magnet na década de 1950".

O Kelowna *foi construído na Inglaterra em 1921 e pertencia à companhia de navegação Larkin and Sons, sediada em Chicago. O cargueiro foi desenhado para ser usado nos Grandes Lagos e era alimentado por um motor a vapor de mil HP, mas também tinha dois mastros. Levava cargas diversas de Montreal, passando pelos Grandes Lagos até a baía Thunder.*

"O que se diz é que eles estavam fazendo a última viagem da temporada e encalharam", diz Huffman. Ele explicou que o Kelowna *passou pelas comportas de Sault Ste. Marie em 4 de dezembro com uma carga mista: maquinário para a fabricação de papel, alambrado, sapatos, alimentos, encanamento e manta asfáltica. Infelizmente, um temporal terrível precipitou-se sobre o lago Superior no dia seguinte, e o cargueiro foi visto pela última vez navegando em direção à ilha Royale, fortemente recoberto por gelo. Nem a embarcação nem algum dos seus 22 passageiros ou membros da equipe foram vistos novamente.*

Huffman e Firth planejam colocar vários mergulhadores a mais nos destroços nas próximas semanas, esperando descobrir a causa do acidente e documentar o naufrágio.

O jornal está datado de 18 de setembro, uma semana antes de eu vir pela primeira vez ao Retiro Boreal. Apenas dias antes de o irmão da sra. Livingstone desaparecer e seu barco vir parar na praia, perto da ilhota Silver, perto de Porphyry, perto de onde o *Kelowna* afundou. Isso não parece ser coincidência.

Rasgo o artigo da página, dobro-o e enfio-o no bolso.

* * *

O Honda preto está parado no estacionamento. Hesito. Ainda posso ouvir a última coisa que ele me disse antes de me dispensar: "Sem mim você não é nada, você é ninguém". Isso me deixa puta. De verdade. Mas dói principalmente porque parece ser verdade. Ele se atreveu a pôr em palavras meus próprios medos, a dúvida sussurrada, a solidão que vem surgindo. Derrick me fez sentir viva novamente. Aí, penso no negócio da droga e percebo que sou patética.

Quase esqueci a música. Deixei que ela se fosse. Deixei de lado o violino e as músicas do vovô. Silenciei sua voz. E, então, ela me fez lembrar. A sra. Livingstone e suas histórias. Lembrei qual era a sensação de ser amada de verdade. E, ainda que doa e seja difícil e confuso, dentro de tudo aquilo eu era alguém para alguém. Quem sou eu? De verdade? Não faço a mínima ideia. Mas sei o que não sou. Sei o que não quero ser.

Pensei que quisesse vê-lo. Pensei que quisesse que ele me quisesse de volta, mas de repente não quero mais estar com ele. Viro-me e afasto-me do carro.

— Ei! — Seus pés esmagam as folhas que forram a calçada. — Ei, qual é? Você não respondeu às minhas mensagens! Será que a gente não pode ao menos conversar?

— Acho que você já disse o bastante.

— Ei, Morgan. — Ele agarra meu braço, e viro-me para encará-lo. — Me desculpe. Eu... Olhe, não pensei que fosse grande coisa. Nada aconteceu. — Ele esfrega meu braço para cima e para baixo, me agradando, íntimo. — Ninguém se machucou. Ninguém se meteu numa fria. — Está usando de novo aquela voz, a que guarda para seus clientes nervosos.

Olho sua mão no meu braço e a seguro, entrelaçando meus dedos com os dele, de modo que as palmas das nossas mãos ficam juntas, tanto para fazê-lo parar quanto para qualquer outra coisa.

— Você está enganado, Derrick. Aconteceu uma coisa. — Olho nos olhos dele. E é difícil segurar seu olhar. Solto sua mão e me viro, abrindo os braços para abarcar o tamanho do esparramado complexo de idosos aninhado atrás de nós, nas árvores. — Isso, isso é merda, isso é nada, brincadeira de criança. — Viro-me de volta e olho para ele. — Sabe o que eu faço lá? Varro as porras dos assoalhos e passo tinta branca na porra de uma cerca. No outro dia, se eu tivesse sido pega, não estaria fazendo companhia a um bando de velhinhos. Não seria alguma porra de programa de reabilitação e reconciliação. Seria extremamente diferente. E sabe de uma coisa? Não preciso dessa merda. — Olho dentro daqueles olhos verdes e não sei o que ele está pensando. Não consigo ler o que há por trás deles. Mas, de certo modo, eles me lembram os saquinhos de pó dividindo espaço com o violino do vovô.

Não estou mais brava. Só estou cansada. E um pouco triste.

— E não preciso de você. — Não estou dizendo isso para ser despeitada. Juro que não. Mas, pela primeira vez, percebo que ele não me define. Não sou ninguém sem ele. Nunca fui.

Posso sentir o jornal dobrado dentro do meu bolso.

— Adeus, Derrick.

Derrick trava os maxilares. Posso vê-lo tentando engolir aquilo. Não está acostumado com rejeição. Acho que está surpreso por eu não ter vindo rastejando de volta para ele. Acho que eu também estou. Ele ajeita a gola da jaqueta e vira as costas para mim. Vejo-o caminhar para o carro, o Honda preto levantar umas pedrinhas e deixar marcas pretas no chão, enquanto ele arranca do estacionamento. Pela segunda vez em uma semana, estou parada sozinha, sentindo-me pequena no canto da rua, vendo as lanternas do carro, que se afasta.

O momento é diferente.

* * *

Só tem um computador para todos nós usarmos. Ele fica na sala de jantar, em uma mesa entulhada de papéis, embalagens vazias de balas e outras merdas que as pessoas não podem se dar ao trabalho de recolher. Alguns meninos têm seu próprio *laptop*, mas nunca me preocupei o bastante para descobrir um jeito de ter o meu. Quando consigo chegar a ele, é tarde. A TV está ligada na outra sala e todo mundo está lá, então, pelo menos, vou ter um pouco de privacidade.

Coloco o nome do navio, *Kelowna*. Acontece que é uma cidade na Columbia Britânica, e todos os acessos que aparecem não têm nada a ver com o navio. Pelo menos não com aquele em que estou interessada. Ponho o artigo de jornal manchado de tinta a meu lado, na mesa, alisando-o para poder ver a foto dos dois mergulhadores e a antiga foto de 1921. Quando acrescento "naufrágio" e "lago Superior", acho o que estou procurando: uma lista de navios que afundaram nos Grandes Lagos. Clico no *link*.

> O Kelowna, *um cargueiro movido a vapor, desapareceu durante uma tempestade de inverno em 1926. Dirigia-se para a baía Thunder com uma carga completa e 22 pessoas a bordo e foi visto pela última vez, pesado de gelo, passando pelo farol de Whitefish. Uma tempestade de início de inverno devastou o lago Superior,*

Nossa, adoro esta palavra, "devastou"; soa, ao mesmo tempo, tão violenta e tão passional!

> *e o que se deduziu foi que ele sucumbiu às ondas e afundou perto da ilha Passage. Os destroços nunca foram encontrados.*

Traz a mesma fotografia do navio que aparece no jornal, em preto e branco, o cordame para os dois mastros enfeitado de bandeiras, e a legenda abaixo dela observa a data em que o navio foi lançado: *7 de julho de 1921*.

No final da página há um *link* para Larkin and Sons, a companhia que era proprietária do navio quando ele desapareceu. É um bom site. A companhia ainda opera em Chicago. Obviamente, eles mudaram ao longo dos anos, mas continuam no ramo da navegação e parecem estar indo muito bem. Clico em "Quem somos".

É um lugar esquisito para achar uma referência ao naufrágio do *Kelowna*. Eu esperava um tipo de história mais ligado aos negócios. Mas lá está. Dezembro de 1926. O *Kelowna* estava fazendo a última viagem da temporada, levando mercadoria de Montreal a porto Arthur, quando desapareceu na tempestade. Robert Larkin, um dos "and Sons" estava a bordo com a esposa e dois filhos pequenos, viajando a porto Arthur para passar o inverno com a família. O navio sumiu com todos a bordo.

* * *

A casa está quieta. Todos já foram dormir. Menos Laurie. Está na cozinha, enchendo o lava-louça como faz todas as noites. Chega atrás de mim e sei que olha o que estou fazendo no computador por sobre meu ombro. Entendo, mas me irrita.

— Lição de casa?

— É — minto. Vai deixá-la contente.

Ela junta os papéis de bala e, enquanto faz isso, vê o artigo de jornal e pega-o para ler.

— Que trágico! — diz. — Não posso imaginar o que seja estar no lago Superior em novembro, numa tempestade. Eu me lembro de lá já ser bem ruim em julho.

Ela devolve o jornal, pega uma caneca de café vazia e segue de volta para a cozinha.

— Você costumava andar de barco? — pergunto.

Ela abre o lava-louça, coloca a caneca dentro e liga o aparelho.

— De vez em quando, quando era criança. Meu tio costumava levar a gente às vezes; ilha Thompson, baía Sawyers, porto Loon, ilha Porphyry. Na maioria das vezes era uma delícia, mas, quando o vento e as ondas aumentavam, eu ficava morta de medo. Mas isso foi há muito tempo, Há anos não faço isso.

— Porphyry?

— É. Bem perto de onde aquele naufrágio foi encontrado. A gente sempre gostava de subir até o farol e dizer oi pros faroleiros. Eu lembro que tinha coelhos por todo canto. Centenas deles. A gente corria atrás deles, mas nunca pegamos nenhum. E as árvores queimadas no promontório, mesmo décadas depois do incêndio, continuavam com os troncos carbonizados e pretos.

— Incêndio? Que incêndio?

— Meu primo contou pra gente que uma mulher ficou lá como faroleira durante a guerra, depois da morte do marido. Ao que parece, a filha dela enlouqueceu, queimou o lugar até o talo, e a mãe morreu no incêndio.

Ai, meu Deus! Emily!

— Claro que na época a gente achava que o lugar era mal-assombrado. Foi assunto pra ótimas histórias junto à fogueira. — Ela apaga a luz da cozinha e olha para mim. — Você está bem? Parece que viu um fantasma.

A história ainda vai longe.

— Estou bem. É só que...

Ela me olha por um minuto, mas não diz nada. O silêncio começa a parecer esquisito, e Laurie está esperando que eu fale.

— É só uma história interessante.

Ela está com uma das mãos no corrimão e um pé na escada, e acho que está prestes a dizer alguma coisa. Mas não diz. Só inclina a cabeça de lado e sorri.

— Então, boa noite. — Ela se vira e vai subindo. — Não fique acordada até muito tarde.

Todos os quartos estão com a luz apagada. A única luz é o brilho da tela do computador. Coloco mais palavras no Google: "Emily Livingstone".

Há páginas e páginas de citações e um *banner* com imagens que vai até a metade da tela: suas pinturas vibrantes, fortes e detalhadas, e a foto de uma moça, em branco e preto, granulada. Clico nela, que me dirige para um *site*.

É uma galeria na Inglaterra com uma página dedicada ao trabalho de Emily. Traz uma curta biografia: nascida no Canadá, filha de faroleiros, criada às margens do lago Superior, que lhe deu inspiração para suas obras. Dizem que passou um tempo confinada em uma instituição psiquiátrica antes de ser patrocinada pelo renomado biólogo Alfred Tanner, que, aparentemente, era algum tipo de lorde ou coisa assim, com uma porrada de dinheiro, e sua esposa, Mildred. Eles levaram Emily e sua irmã gêmea, Elizabeth, para a Inglaterra e ajudaram a introduzir Emily no mundo da arte, promovendo seu trabalho em uma galeria londrina. O texto prossegue dizendo que Emily "conquistou a aclamação da crítica e sucesso comercial na década de 1970, apesar de nunca ter recebido qualquer orientação formal nem nunca ter feito aparições públicas. Era reclusa, e isso parece só ter servido para tornar seu trabalho mais cobiçado pelos colecionadores, uma vez que raramente surgiam novas peças no mercado". A última informação era de que estava vivendo na Itália. Apenas uma galeria tinha permissão para vender suas obras. Há dez anos, eles não tinham nada novo, mas inúmeras pessoas vendiam e compravam seus antigos trabalhos. Ao que parece, ainda eram populares entre os colecionadores.

Olho algumas das pinturas. São familiares e não são. Os preços são cotados em libras, e não entendo quanto valem, mas há um monte de zeros depois dos números.

Tem um retrato da artista. Clico nele para que encha a tela. A mulher é jovem, o cabelo escuro está puxado para trás e recolhido no alto da cabeça. Usa uma blusa simples, de gola alta. Está sentada em uma cadeira, com a face apoiada na mão. Procuro a sra. Livingstone, Elizabeth, no rosto. Se eu procurar com bastante empenho, imagino que haja semelhanças, mas não são óbvias. O que me cativa são os olhos. Não são nem um pouco parecidos com os da sra. Livingstone. Parecem olhar através de mim, como se pudessem mergulhar em minha alma. São perturbadores.

Quando não posso mais suportar olhar para eles, desligo o monitor. A escuridão me engole.

44

Elizabeth

Estou sozinha no solário. Por consideração, eles me concederam privacidade. Os últimos raios de sol estendem-se pela sala, envolvendo-me em calor, consolando-me. Ainda seguro o objeto. Tem a forma de um haltere, frio e liso no meio e em uma de suas extremidades esféricas. Está gravado, mas nem mesmo meus dedos inquisitivos conseguem discernir as letras calcadas no metal. A outra ponta tem saliências, decorada com um desenho. Imagino que esteja manchada, com o preto assentando nos sulcos entre espirais de filigranas que se estendem por sua circunferência, emoldurando as perfurações em formato de coração que tilintam ao menor movimento. Não preciso vê-lo para saber do que se trata.

Conheço-o, mas não é familiar. Só o vi de relance uma vez, e mesmo assim muito brevemente, quando escapou de uma velha lata de biscoitos, caindo no chão da casa do assistente de faroleiro. Fora isso, não tem nenhum significado. Pensei que poderia ter. Pensei que o fato de segurá-lo, de certa forma, interligaria tudo, eu ficaria completa e inteira. Mas não foi o que aconteceu.

O livro no meu colo é familiar. Reconheço o cheiro de mofo de suas páginas há muito esquecidas e as letras em relevo na capa de couro. É pesado, seu papel bêbado das águas do Lago, inchado como com os mortos por afogamento. Sei as datas que estão colocadas nas folhas amarelas e a mão que as escreveu, sem que ninguém tenha de me dizer.

Eles se foram há mais de uma hora. Mas continuo sentada. Não estou surpresa com a notícia que trouxeram. Soube assim que vieram pelo corredor silencioso, os sapatos guinchando formalidade enquanto pisavam no assoalho de madeira, que o corpo de Charlie fora encontrado. Disseram-me que seria realizada uma autópsia para determinar a causa da morte. Também me disseram que sua cabeça mostrava sinais de trauma. Acham que a retranca pegou-o desprevenido, uma vez que ela virou para a cabine do piloto, talvez arremessada por uma onda atípica ou uma inesperada rajada de vento; que ele ficou inconsciente com o golpe e caiu da embarcação. Presumivelmente, afogou-se.

Ele já não era tão ágil.

O Lago sabia disso. Que coisa mais incomum ele abrir mão de seu morto. Imagino o que esteja querendo me dizer.

Agora há outros passos. Não o caminhar eficiente da equipe nem o passo hesitante de visitas.

Morgan.

45

Morgan

Eu me pergunto se a estou incomodando, mas ela ergue a cabeça quando me ouve, então me sento à sua frente, sentindo o calor do sol nas minhas costas. Marty contou-me o que aconteceu. Sei que é de praxe dizer certas coisas quando se sabe que alguém morreu. É meio estúpido porque não é como se fosse culpa minha. Não tenho nada para me desculpar, mas não sei o que mais dizer.

— Sinto muitíssimo.

— O Lago levou-o — ela diz. Está calma. Não acho que tenha ficado minimamente surpresa, mas o fato de saber torna a coisa definitiva. Não há mais tempo, não há mais esperança. Significa dizer adeus.

— Imagino que seja adequado — ela acrescenta. — É como ele gostaria que tivesse sido.

Ela não diz nada sobre o diário. Sei de imediato o que é. E sei quais anos ele cobre. Pego-o e abro-o com cuidado; meu coração está disparado só de pensar nas informações que ele poderia ter.

— Não adianta — ela diz. — Já pedi a Marty para dar uma olhada. A água não foi complacente com a tinta. Quaisquer que fossem as palavras que meu pai escreveu nessas páginas foram levadas pelas ondas. Talvez eu jamais saiba o motivo de Charlie para exumar essas relíquias de sua tumba de décadas. Seja qual for o segredo que ele guardava, o Lago reclamou-o com a vida de Charlie.

Corro os dedos pela primeira página. Ela tem razão. A escrita está borrada. As próprias páginas estão grudadas umas nas outras e, quando tento separá-las, começam a rasgar e se desfazer.

Ficamos sentadas em silêncio. Percebo que é melhor não dizer nada a falar algo estúpido e inútil. Reparo que ela segura algo.

— O que é isso?

Ela ergue um chocalho. Parece antigo e é feito de prata, mas escureceu e ficou fosca. Tilinta baixinho.

— Estava no bolso da jaqueta dele.

— Posso ver?

A sra. Livingstone estende-o para mim. Nunca vi nada parecido e viro-o de uma ponta a outra. Está gravado. Tem um nome: Anna.

— Sra. Livingstone — sacudo o chocalho —, quem é Anna?

— Anna? — Ela se inclina para mim, estendendo a mão, agarrando o vazio freneticamente, até que coloco o chocalho na sua mão, e ela o leva junto ao peito, com os dedos percorrendo as letras gravadas. — Está escrito Anna?

46

Elizabeth

Sinto-me como se estivesse flutuando. Tudo que me mantém com os pés no chão passou a ser uma aparição. Não tenho mais certeza de qual é a verdade. Estou nadando. Elizabeth. Emily. Anna.

Sinto saudades. Não pode ser dela; sei que não é, no entanto...

Agarro o chocalho junto ao peito não por sentir uma conexão através dele, de jeito nenhum. É por causa do nome.

Anna.

— Talvez você precise saber um pouco mais da história.

* * *

Comecei a desconfiar da gravidez em novembro.

Emily precisou de tempo para sarar e ficou de cama por várias semanas. Sua luz esmoreceu, mas eu podia vê-la cintilando e tentei encorajá-la levando cadernos, lápis e pastilhas de tinta para ela na cama. Não demonstrou interesse por aquilo. Isso me preocupou mais do que os hematomas que se tornaram roxos antes de desbotar para verde, passar a amarelo e finalmente desaparecer de sua pele. Eu sabia que as marcas que não apareciam seriam as que durariam mais. No final de setembro, ela passava pequenos períodos ao ar livre, mas só se aventurava até o galinheiro ou o promontório rochoso. Na maioria das vezes, eu a encontrava sentada no degrau da entrada do chalé do assistente de faroleiro, com a cabeça recostada na porta, e os olhos questionando. Expliquei-lhe que ele precisou ir embora. Pelo bem dela. Ela não entendeu. Também não estou certa de ter entendido.

Sentia falta dele, mas sabia que assim era melhor. Não poderia ter me devotado a Emily se ele estivesse lá, e ela precisava de mim. O que aconteceu era prova disso. Eles me dividiam. Tive de escolher entre os dois. Mas sentia falta dele. Sentia falta de sua presença confortável, das nossas conversas. Sentia falta da música. Sentia falta do que poderíamos ter sido.

Não ouvimos nada a respeito da morte de Grayson até a primavera seguinte. Era um eremita, conhecido por poucos, já que passava meses seguidos na água no verão, ou ao longo de sua série de armadilhas no inverno. Seu desaparecimento não foi registrado até depois do término da estação de navegação, quando deixou de retirar uma encomenda que tinha feito na Sewchuck's. Deduziu-se que tinha emborcado e se afogado, ou sido atacado por um urso, ou alguma outra calamidade consistente com a vida nas florestas ao norte de Ontário. Surgiram rumores de que tinha encontrado o grupo da ilhota Silver, que ele perseguiu de volta a seu barco e expulsou de Porphyry, sob a mira de sua arma. E houve especulações adicionais sobre o desaparecimento do assistente de faroleiro do farol de Porphyry mais ou menos na mesma época. Mas as fofocas compartilhadas com xícaras de chá nas casas dos antigos mineiros ao longo da estrada à beira-mar na ilhota Silver, ou conversas tidas no cais, não prosseguiram.

Ninguém daquele grupo que veio à ilha naquele dia no final de agosto tocou no assunto. Nem mesmo Arnie Richardson. No início, eu não tinha certeza de que ele estivesse a par do que Everett fizera, mas suspeitei que soubesse quando não se deu ao trabalho de nos avisar sobre o encontro que tiveram com Grayson. Havia um motivo para ele não sentir essa necessidade. Sabia que o lobo solitário não representava uma ameaça para nós, que tinha afastado Everett de Emily e expulsado o grupo deles da ilha. Acima de tudo, fiquei possessa por ele não ter descoberto uma maneira de proteger Emily, mas fiquei estranhamente agradecida pelo seu silêncio. Eu sabia que ela não sobreviveria ao exigir justiça pelo que tinha acontecido. Seria sua palavra silenciosa, a palavra da filha excêntrica do faroleiro, e a do eremita morto, contra as daqueles rapazes educados de famílias abastadas.

Em outubro, Emily pareceu ser mais ela mesma. Deduzi que fosse por termos recebido a notícia de que Charlie estava voltando para casa. Ele foi direto ao assunto. Só disse que voltaria para o farol de Porphyry na primavera. Era uma notícia bem-vinda sob muitos aspectos, incluindo o logístico. A súbita partida de David tinha deixado o Departamento de Transportes em um dilema. A mãe e eu nos virávamos, e o fim da estação estava tão próximo que eles não fizeram nenhuma mudança para o recrutamento de pessoal. Mais uma vez, conseguimos permanecer ali.

Antes da chegada do inverno, fui até a cidade para o estoque de mantimentos. Emily e minha mãe ficaram na ilha. Parei para fazer uma visita à mulher de Peter, Maijlis. Ela tinha se casado de novo com um homem quase dez anos mais velho do que ela, que trabalhava nos acampamentos florestais fora da cidade, desbastando as florestas de pinheiros e abetos para serem mandados para as serrarias e transformados em tábuas. Sentei-me na sua cozinha, tomei café puro e forte e comi seu bolo recém-assado. Ela era o retrato da vida doméstica, e senti um pouco de inveja da sua casa confortável, do fogão elétrico e do cabelo loiro. Eu estava vestida com a calça comprida que me acostumara a usar, o cabelo preto e liso, que denunciava minha ascendência, estava puxado para trás em uma trança frouxa, de modo que ela caía como uma corda grossa sobre minhas costas. Senti-me grosseira e incomodada ao lado de Maijlis. Esperava um bebê, a barriga estava redonda, os seios, cheios, e as faces, coradas com o brilho da maternidade. Enquanto conversávamos, suas mãos moveram-se distraídas até a criança que crescia dentro dela, agradando-a através do tecido florido do seu vestido e do algodão polvilhado de farinha do seu avental de babados.

Semanas depois, enquanto passávamos o tempo numa tarde de final de novembro dentro de casa, com a chuva escorrendo pelas janelas e o céu pendendo baixo e escuro, vi pela primeira vez Emily fazendo a mesma coisa.

Estava de pé, olhando pela janela além da água, para o espaço onde a chuva e o Lago se fundiam em um. Sua mão correu espontaneamente para pousar em sua barriga. Peguei o movimento com o canto do olho e levantei a cabeça do meu livro para olhá-la. Levei alguns segundos para registrar o que estava me cutucando e então me lembrei de Maijlis. A descoberta insinuou-se pela minha espinha; minha pele ficou quente, e minha boca, seca. Olhei para nossa mãe. Ela devolveu o olhar, mas não o seguiu até Emily, segurando meus olhos tempo suficiente para falar a verdade, antes de voltar sua atenção para as batatas que estava descascando.

Emily sentiu que estava sendo observada e virou-se para mim, com seus olhos da cor do céu, da cor do Lago. Tinham recuperado o brilho. Ela sabia. Em poucos dias, recomeçou a pintar.

A mãe e eu não tocamos no assunto a não ser uma vez, em meados de fevereiro, quando Emily começou a engordar tanto que já não podíamos negar o fato. Emily estava lá fora, envolta no conforto de um casaco, parada na grande extensão de branco que tinha abraçado nosso mundo e silenciado o Lago. Minha mãe observou-a pela janela. Só olhou, as mãos inertes.

— Existe uma planta — ela disse. — A gente poderia fazer um chá.

— É tarde demais — repliquei.

— A criança vai ser um peso pra todos nós. — Suas mãos continuavam paradas.

— Já passamos por coisas piores.

Ela pegou um trapo, começou a espanar o barômetro na parede e limpar a lamparina a querosene sobre a mesa.

— Não temos que suportar o que não nos pertence.

Ela nunca fora uma mulher afetuosa, calorosa; não era de seu feitio; e a morte do marido tinha acabado por extinguir o pouco de sentimento que conseguia sustentar. Mas ouvi-la falar dessa maneira sobre o bebê de Emily, independentemente de quem fosse o pai ou da maneira como a criança fora concebida, me entristeceu, tanto por ela quanto por Emily. Tratava-se do seu neto.

— Vamos descobrir um jeito — retruquei. — A gente sempre descobre.

E não tocamos mais no assunto.

Não pensamos em levar Emily até a cidade para se consultar com um médico. Naquela época do ano não havia como, a não ser numa viagem penosa, atravessando com sapatos de neve até a ilhota Silver e de lá com trenós puxados por cães até a cidade. Nossa mãe conseguiu arrumar tarefas para mantê-la ocupada e fora das vistas sempre que alguém visitava a ilha, o que não era frequente. Percebi que ela a estava escondendo de olhares curiosos e línguas bisbilhoteiras, especialmente aquelas que sabiam que a partida de seu avô estava envolta em mistério. Naquele tempo, não era aceitável que as meninas tivessem bebês antes de se casarem, fossem quais fossem as circunstâncias, e, ao que parece, nossa família não era exceção. Estávamos protegidas pelo isolamento do inverno, mas logo chegaria a primavera e, com ela, a criança. E uma criança não poderia ser mantida em segredo, mesmo onde morávamos, afastadas do mundo em nossa pequena ilha no meio de um grande Lago. Eu deveria ter pensando mais nisso. Uma ameaça perigosa estava à espreita, e não percebi.

Temi que Emily ficasse assustada com a criança que se formava em seu corpo, que se ressentisse da existência dela, uma lembrança do terror que havia sofrido. Preocupação inútil. Numa noite, quando estávamos deitadas juntas na cama, ela pegou a minha mão e a colocou sobre sua barriga, segurando-a de encontro ao calor de sua pele até o bebê se mover por baixo. Meu coração acelerou. Uma nova vida desabrochava dentro da minha irmã e, depois de todas as dificuldades e todas as mortes que nos rodeavam, aquilo era bom, era maravilhoso, e me encheu de esperança.

Não previ a reação de Charlie.

Ele voltou para a ilha em abril, depois que o gelo afrouxou as garras o bastante para permitir a passagem do *The Red Fox*. Assistimos à aproximação do barco vindo do norte, com as velas ajustadas para amenizar a agitação das ondas. Eu conseguia visualizar meu irmão de pé, no convés, com o vento uivando pelos cordames, equilibrando-se contra a inclinação do barco, borrifos atingiam seu rosto já em casa, em seu amado Lago. Era muito difícil para eles aportar próximo ao farol, e notei que seu curso estava determinado para o ancoradouro. Não conseguindo conter a ansiedade, não esperamos que ele caminhasse pela trilha até a estação do farol e corremos para encontrá-los ali. A mãe e eu até nos aventuramos pela doca de madeira para pegar as cordas jogadas do barco e prendê-las nos ganchos; assim ele viria até nós mais rápido.

Charlie pulou do barco antes que elas estivessem presas, envolvendo-me num forte abraço e beijando as duas faces da mãe com alegria. Emily, como era de seu feitio, ficou para trás, perambulando dentro da garagem de barcos. Ele foi até ela, desmanchando o sorriso ao notar o que era impossível não perceber, seus olhos procuraram os meus numa interrogação, até enquanto ela recebia seu abraço hesitante.

Não tocamos no assunto na caminhada até o farol.

No início, nosso grupinho estava animado, pondo em dia os anos que passamos separados, ouvindo histórias sobre o tempo em que ele esteve na Inglaterra e os homens que conheceu por lá. Quando Charlie nos escreveu, não falou sobre um ferimento, mas tinha o braço numa tipoia, e a mão estava estranhamente retorcida. Perguntei-lhe a respeito, mas ele deu de ombros:

— Não é nada, juro. — Mais tarde soube que aquilo não era uma lesão vinda do fronte; tinha sido causado apenas algumas noites antes, numa viela escura nos fundos de uma taverna. Era um sintoma do novo Charlie.

Ao nos aproximarmos do farol, nossa conversa cessou. Procurávamos ouvir as vozes de Peter e do nosso pai. Charlie não voltara desde a morte do pai, e permitimos o silêncio, enchendo-o com nossas lembranças.

Naquela noite, Charlie me encurralou perto do barracão de combustível, longe de Emily e da mãe.

— Que diabos está acontecendo? — perguntou.

Fiquei surpresa ao sentir cheiro de bebida em seu hálito. Nosso pai bebia raramente e guardava o conhaque apenas para as épocas em que um corpo precisasse ser aquecido tanto de dentro para fora quanto de fora para dentro. Mesmo assim, isso nunca acontecia perto da minha mãe. Ela ainda mantinha a rigidez de sua criação e não permitiria nenhum álcool em sua casa. Eu não esperava que Charlie trouxesse bebida para a ilha e a consumisse de modo tão casual.

— De quem é?

Como é que uma pessoa conta uma história dessas? Tentei. Lidei com as palavras até conseguir formar sentenças e lhe contar o que podia. Contei sobre Everett, sobre encontrar Emily espancada, contundida e sangrando. Não contei sobre o caçador, sobre David, nem sobre o tiro em Grayson. Não expliquei a partida súbita do assistente de faroleiro, e ele não perguntou.

— E onde, diabos, você estava? — ele perguntou quando terminei de falar, com os olhos furiosos e acusadores e a boca embolando as palavras. — Por quê, com a graça de Deus, você não manteve aquele puto longe dela?

Eu tinha me feito a mesma pergunta mil vezes, mas ouvi-la vindo dele foi insuportável. Ele inclinou o rosto para perto de mim.

Fechei os olhos, escondendo-me do desprezo, sentindo o cuspe me atingir, enquanto ele falava:

— Você deixou que ela... Deixou que eles nos cobrissem de vergonha. — Ergui o rosto junto ao dele, sentindo minha própria raiva aflorar. Como ele ousava culpar Emily de alguma coisa? Olhei-o furiosa, mas isso não impediu a torrente de indignação que jorrava descontroladamente. — Por que raios você não se livrou disso? Daria pra vocês três terem imaginado algum jeito — foi o mesmo de ele ter me estapeado. Começou a se afastar, mas parou e se virou. — Olhe pra você. Olhe pra você, levando a coisa como se não houvesse nada de errado, como se nada tivesse mudado, como se Peter não tivesse ido embora, como se o pai fosse chegar na próxima vez que *The Red Fox* parasse no ancoradouro e voltar a se sentar em sua poltrona, acendendo o charuto como se todo o maldito mundo estivesse apenas esperando por ele. Não vai acontecer, Lizzie. — Ele sacudiu a cabeça. — E agora, isso. Como você foi deixar isso acontecer? O que vocês vão fazer agora?

Então, ele se virou e caminhou num andar sinuoso até o farol, e a porta bateu às suas costas. Fiquei parada por um instante, olhando onde ele tinha ido. Quando estava prestes a voltar para o meu trabalho, ele apareceu novamente, lutando para carregar a poltrona ddo pai na curta distância até o chalé do assistente de faroleiro, onde desapareceu. Não tornou a sair até o dia seguinte. Foi como se nunca tivesse voltado para casa, deixando para mim e a mãe as tarefas no farol, como tínhamos feito durante tanto tempo sem ele, e um anseio profundamente insatisfeito em minha alma pelo homem que meu irmão havia sido.

Percebi, então, que o Charlie que havia partido há muito, não mais do que um menino, louco para vingar o irmão, não voltara para casa. Aquele Charlie tinha morrido. Em vez dele, esse novo Charlie trouxera para casa o ódio e os preconceitos que supuravam nas trincheiras da Europa, colocando-os em sua própria soleira. Algo mudara entre nós, entre ele e Emily. Talvez fosse a guerra, talvez a bebida. Talvez ele simplesmente não pudesse mais tolerar as diferenças que faziam dela... ela. E foi isso que tornou tudo tão difícil para nós dois.

Em poucos dias, ele pareceu aceitar a contragosto nossa nova realidade, assumindo sua parcela de trabalho o melhor que pôde com seu braço machucado, compartilhando as refeições em nossa sala sob o farol, mas se esgueirando à noite com uma garrafa de uísque para se isolar na construção cheia de correntes de ar que lá estava para abrigar o assistente de faroleiro. Isso me embalou numa falsa sensação de conforto.

As dores de Emily começaram num dia quente de primavera, em meados de maio. A estação sempre chegava um pouco tarde no Lago. Em alguns anos, porções de neve branca permaneciam escondidas nos ocos sombreados da mata, enquanto as plantas lutavam para apontar na terra e alcançar a luz do sol, e nesse ano não foi diferente. Emily e eu estávamos verificando os alagados, em busca de samambaias-avestruz. Ela se movia lentamente, com sua estrutura miúda pesada com o volume da criança.

Aquilo me pegou desprevenida. Caminhávamos juntas ao longo da trilha que vai do farol até o ancoradouro, atravessando um charco que era a morada dos brotos de samambaias. Ela parou ao sentir o aperto de uma contração, apoiando-se no tronco de uma árvore, enquanto o espasmo percorria seu corpo. Não gritou, e eu estava alguns metros à frente antes de notar que ela já não caminhava ao meu lado. Quando me virei para olhar para ela, para ver por que se atrasara, soube que era chegada a hora, mas mesmo assim perguntei:

— É o bebê, Emily?

Ela assentiu com a cabeça.

Vim para junto dela e peguei seu braço, pretendendo apoiá-la enquanto voltávamos ao chalé. Contava com a mãe para saber o que fazer. Ela já tinha dado à luz, conhecia os milagres que traziam uma vida nova ao mundo. Era eficiente e prática. Mas Emily recusou-se a ir. A contração passou, e ela endireitou o corpo, seguindo em frente na trilha, afastando-se do chalé e aprofundando-se na mata escura. Ocorreu-me que as contrações estavam vindo há algum tempo, que seu desassossego durante a noite tinha um motivo maior do que o desconforto costumeiro que vinha sentindo ultimamente. Seu trabalho de parto estava em curso. Disse-lhe que precisávamos voltar, precisávamos pô-la na cama, precisávamos da mãe. Mas ela sacudiu a cabeça e continuou andando.

Sem saber o que mais eu poderia fazer, fui atrás.

Ela seguiu no caminho que levava para o ancoradouro, parando para se apoiar na parede da garagem de barcos quando foi tomada por outra contração. Quando a contração passou, seguiu em frente, em direção à praia a leste de Porphyry, onde se sentou, olhando para a ilha Deadnaught. Passamos mais de uma hora ali, período pontuado pelo progresso rítmico do trabalho de parto, mal detectável por uma rápida tomada de ar e o aperto das mãos. Formou-se uma leve brisa e, embora estivesse fresco e agradável, com a promessa da chegada de dias mais amenos, comecei a sentir um toque de frio através do meu casaco, arrepiando minha pele. Emily parecia feliz, mas eu estava inquieta e voltei a encorajá-la a voltar para o aconchego de nossa casa e as habilidades da mãe.

Quando ela se levantou, a bolsa estourou, espalhando água pela praia, que sumiu na grosseira areia negra. Ela, então, se voltou para mim, recorreu a mim com aqueles olhos cinza-escuro, pedindo, implorando, mas eu não sabia o que ela estava pedindo. Estávamos longe do farol, longe demais para que eu a deixasse e corresse para buscar Charlie ou a mãe. Fiquei indecisa, tentando decidir como levá-la de volta, com que rapidez eu poderia conseguir ajuda, quando ela desmoronou na praia, deixando escapar gemidos intensos, enquanto se agarrava ao tecido de sua roupa.

Ajoelhei-me a seu lado. A areia negra havia capturado um pouco do sol, mas aquele não era lugar para uma criança vir ao mundo. Eu queria o fogão a lenha. Queria a cama, toalhas, água e minha mãe. Preocupei-me com Emily. Preocupei-me com o bebê.

— Olhe, Emily. Se você conseguir chegar até a garagem de barcos, posso levá-la no carrinho até o farol. Precisamos voltar. Precisamos...

Ela sacudia a cabeça com violência quando foi tomada por outra contração. Essa se recusou a ir embora, e ela me agarrou, reclinando a cabeça para trás, o gemido intensificando, saindo de suas profundezas. Num plano mais baixo, eu podia ouvir o Lago sussurrando enquanto batia contra as rochas e chegava à praia. Não tive escolha.

Tirei o casaco e estendi-o sobre o chão, agachando-me sobre ele e pegando minha irmã nos braços. Ela se recostou em mim, suas costas aninhadas no meu corpo, a cabeça apoiada no meu peito. Seus gritos mesclaram-se com os das gaivotas no alto. Eu estava apavorada, lágrimas escorriam pelo meu rosto enquanto as costas dela arqueavam a cada espasmo. Tive certeza de que ia perdê-la, certeza de que aquela criança ia rasgá-la ao meio. Mas seu corpo sabia o que fazer, e ela acompanhou seu ritmo. Chegada a hora, juntou forças, erguendo os joelhos, e alcançou debaixo da saia para guiar nosso bebê na chegada ao mundo, com um jorro final de água e sangue.

Levou a criança junto ao peito, enfiando-a debaixo do casaco, debaixo da blusa, aninhando-a entre os seios. Eu tinha conhecimento suficiente para prever um grito, assistir à primeira respirada, e segurei o fôlego, esperando. Por fim, ouvi-a arfar algumas vezes, seu peitinho subindo e descendo, os dedos dos pés e das mãos ficando rosa, seus gritinhos minúsculos ecoando por entre as árvores. Emily olhou para ela. Olhou como olhava para a colombina, captando os mínimos detalhes: o cabelo preto emaranhado, o piscar dos olhos escuros, as dobras nas pernas e nos braços, o formato da orelha. Percorreu seu rosto com o dedo e aninhou sua cabecinha nas mãos, movendo-a com delicadeza para que sua boca em arco pudesse agarrar um mamilo e começar a sugar.

Comecei a rir. Ela era perfeita, absolutamente perfeita, e era nossa.

Foi então que escutei Emily falar. Pela primeira vez, pela única vez. E, embora estivesse longe de ser com clareza, articulando uma voz que até então tinha apenas criado sons esporádicos e indefinidos, entendi sem sombra de dúvida o que ela dizia:

— Anna.

Morgan

— A senhora está brincando, né?

Pela expressão de seu rosto, sei que não está. Não acho que seja o tipo de pessoa que brinque com coisas assim.

— É uma coincidência interessante, não é? — ela retruca. — Ah, Morgan, foi há tanto tempo! Às vezes me pergunto se minha mente está brincando comigo. Mas pensar que isto — ela pega o chocalho de prata e o sacode de leve — pertenceu a um bebê com o mesmo nome, bom, eu... — Sua voz some. — Não sei como isso veio parar em nossas mãos. Talvez tenha sido dado a Peter, ou Charlie...

Não diz que poderia ter sido dado a ela. Sabe que não é dela. Ela se lembraria. Talvez tenha razão, talvez fosse um presente, mas por que alguém daria um chocalho de prata com o nome de outro bebê nele? Ou por que alguém o guardaria por todos esses anos, até mesmo escondido, se fosse um brinquedo de segunda mão?

Não importa. Emily teve um bebê. O nome dele não interessa, a velha senhora tem uma sobrinha em algum lugar. Isso é tremendamente interessante.

— Onde está o bebê de Emily... Anna, agora?

Ela fica calada, como se a lembrança fosse dolorosa demais. Coloca o chocalho de volta em seu colo, em cima do livro encharcado.

48

Elizabeth

Por mais que pareça romântico dar à luz nas areias vulcânicas de uma ilha ao lado das águas purificantes do Lago, debaixo de um céu primaveril azul pastel, com gaivotas ao alto, a realidade rapidamente passou a ser algo diferente. Emily começou a tremer, o corpo desgastado, as brisas frescas vindo implacáveis da água. Eu sabia que não poderíamos ficar onde estávamos. Anna estava confortável e contente, com a cabeça descansando sobre o peito da mãe, ouvindo as batidas do coração que durante meses tinham sido sua constante cantiga de ninar, bem aconchegada debaixo das camadas do casaco de Emily e do meu. Emily estava fraca quando a ajudei a se levantar e se apoiou em mim quando atravessamos de volta para o ancoradouro. Ali, ajudei-a a subir no carrinho com nosso bebê e comecei a viagem de volta para o promontório e o calor do chalé, de volta para nossa mãe e Charlie.

Assim que avistei as construções brancas, chamei por eles, minha voz carregando um misto de esforço e urgência. Charlie foi o primeiro a chegar, parando apenas um instante para se inteirar da nossa aparência: eu, sem casaco e tremendo, tinha um ar de preocupação ofuscando minha excitação com a chegada da bebê; Emily, envolta no meu casaco e no dela, viajava no bagageiro do carrinho. Ele correu até nós e carregou Emily nos braços. A mãe surgiu na entrada do chalé. Viu Charlie com o corpo minúsculo de Emily, deu uma olhada no sangue fresco que manchava sua saia e voltou para dentro, arrastando os pés. Charlie deitou Emily na cama, e a mãe seguiu em frente, estendendo suas mãos habilidosas, levantando as dobras da saia dela e franzindo o cenho diante do sangue que ensopava suas roupas e escorria fresco entre as pernas. Ela não se deu conta de que a criança tinha nascido, não a viu abrigada, escondida sob as camadas de casacos. Não podia ter previsto que Emily, apesar de todas as suas esquisitices, tivesse escolhido como e onde trazer nosso bebê ao mundo e reunido a força que nenhum de nós jamais teria imaginado.

Os sons baixinhos do recém-nascido paralisaram as mãos exploratórias da minha mãe.

— Nasceu? — ela perguntou, perplexa, e tirou os casacos de cima de Emily para que o bebê pudesse ser visto.

— *Ela* nasceu — respondi. Comecei a tremer, as pernas estavam bambas, tanto de emoção quanto de esforço, e fiz o possível para não desmoronar no chão. — Chama-se Anna.

Minha mãe olhou para mim, e vi dó e julgamento em seus olhos, como se esse fosse um incidente infeliz que poderíamos ter evitado. Rapidamente deu um nó no cordão e cortou-o, removendo a placenta para uma bacia, e depois procurou tirar a criança de Emily. Minha irmã resistiu.

Minha mãe não ficou satisfeita. Não ficou comovida pelo milagre do nascimento de Anna como eu fiquei. Não viu a beleza nem a esperança no corpinho minúsculo e perfeito. Em vez disso, pareceu irritada, desapontada ao ver a frágil forma da sua neta repousando confortavelmente nos braços da filha.

— Dê ela pra mim. — Sua voz era calma, mas firme. Emily segurou o bebê com mais força e sacudiu a cabeça.

Charlie surgiu das sombras e deu uma espiada em Emily e no bebê. Deu as costas para todas nós e saiu pela porta, deixando-a bater após sua passagem.

Nossa mãe baixou as mãos de lado e ficou calada e exasperada, hesitante, pensando, e temi que fosse arrancar a criança dos braços de Emily. Entrei no meio delas e inclinei-me para retirar os casacos e substituí-los por um acolchoado. Virei-me e ocupei-me em acender o fogão; as mãos estavam trêmulas ao riscar fósforo atrás de fósforo até que um acendesse por tempo suficiente para segurá-lo junto aos gravetos e aos galhos que tinha empilhado na fornalha. Quando finalmente pegaram fogo, aticei as chamas para que o calor se propagasse por toda a sala e pus a chaleira para ferver. Minhas mãos ainda tremiam.

Por fim, minha mãe arrastou-se para longe da cama, acomodou-se em sua poltrona e retomou seu tricô. Ocupei-me da cozinha, ouvindo o ruído de suas agulhas em um ritmo constante.

Nos meses anteriores, enquanto a barriga de Emily crescia, e os dias alongavam-se, quando as noites eram preenchidas com tarefas para passar o tempo, minha mãe tricotava meias para enviar aos soldados. Suas agulhas formavam uma caixa, com quatro lados, pontos impecáveis, até meticulosamente elaborados, uma virada para o tornozelo, uns arremates para formar o dedo. A mãe fazia meias. Ela não tricotou mantas. Não havia enxovais de bebê à espera. Nenhum casaquinho. Nenhuma jardineira. Não incumbiu Charlie de fazer um berço nem a mim de fazer macacões. Nossa mãe, em cuja experiência eu confiava para orientar no tocante a nascimentos, bebês e maternidade, cujas mãos sempre procuravam um objetivo, não tinha feito nada para se preparar para o nascimento do bebê de Emily.

Enquanto suas agulhas continuavam a estalar, fui sendo invadida por uma frieza, uma consciência crescente, iluminada pelas chamas do fogão que aqueciam uma sala onde uma menina amamentava sua criança recém-nascida enquanto sua mãe ficava à parte, distante, tricotando meias.

Minha mãe nunca tinha pretendido que Emily ficasse com o bebê.

Emily, que sempre tinha enxergado mais do que eu, tinha entendido o que não estava ali. Ela sabia. Sabia o bastante para abrir mão do conforto e do calor de uma cama e das paredes de madeira do chalé que impediam o vento. Sabia o que eu não sabia: que não haveria refúgio nas mãos experientes e conhecedoras de nossa mãe.

Você deveria ter deixado que ela morresse.

Emily sabia. E agora o bebê tinha nascido. O bebê tinha um nome. Mamava no seio da mãe.

Depois de um tempo, Emily me deixou pegar a criança. Dei um banho nela o melhor que pude, em uma bacia, limpando delicadamente os remanescentes do parto grudados nela, antes de enrolá-la firmemente em toalhas de flanela. Também banhei Emily; tirei sua saia e sua blusa, mergulhei-as em baldes de água, esfreguei-as até ficarem limpas, e pendurei-as do lado de fora para que recebessem a brisa do Lago. Ela se recusou a se vestir, preferindo ficar nua na cama, banhada pelo brilho laranja do fogão, com Anna agarrada em seu seio. Vi as duas se apaixonarem.

Quando a noite chegou, foi Charlie quem acendeu a luz do farol. Ouvi seus passos pesados subindo a escada e arrastando-se pelo assoalho de madeira da galeria. Terminado o serviço, tornou a descer pesadamente e saiu pela porta sem dizer uma palavra, sem dar uma única olhada. Nossa mãe preparou o jantar em silêncio. Comemos igualmente em silêncio.

Fiz um berço com uma gaveta da cômoda; para isso, esvaziei seu conteúdo em uma pilha no chão e a forrei com um cobertor de lã dobrado e os panos limpos e macios que usávamos para polir as lentes. Coloquei-o no chão, ao lado de nossa cama, e deitei ali dentro a adormecida Anna, minúscula e perfeita. Exaustas, Emily e eu adormecemos, embaladas pelo ritmo da luz e pelo coro familiar dos sapos cantando no brejo.

E, embora eu ouvisse Charlie entrar algumas horas mais tarde e subir a escada do farol, não o ouvi parar ao lado de nossa cama quando voltou. Nem ouvi o zumbido do motor de popa quando o *Sweet Pea* afastou-se da costa em direção ao polvilhar de luzes que definia o povoado da ilhota Silver, carregando a trouxinha do nosso bebê enfiada em seu berço improvisado.

49

Morgan

Que filho da puta! Que porra de filho da puta. Dá para entender porque ela não falou com ele durante sessenta anos.

— Anna — ela repete o nome. — Que coincidência. Que triste e trágica coincidência.

Não estou convencida.

* * *

Ela não percebe que levo o livro ao sair. Volto com ela até seu quarto, finjo que estou colocando o diário sobre sua mesa com os outros e presto atenção para que o chocalho faça barulho quando o deixo. Ela disse ao pessoal que não vai ao refeitório jantar, porque quer ficar sozinha. Todos sabem o que aconteceu. Volto a lhe dizer que sinto muito. Parece a coisa certa a se dizer. E então a deixo, sentada na poltrona do pai, em seu quarto.

As instruções dizem para colocar o livro no congelador. Eu ia colocá-lo em um grande saco de arroz, como Laurie fez quando deixou cair o celular na pia ao lavar louça. Mas, quando pesquisei "como secar um livro molhado ou úmido", o site da biblioteca da Universidade de Michigan dizia para congelá-lo imediatamente. O livro não está pingando. Só está úmido e inchado. Eu me pergunto quando foi que encontraram o corpo de Charlie, o livro e o chocalho em seu bolso. Pode ter sido ontem, ou mesmo antes disso. Dá para ver que já tem um pouquinho de mofo se formando na capa. Então, faço o que eles dizem e coloco-o no congelador. Enquanto ele congela ali, ao lado de *pizza pops* e sorvete de creme, tenho tempo para procurar as outras coisas de que preciso.

Tenho de fazer a coisa por partes, então fico no meu quarto, esvaziando a parte de cima da minha cômoda para poder trabalhar ali. Estendo uma camada de jornais e deixo meu secador e um rolo de papel-toalha de prontidão. Não faço ideia de quanto tempo leva para congelar um livro e, por isso, checo tantas vezes que começo a incomodar Bill. Imagino que, depois que fica duro, está pronto, então vou com ele até o meu quarto na maior rapidez. A capa abre-se com relativa facilidade. Passo o secador pela primeira página, com delicadeza, e o faço ventilar de um lado a outro para secar a umidade, que se dissolve conforme emana da primeira folha. Aliso a folha com a mão, torcendo para estar fazendo da maneira certa. Não posso estar provocando mais estrago do que o Lago já provocou. Além disso, a sra. Livingstone nunca vai saber. Depois que o livro já descongelou o bastante a ponto de estar novamente molhado, coloco uma folha de papel entre as folhas secas e as molhadas e o coloco de volta no congelador. Tenho de esperar até que ele congele de novo para continuar trabalhando.

Laurie e Bill não me deixam fumar dentro de casa. Eles não são tão idiotas a ponto de não saber que eu fumo, e não acho que estejam realmente se lixando, mas, seja como for, me fazem sair e me sentar no deque dos fundos ou nos degraus da entrada. Falando sério, na maior parte das vezes, não dou a mínima. Isso me tira de casa, para longe do barulho da TV, que está sempre ligada, e das brigas dos outros moleques. Enquanto espero que o livro volte a congelar, resolvo dar uma saída e fumar. É uma dessas noites em que você consegue sentir o cheiro da chegada do inverno. Cheira não como as flores ou merda de cachorro na primavera, ou folhas molhadas e bolorentas no outono, mas consegue-se simplesmente saber que vai nevar pelo jeito do ar, pelo cheiro que ele tem. Apago o cigarro antes de terminar para poder entrar com ele.

* * *

Levo um tempão para secar o livro. Muito mais do que eu pensava. Mas tenho paciência, e as páginas começam lentamente a se soltar umas das outras, e consigo entender alguma coisa do que está escrito, mesmo com a tinta borrada. Vou lendo enquanto continuo. Há as coisas normais que o faroleiro escrevia. Todos os navios e as coisas que ele fazia para manter o farol funcionando. Ele fala em Charlie algumas vezes e em Peter. Conta ter levado os dois para pescar, as viagens em volta da ilha e a caça às renas. Por fim, chego à parte em que a sra. Livingstone e Emily nascem.

Sábado, 16 de maio de 1925 — Lil pariu hoje, um mês antes do esperado. Não deu tempo de levá-la para a cidade, então ela deu à luz sozinha, com a minha ajuda incompetente e, assim sendo, um tanto limitada. Fomos duplamente abençoados, surpreendidos por gêmeas! Duas garotinhas minúsculas, de cabelos e olhos escuros. São pequenas e parecem muito frágeis por nascerem antes da hora, mas isso explica a pressa que tiveram de vir ao mundo. Lil está se recuperando bem. Vamos observá-las com cuidado e esperar o melhor. Demos os nomes de Elizabeth e Emily.

Leio que as gêmeas não apenas sobreviveram, fato que já sei, como se desenvolveram; alimentavam-se com frequência, reclamavam e exigiam a presença da mãe, deixando todos exaustos, e o pequeno Peter, de 8 anos, passa a ajudar seu pai nas tarefas. Ele diz que as gêmeas são inseparáveis; que a pequena, Emily, não suporta ficar longe da irmã nem por um instante, fazendo um escarcéu. Acho que Emily precisou de Elizabeth desde o comecinho.

A data da inscrição na tumba misteriosa em Hardscrabble é 29 de novembro de 1926. O *Kelowna* afundou em dezembro de 1926.

Ainda vou precisar de muitas e muitas idas ao congelador até chegar a essas páginas.

Vou precisar de outro maço de cigarros.

* * *

Passa muito da meia-noite. A casa está em silêncio. Repito o processo: congelo, seco, absorvo, congelo, seco, absorvo... Estou na metade do livro, mas ainda faltam meses para o naufrágio do *Kelowna*.

O faroleiro descreve uma vida idílica. As bebês crescem. Um ano se passa, e elas passam por todas as fases dos bebês: rolar, sorrir, aprender a engatinhar, enquanto mantas são substituídas, querosene entregue e consertos são feitos. O inverno é corriqueiro. Naquele ano, ele ensina Charlie a ler, usando os jornais que chegam em maços, várias semanas de uma vez. Caçam renas e veados. A temporada de navegação começa tarde, e as tempestades são frequentes e violentas. Eles assinalam o aniversário das gêmeas, embora não haja presentes nem bolo, apenas uma simples referência em maio de 1926 de que agora elas têm um ano. Ele parece estar mais interessado nas meninas do que nos meninos, já que menciona os feitos das gêmeas com muito mais frequência. Especialmente os de Emily. Ela é, sem sombra de dúvida, sua preferida.

> *Quarta-feira, 16 de junho — Recebi hoje um veleiro carangueja, que vai substituir o velho e esburacado escaler que estávamos usando. É uma coisinha vigorosa e será excelente para viajar pelas ilhas e para pescar. Dei o nome de* Sweet Pea. *Agora as gêmeas estão começando a andar. Elizabeth é muito mais forte e muito maior do que Emily, mas Emily aprendeu mais palavras e as usa, de vez em quando com uma frequência cansativa. Tornou-se minha sombra, acompanhando-me em minhas tarefas quando pode, mas nunca se afasta de Elizabeth.*

Alguma coisa deve ter mudado. A sra. Livingstone afirma que Emily nunca falou. Jamais, exceto uma palavra, o nome da filha: Anna.

Sábado, 10 de julho — Há quase três semanas não chove. Viajo quase todos os dias até a plantação de batatas para aguá-las. Charles está sempre louco para me acompanhar e aproveita, especialmente, as aventuras no Sweet Pea. *Está se preparando para ser um grande marinheiro.*

Segunda-feira, 9 de agosto — Neste ano não há abundância de frutinhas silvestres, mas passamos dias inteiros colhendo-as na ilha Edward. Emily e Elizabeth divertem-se, brincando durante horas com gravetos e folhas, enquanto Lil colhe e enche a boca das meninas com a frutinha roxa, até que seus lábios e sua face fiquem manchados. Emily, com certeza, é a mais inteligente das duas: sobe no meu colo, pede histórias, finge ler enquanto usa uma linguagem incompreensível, imitando o que faço da maneira mais engraçadinha.

Pego no sono lá pelas três da manhã, enquanto o livro está no turno do congelador. Durmo mais tempo do que pretendia. Quando acordo, ainda estou vestida com as minhas roupas, e o abajur em minha escrivaninha me olha de um jeito acusador. Levo um tempinho para me lembrar do que estou fazendo e porque estou como uma bêbada desmaiada, deitada sobre as cobertas. Lá fora está escuro, mesmo sendo plena manhã. Todos devem ter saído, porque a casa está quieta; até a TV está calada. Quando olho pela janela, a entrada de carro está vazia, e fico aliviada por ter o lugar só para mim. O céu está baixo e pesado, e o vento sopra pequenas pitadas de branco. Retomo minha tarefa. Não demora muito e descubro os segredos que o livro contém. Mas não são os que eu esperava.

Quinta-feira, 18 de novembro — Uma doença invadiu nossa casa. Peter e Charles estão com febre. Estão de cama, alternando momentos em que tremem debaixo de pilhas dos cobertores com outros em que chutam as cobertas quando são tomados pelo calor. Estão em mãos capazes. Lil tem macerado poções para eles com as ervas penduradas na despensa, e estou confiante que logo estarão bem.

Domingo, 21 de novembro — Os dois meninos mostram sinais de recuperação, a febre cedeu, mas eles continuam letárgicos, mal tomam seu caldo. Estou lendo para eles uma história de Júlio Verne chamada Vinte mil léguas submarinas*; isso os diverte, se bem que passam mais tempo dormindo do que acordados. Minha preocupação foi transferida para as meninas. As duas tornaram-se apáticas, e temo que serão as próximas a sucumbir à doença.*

Segunda-feira, 22 de novembro — Elizabeth e Emily estão agora bem doentes. O rosto delas está afogueado pela febre, e as duas se recusam a comer qualquer coisa que Lil lhes oferece. Preocupo-me mais com Emily. Ela não tem a saúde da irmã. É muito pequena e frágil.

Congelar, secar, absorver...

Sábado, 27 de novembro — Agora já faz cinco dias que as meninas estão doentes com essa febre. Estão cada vez mais letárgicas. Diferentemente dos meninos, estão agora cobertas da cabeça aos pés com uma erupção intensa e vermelha. O tempo está instável, senão eu colocaria todos eles no Sweet Pea *e iria a porto Arthur atrás de um médico. Lil está fazendo tudo o que pode, e a força dessa doença, primeiro nos meninos, e agora nas gêmeas, começa a aparecer. Ajudo tanto quanto posso. Minha preocupação aumenta.*

Domingo, 28 de novembro — A febre de Emily cedeu ontem à noite. Seu corpinho recuperou-se com a ajuda das ervas de Lil. Elizabeth ainda sofre, seu corpo é tomado por convulsões, e a respiração vem em arfadas curtas e roucas.

Segunda-feira, 29 de novembro — Elizabeth morreu nesta manhã. Soltou seu último suspiro meia hora antes do nascer do sol. Retirei seu corpo do berço, do lado da irmã. Emily está inconsolável.

Leio as páginas enquanto jogo o ar quente do secador sobre elas. Mas, quando leio isso, desligo-o. O silêncio é estridente. Isso não me surpreende. O fato aconteceu havia muito, muito tempo, mas mesmo assim me toca.

Levanto a próxima página e enfio papel-toalha entre ela e a que está seca, depois volto a ligar o secador.

Terça-feira, 30 de novembro — Lil está de cama. Ela garante que não é nada além de exaustão, que não está doente, mas tenho minhas dúvidas. Estou fazendo um caixão simples de madeira para Elizabeth e vou enterrá-la perto da garagem de barcos. Emily continua a chorar. Recusa comida, aceita pouquíssimos alimentos, apesar dos incentivos de Lil. Não posso suportar a ideia de perder mais uma filha. Não vou cavar duas covas.

Quinta-feira, 2 de dezembro — Uma tempestade de inverno está se formando sobre o Lago. O vento deixa a água turbulenta, e espero em Deus que não haja navios tentando uma viagem de final de temporada, mas acendo o farol mesmo assim. Emily continua a chorar. Seus gritos combinam com os do vento, cortando meu coração. Nada a ser feito para consolá-la. Tentamos de tudo. É como se parte dela tivesse morrido. Temo por sua vida também.

Movi meu projeto para a mesa da cozinha, a fim de ficar mais perto do congelador. Estou usando uma lata vazia de atum como cinzeiro, e ela está quase transbordando. Estou pouco me lixando se levar uma dura por fumar dentro de casa.

Congelar, secar, absorver...

Sábado, 4 de dezembro — Eu me pergunto sobre a orquestração da vida, as chances do acaso, as bênçãos dentro da tragédia. Um acontecimento dos mais inesperados, e estou tomado de culpa, o tempo todo aliviado. Ela é um presente do Lago. Trouxe vida. Não posso me forçar a desfazer o que fiz. Vou colocar a história neste papel e virar a página para nunca mais pensar nisto.

Meu coração dispara. É a data que eu estava procurando. Agora está bem mais difícil ler. Dá para perceber que o faroleiro estava escrevendo com pressa, traçando as palavras com letras de hastes grandes que se confundem. Tenho de ler devagar, quando tudo o que quero é chegar ao final.

Fui tirado do conforto do meu lar pelos gritos da minha única filha, minha preciosa Emily, lá para fora, no meio da mais horrorosa tempestade que já vi nas minhas muitas estações neste farol. Ou talvez tenha sido atraído pelos lobos — não sei qual dos dois. Em meio ao uivo do vento e os lamentos da minha única filha sobrevivente, ouvi-os conversando, então peguei minha arma e fui até a costa leste, sob o pretexto de procurá-los.

Quando subi nas rochas escorregadias, avistei um escaler sendo levado em direção à costa. Parecia vazio, mas mesmo assim entrei na água gelada que se misturava com a neve intensa, de modo a me deixar congelado até o âmago do meu ser. Agarrei a proa, virando-a para a costa, e levei o barco até a praia, lutando contra as ondas. Consegui colocá-lo longe o bastante do alcance das águas, de modo a não correr mais o risco de se estilhaçar; e foi enquanto eu lutava com ele que notei o corpo lá dentro. Era uma mulher, enrolada num cobertor de lã duro de gelo, enrodilhada no fundo do barco. Tinha os olhos abertos, olhos escuros assombrosos, encarando o vazio, o cabelo avermelhado emoldurando seu belo, mas fantasmagórico, rosto pálido, com os lábios roxos. Não tive a menor dúvida de que estivesse morta, que tivesse flutuado por algum tempo, jogada pelas ondas, levada pelo vento em direção ao promontório Porphyry. Rapidamente, varri com os olhos a praia e as águas procurando sinal de um naufrágio, procurando outros barcos, mas não havia nada.

Eu sabia que não poderia deixá-la ali, exposta aos elementos, então subi na embarcação e peguei o corpo nos braços, pretendendo deixá-lo repousando no barracão de lenha até amainar a tempestade. Ao levantá-la, ouvi um choro, fraco, sufocado. A princípio, pensei estar enganado, que ainda corria vida pelas veias da mulher, e a deitei de volta contra a amurada, mas seus olhos encarando o vazio confirmaram seu estado. Os gritos vinham de debaixo das suas cobertas, e neles ouvi um eco da minha própria Emily querida. Apressei-me a retirar os cobertores. Era uma criança, talvez de 2 anos, pequena e delicada, mal estava viva, com os cabelos da cor da noite. Peguei-a rapidamente, enfiei-a debaixo do meu casaco e voltei ao farol.

Peter e Charlie estavam dormindo. Lil tinha contraído a febre; seus olhos vidrados abriram-se brevemente quando entrei no chalé, mas não registraram nada. Emily estava no berço, seus gritos haviam se reduzido a um choramingo exausto, e temi que ela também pairasse próximo da morte. Eu sabia que precisava aquecer o corpinho que carregava e também sabia que o ceifeiro flutuava lá fora, no vento uivante. Tirei as roupas úmidas da criança e a deitei na cama, ao lado de Emily, no lugar que Elizabeth ocupara tão recentemente. Em poucos instantes os gritos de Emily cessaram. Temendo o pior, voltei e espiei as duas. Vi os dois corpos juntos enrodilhados, a mão de Emily agarrando uma mecha do cabelo da outra, tão parecido com o da irmã morta, com os olhos fechados, dormindo tranquilamente. Mas os olhos da outra me encararam de volta. A criança não chorou, mas seus olhos falaram demais. Temi ter roubado a vida de uma para dar vida a outra.

Tudo faz sentido. Ah, meu Deus, tudo faz sentido. Elizabeth está morta e enterrada, é claro.

Mas tem alguma coisa que não bate. Não sei bem o que é. O livro volta para o congelador, mas perdi a paciência. Fico perambulando pela cozinha, esperando.

Terça-feira, 7 de dezembro — As duas meninas estão melhorando. Estão se alimentando bem. Os meninos continuam a recuperar as forças. Peter até se arriscou a sair da cama. Andei esquadrinhando a costa à procura de um naufrágio, mas não encontrei nada. O escaler não tem identificação. Só posso deduzir que o navio do qual ele saiu afundou na região. Podem se passar muito mais dias até recebermos uma notícia. Enterrei o corpo da mulher no mar. Envolvi-a em lona e coloquei uma pedra como lastro. Não tenho muita certeza do motivo de ter feito isso. Também enterrei Elizabeth, mas não como pretendia. Em vez disso, levei-a à ilha Hardscrabble. Ela está debaixo de um marco de pedras, longe de qualquer trilha que possa levar alguém a tropeçar em sua lápide, onde ela pode olhar para o Lago por toda a eternidade, onde a luz do farol se alastra sobre seu leito, onde dormirá e não será descoberta.

O que vem escrito a seguir é um tremendo choque. Só consigo ler até o final da página, agarrar minhas coisas rapidamente e sair na tempestade, com o diário entulhando minha mochila, e meu violino enfiado debaixo do braço.

Tenho de contar à sra. Livingstone.

Ela não é Elizabeth.

50

Elizabeth

Fico parada debaixo do chuveiro, com as mãos agarradas às barras cromadas presas nas paredes de azulejos. A água cai, escorrendo como milhares de riachos pelo meu corpo. Fecho os olhos e ergo a cabeça, deixando que as gotas cubram meu rosto e moldem meu cabelo até ele pender, liso e grosso, um rio nevado gotejando poças que se juntam a meus pés e desaparecem pelo ralo no chão. Posso sentir o lobo rondando. Está se tornando mais persistente, agora com visitas quase diárias. É paciente. Senta-se e olha, esperando. Enxugo os olhos, mas eles se enchem com a mesma rapidez, e não me dou ao trabalho de limpá-los novamente. Estendo a mão, explorando a parede até achar a torneira e girá-la completamente para a direita. Ofego quando a água fria me penetra, tão fria quanto a do Lago. Meus olhos abrem-se rapidamente com o choque, mas continuam sem ver nada. Minha pele formiga. Meu pulso acelera.

51

Morgan

Meu Deus, está nevando. O vento é uma mão gelada enfiando-se dentro da minha jaqueta. A neve está molhada e forte, atingindo meu rosto e descendo pelo meu pescoço. Já começa a se acumular nas ruas, deixando-as escorregadias, uma confusão lamacenta. É difícil andar. Os carros patinam ao dobrar as esquinas. É sempre assim na primeira nevasca da estação. As pessoas se esquecem da porra que é dirigir. Mas até eu tenho de reconhecer, esta é das boas, especialmente para esta época do ano.

Meu coração está disparado. Quero chegar logo ao Boreal, mas os ônibus estão atrasados, e tenho de esperar ao ar livre nesta merda de tempo pelo que parece uma eternidade, até que um, finalmente, aparece. Não tem muita gente dentro, e o motorista me deixa bem em frente ao prédio. Consigo agradecer a ele enquanto voo porta afora.

Quando chego perto da entrada, percebo que há alguma coisa errada. Aperto o interfone e fico ali, tremendo, enquanto a neve chicoteia em volta da minha cabeça. Ninguém responde. Tento abrir a porta, mas está trancada. É claro que está. Sempre está. Mas também tem sempre alguma voz truncada falando no interfone e avaliando qualquer um que pede para entrar. Por que não tem ninguém lá agora, justo hoje? Pressiono o rosto contra o vidro e espio lá dentro. Posso ver parte da equipe para lá do saguão. Estão em grupo, conversando, uma delas agitando os braços e apontando a porta. Mas eles não me veem.

— Ei! Ei! — Bato na porta para chamar a atenção, mas todos seguiram pelo corredor, e continuo parada do lado de fora. — Merda!

Contorno o prédio e vou até os fundos, passando pela cerca que passei tantas horas pintando. Ela agora se confunde com a tempestade violenta que a circunda. Branco no branco. Tento abrir a porta que leva do solário ao jardim, mas também está trancada. Eu sabia que estaria, mas tinha de tentar mesmo assim. Quando pressiono o rosto contra o vidro, vejo Marty lá dentro. Minhas batidas e meus gritos chamam a sua atenção.

Marty não pergunta o que estou fazendo lá. Apenas abre a porta, e eu entro, livrando-me do vento e dos rodamoinhos de neve.

— Agora não é uma boa hora, Morgan — ele diz.

Pouso o violino e espano a neve do meu casaco. Está escuro aqui, calmo e aconchegante, mas existe uma tensão no ar. Posso senti-la mais do que qualquer outra coisa. Apenas algumas luzes estão acesas, amortecidas. Marty está vestindo a jaqueta, aprontando-se para sair. Tem alguma coisa acontecendo.

— O que foi?

— A sra. Livingstone sumiu.

Paro de limpar o casaco. Sinto milhares de perguntas querendo vir à tona. Mas penso no que aconteceu e também na minha última conversa com ela e não pergunto nada.

Ele fecha a jaqueta e enfia um gorro até quase tocar suas sobrancelhas cabeludas.

— Acabou a energia. Um galho de árvore coberto de gelo caiu sobre os fios. Em algum momento depois de escurecer, ela escapuliu pela porta. Os alarmes não soaram.

Isso é mais do que Marty diz normalmente e me faz achar que ele se sente responsável.

— O que posso fazer?

— Não muito, a não ser sair pra procurar. — Ele olha pela porta o cobertor branco rodopiando lá fora e acrescenta baixinho, de modo que mal consigo ouvir: — E numa maldita noite como esta.

— ele dá de ombros algumas vezes e, sem dizer mais nada, sai pela tempestade.

Olho em volta. Agora há policiais na porta da entrada. Anne Campbell está lá, recebendo-os. Saio pelos fundos e sigo as pegadas de Marty. Já estão desaparecendo, engolidas pelo vento e pela neve.

* * *

O ônibus está completamente vazio quando entro. Estou surpresa até de o motorista ter me visto, parado e me pegado. Ele me diz que esta é sua última viagem, que as ruas estão ficando tão ruins que eles decidiram cancelar o serviço, e conto a ele que não vou longe. O rádio dele toca rock dos anos 1980 e, no intervalo das músicas, o locutor vem e dá uma lista de todos os eventos que foram cancelados: um concerto na igreja luterana, aulas de natação no complexo, até um encontro do AA. A previsão do tempo está anunciando trinta centímetros de neve no decorrer da noite, e mais ainda amanhã. Neve, e com ventania e visibilidade reduzida. Eles já fecharam a estrada para Nipigon.

Fico sentada, olhando pela janela. Estamos a alguns quarteirões do lar quando a vejo. Está seguindo por uma travessa, enrolada em um casaco escuro. A cabeça está descoberta, e posso ver seu longo cabelo branco caindo pelas costas.

— Pare! Pare aqui! Deixe-me descer! — Corro para a porta, tentando abri-la antes mesmo de o motorista ter parado o ônibus.

Debaixo da neve acumulada há uma camada de gelo, enterrada, escondida, esperando. Não prevejo isso e perco o pé quando pulo para o chão. Aterrisso em um monte de neve e xingo, quase escorregando para debaixo do ônibus. Tenho de encolher as pernas para não ser atropelada. Porra de tempo cretino. Quando consigo me levantar, as portas do ônibus fecharam-se, e ouço o bufo do breque, conforme ele se afasta.

Nem mesmo percebo que deixei meu violino no assento.

Ela está se distanciando de mim, curvada no vento, caminhando lentamente, com cuidado.

— Sra. Livingstone! Sra. Livingstone! — Corro atrás dela e agarro seu ombro. — Que diabos a senhora pensa que está fazendo? Está um puta de um gelo aqui fora! Todo mundo está procurando...

Ela escapa ao meu toque e vira-se para mim. Minhas palavras ficam presas na garganta. Seu cabelo, da cor da neve, caindo ao redor dos ombros, é o mesmo. Mas a semelhança acaba aí. Não é ela. É a sra. Livingstone, mas não é. Olhos cinzentos vibrantes me encaram. Já os vi antes em uma fotografia. São marcantes. Têm a cor do Lago.

É Emily.

* * *

Ela me olha com aqueles olhos cinza penetrantes e recuo um pouco. Sorri para mim como se me reconhecesse, como se soubesse quem sou. E, então, faz a coisa mais estranha: estende a mão e toca o meu rosto; contorna minhas sobrancelhas com o dedo, desce pelo meu nariz e passa sobre os meus lábios. Quero me afastar, mas não consigo. Abriga meu rosto em sua mão e faz um barulho, mas sua boca não articula palavras.

Um carro para ao nosso lado. É um carro de polícia. Continuo ali. Nós duas permanecemos ali. A neve que rodopia ao nosso redor cintila à luz dos faróis, como o sol faiscando na superfície do Lago.

52

Elizabeth

Eles dizem que foi a menina quem a encontrou. Que ela vagava nesta nevasca pavorosa que se lança contra nosso prédio e se atira contra as janelas como um bando de lobos famintos. Agora está de volta em seu quarto, aquecida debaixo de cobertores, mas percebo que não está bem. Fico surpresa que tivesse forças para sair da cama, achar um casaco e atravessar o caos causado pela falta de energia, achar as portas e esgueirar-se para fora, na tempestade. O que deu nela para fazer isso?

Estou sentada ao lado de sua cama. Está com a respiração irregular, e a mão que seguro está seca e quente. Quente demais. Morgan está aqui comigo. Está de pé, calada, perto da porta, mas sei que está aqui.

— Você não precisa ficar — digo a ela.

— Não, eu... Eu quero.

Fico feliz com a sua companhia. Fico ainda mais feliz por ela querer ficar.

Ela não sabia que Emily está aqui no mesmo prédio; que seu quarto fica no outro corredor que sai do meu, em uma área com restrição de idas e vindas, onde as enfermeiras têm olhos e ouvidos atentos. Emily precisa de mais, mais do que posso dar. É sujeita a convulsões. Na maioria das vezes, consigo lidar com elas, mas estou velha e cansada. Quando descobri que o Lago nos chamava de volta para casa, tirando-nos da vida reclusa que levávamos na Toscana, foi em parte porque não podia mais dar a Emily os cuidados de que ela precisava. Este lugar nos ofereceu a privacidade que eu queria e a proximidade do Lago que eu ansiava. O mundo não sabe onde está Emily Livingstone. Eles não conseguiram aceitá-la como ela é, tenho certeza disso. Então, eu a escondi. Eu a protegi. Passei a vida fazendo isso. É meu propósito.

A menina move a cadeira para o outro lado de Emily e senta-se. Posso ouvi-la remexendo em sua mochila.

— Preciso lhe contar uma coisa — ela diz. — Uma coisa que acho que a senhora deveria saber.

Posso sentir o cheiro de mofo do livro. Sei que é o diário. Ela descobriu algo nele que o Lago tentou roubar. Não sei se quero saber o que é. Mas ela começa a falar, e não consigo parar com aquilo. A coisa sai dela, as palavras do meu pai, como ondas rolando para um penhasco, batendo e silvando ao chegar e depois deslizando para fora para desaparecer nas profundezas, sendo seguidas pela próxima, e depois pela próxima.

São hipnóticas.

Morgan

O livro está em camadas, papel-toalha alternando-se com as páginas, de modo que, para começar, está ainda mais volumoso do que era. Abro-o com cuidado, folheando as páginas úmidas até chegar à parte em que Elizabeth e Emily nasceram. Não sei bem como começar.

A sra. Livingstone... Elizabeth segura a mão da irmã. Emily está fraca. Não está respirando bem nem abriu os olhos desde que a trouxemos de volta para o quarto. Voltei com ela de carro para o lar. Num carro de polícia. Não da maneira que já pensei que terminaria no banco de trás de um carro da polícia. Quando conseguimos passar pelo gelo e pela neve e abrir a porta da entrada, Emily tremia, seus olhos estavam vidrados. Mesmo assim, não aceitou ajuda das enfermeiras quando elas tentaram levá-la para o quarto. Mas está calma agora, até parece em paz. Elizabeth e eu estamos aqui.

O quarto dela não é como o de Elizabeth. O acolchoado que a cobre é parecido, mas só isso. As paredes estão cobertas de pinturas e desenhos, e há lápis, papéis e tintas enfileirados sobre uma mesa ao lado da janela. As pinturas são todas da mesma coisa: um bebê, um bebê recém-nascido. Complexo, detalhado. Ninguém precisa me contar que é Anna.

Respiro fundo e começo.

A velha senhora ouve, enquanto leio as palavras do pai. Ele fala sobre os bebês, as gêmeas, nascidas cedo demais. Conta da doença, dos dias passados cuidando primeiro de uma, depois de outra das suas crianças, desligadas do mundo à medida que a febre as consumia. E, então, a morte de Elizabeth.

Ela não diz uma palavra. Nada. Seu rosto não revela qualquer emoção. Então continuo. Leio sobre o barco flutuando até a praia em uma tempestade, sobre a mulher de cabelo ruivo, sobre a criança enrolada em seu casaco, que o faroleiro colocou no berço ao lado de Emily. E ali, absorvendo o calor de seu corpo, dá vida a ambas.

A história não terminou, tem mais. Estou prestes a virar a página, quando ela me interrompe. Sua voz é baixa, trêmula.

— Eu sei — ela diz. — Sempre soube.

54

Elizabeth

Ouço Mozart tocando. Marty deve ter colocado a música. É calmante. Respiro fundo e corro os dedos pelo cabelo, da raiz à ponta. Sei que está completamente branco agora. Da cor da neve. Isso me diz que estou velha, mas é uma mentira. Por dentro, não estou.

Posso sentir a criança Elizabeth. Gelada e enterrada debaixo de pedras, cutucada pelo vento e lavada pelas chuvas. Sente-se solitária? Estou com ela. Caminhei com ela ao longo das praias do Lago. Ela sempre viveu comigo, esteve comigo. Somos uma.

Emily e eu nos completamos. Somos fios tecidos juntos como um único pedaço de pano. Compartilhamos uma vida, exatamente como o bebê e eu compartilhamos uma morte. Ela não poderia ter sobrevivido sem mim. Vivi para ela. É a nossa verdade.

Começo a falar. Isso encherá o quarto mais do que a respiração forçada de Emily, palavras que buscarão pelas paredes, subindo até o teto e pairando nos cantos. Talvez isso mantenha os lobos a distância.

— Tem uma parte da história que não lhe contei — digo.

* * *

Na manhã depois do nascimento de Anna, acordei antes de Emily. O dia era tão novo que a noite pendia desesperadamente nas suas beiradas, cinza e silenciosa, relutante em partir. Fazia silêncio; os passarinhos ainda nem tinham começado a cantar, segurando suas canções até o sol espiar hesitante no horizonte leste, para cutucar a escuridão. Havia luz o bastante apenas para enxergar. Emily estava enrodilhada ao meu lado, o cabelo escuro espalhado pelos lençóis brancos, a mão para fora da cama, pousada, deduzi, no berço improvisado da filha. Percebi imediatamente que havia algo errado. Estava silencioso demais. Quieto demais.

O farol.

Em todos os meus anos em Porphyry, em todas as tempestades, em meio a doenças e desgraças, nem uma vez, nem uma única vez, deixamos o farol se apagar. Até então.

Saí da cama, avançando pelas sombras que pairavam no quarto e rodopiavam à volta do meu coração. Sabia o que eles haviam feito. Soube antes de ter varrido completamente as teias do sono da minha mente, mas não pude criar coragem para encará-lo. Era impensável. Mais do que cruel. Não consegui imaginar que Charlie, mesmo o Charlie que tinha voltado da guerra, com o coração e a mente feridos com mais profundidade do que a carne, fosse capaz de fazer algo tão desprezível. E nossa mãe, que tinha nos amamentado em seu seio, como poderia ter conspirado para esse final?

Então eu a vi. Sentada na poltrona. Estava acordada, observando-me, enquanto eu me ajoelhava no assoalho áspero de madeira onde nosso bebê, onde Anna, estivera, minhas mãos procurando em vão, levantando o acolchoado, movendo as bacias que tinha usado para lavar Emily, abrindo a cortina que pendia em volta da outra cama, a cama que ela e o pai tinham dividido. Olhava para mim, os olhos tristes, condoídos, mas o queixo firme, os lábios dispostos em uma linha fina. E então eu lembrei. Lembrei-me de uma noite no final do verão, no ano em que Charlie foi para a escola na cidade, quando o farol piscava pelo quarto e as vozes dos meus pais flutuaram espontaneamente até mim: *Amaldiçoamos as duas. Emily nunca vai ser normal.*

Agora eu entendo. Emily estava de luto pela gêmea. Estava de luto por Elizabeth, enterrada sob uma pilha de pedras recobertas de líquen. Estava incompleta, um pé no mundo dos mortos. Um espírito no mundo dos vivos. E eu, uma pobre substituta, uma oferenda de sacrifício do Lago. Todos aqueles anos. Como não percebi? As vezes em que Emily vagava, percorrendo a ilha, disposta a todos os seus perigos, despenhadeiros, água, e criaturas selvagens. Homens. Meninos.

Você devia ter deixado que ela morresse.

A mãe nunca teria aceitado a filha de Emily.

— O que você fez com ela? — Tentei cochichar, mas a raiva ferveu dentro de mim, e as palavras saíram roucas, prendendo-se na minha garganta e me sufocando.

Emily se agitou, a mão mexeu-se, procurando.

— Ela ficará melhor sem. — A voz de mãe não tinha emoção, estava indiferente.

— Ficará melhor sem a mãe?

Mãe resmungou:

— A mãe dela não é capaz. Não consegue cuidar nem de si mesma, imagine de uma criança.

— Ela é minha tanto quanto de Emily, tanto quanto Emily e eu somos uma só. Como você pôde tirá-la de mim?

Ela se levantou lenta e penosamente.

— Ela não é sua filha.

Virou-se de costas e foi em direção à escada, subindo-a decidida, metodicamente. Fim da questão. Ela tinha resolvido que era hora de cuidar do farol pelo pouco tempo até o sol nascer, retomar sua natureza prestativa, ser vigilante, responsável. Seus passos arrastaram-se.

Eu não me movi. Continuei agachada no chão, ao lado da cama. Seus passos ressoaram, subindo cada vez mais. Até a luz do farol.

— Você está enganada. — Dessa vez, não cochichei. — Ela é nossa, minha e de Emily. Você não tem o direito.

Emily estava acordada. Sentou-se na cama, os olhos procurando, vendo me no chão e a mãe subindo a escada, ouvindo o silêncio da luz parada, sentido o calor mudo das brasas reluzentes no fogão. E sabendo que Anna tinha sumido. Encolheu os joelhos junto ao peito e começou a balançar.

A mãe continuou a subir.

— Onde ela está? — Agora eu gritava, minha voz atravessando o amanhecer, ecoando nos penhascos, sendo levada pelo Lago.

Ela continuou a subir.

Corri escada acima, dois degraus por vez. O passo arrastado da minha mãe era mais rápido do que eu pensava. Ela já estava no alto quando a alcancei. Estava preparando a luz; a lata de combustível estava aberta, e ela derrubava um pouco no reservatório. Estava de costas para mim. Ela colocou a lata no chão e pegou a caixa de fósforos na prateleira.

* * *

Faço uma pausa na minha narrativa. Nem mesmo sei se a menina ainda está no quarto. Está calada. Ouvindo? Nunca dei vida a essas palavras; dizê-las faz com que se tornem reais, e tenho medo disso. Deixei-as escondidas nos recessos profundos da minha mente, enterradas, empoeiradas e mudas. Não posso negá-las se lhes der forma e som. Não contei a ninguém.

Pensei com frequência naquele dia. Ele assombrou meus sonhos. Revivi a cena repetidas vezes na minha mente, vivi-a na escuridão de milhares de noites. Eu me lembro. Mas não tenho certeza de me lembrar da verdade. É como um sonho do qual você acorda cedo demais, um pesadelo que a deixa suando, com o coração disparado. E então, deitada no escuro, convencendo o sono, você elabora seu sonho até que ele tenha um final satisfatório, um que não a assuste, e somente então você pode voltar a adormecer tranquilamente e deixar que os resquícios se afastem como os nevoeiros da manhã.

Será que inventei uma verdade? Uma com a qual eu possa viver? Será que revivi o momento tantas vezes que minha ficção passou a ser a minha verdade, a verdade que eu quero que seja? Preciso ser honesta. Não sei. Não sei qual é a verdade. Não sei quem acendeu o fósforo. Não sei como o combustível entornou. Não sei se a empurrei ou se ela me empurrou. Não sei. Então, continuo.

⋆ ⋆ ⋆

Ela abriu a caixa, tirou um fósforo e virou-se para mim. Eu tremia dos pés à cabeça, e minha boca estava tão seca que era difícil articular as palavras.

— Onde ela está?

Dava para eu ouvir Emily lá embaixo. Minha maravilhosa e calada Emily estava fazendo os barulhos mais estranhos enquanto ia aos tropeços pela sala, e eu podia ver seus movimentos com a mesma facilidade de se estivessem em frente aos meus olhos, simplesmente pelos sons que ecoavam pelo poço da escada: cadeiras ressoando pelo assoalho de madeira, os livros do pai caindo das prateleiras, pratos quebrando-se, panelas chacoalhando. Ela estava procurando, exatamente como eu tinha feito.

— Onde ela está?

Cheguei mais perto e segurei o braço de mãe. Ela se afastou de mim, virou-se para a luz e riscou o fósforo no papel-lixa da lateral da caixa. Vi as faíscas que se soltaram, estalando e tremeluzindo, até o fósforo pegar fogo, desprendendo uma luz amarela num lampejo brilhante e depois se acomodando num brilho uniforme. Minha mãe estava concentrada na manta, de costas para mim, de modo que eu não podia ver seu rosto. Estava me dispensando. Fim da questão. Caso resolvido. Podíamos cuidar dos nossos deveres. Charlie se tornaria o faroleiro, fazendo brilhar o grande farol sobre o lago Superior, assinalando os perigos, iluminando o caminho para todos os navios que vagavam pelas ondas, exatamente como tínhamos feito por milhares e milhares e milhares de noites. Iríamos enterrar nossos mortos, caiar as construções, polir as grandes lentes de vidro. Pescaríamos, caçaríamos e plantaríamos batatas na horta. E Emily vagaria, e eu a encontraria. Eu sempre a encontraria. Ela precisava de mim.

E eu precisava de Anna. Não era o fim da questão. Para mim não era um caso resolvido. Eu não seria dispensada. Agarrei minha mãe novamente e a puxei para ficarmos cara a cara. Agora, dava para ouvir Emily subindo a escada. Eu podia ouvi-la em cada degrau, o passo firme.

— Onde está a nossa filha? — Minha voz tremeu.

— Ela não é sua filha. — Mãe segurava o fósforo. Ele brilhava, refletia-se em seus olhos, e sustentei seu olhar, forte, desafiador. — Ela nem mesmo tem o seu sangue.

As palavras me atingiram. E eu sabia. Sabia que era verdade. De alguma forma, soubera o tempo todo. E então o fósforo caiu. Ele deu uma quicada, girando na beirada da lata de querosene e rodando, ainda aceso, caiu dentro da lata, flutuando e repousando no combustível. Olhei para ele durante uma eternidade. Emily chegou ao alto da escada. Estava ao meu lado. Viu o fósforo cair. Viu quando ele dançava na beirada da lata. Viu-o pairando.

Vi o lampejo das chamas por baixo. Vi a mãe, uma silhueta no alto da escada, enquanto eu caía para trás, e então não vi mais nada.

As chamas consumiram rapidamente as tábuas secas de abeto que formavam as paredes da torre do farol. Conseguiram chegar às vigas, onde estavam guardadas décadas de jornais do pai, e os devoraram avidamente. Irromperam pelas janelas e lamberam os arbustos de lilases que papai plantara anos antes, antes de saltá-los e continuar se alimentando na construção que abrigava a estação de nevoeiro. Só a casa do assistente de faroleiro foi poupada da fúria das chamas.

Tenho pequenas lembranças esparsas, enquanto fico à deriva, vindo e indo, o rosto de Emily sobre o meu: o rugido do fogo e o estalar dos rebentos de bálsamo que ficavam como tochas entre as rochas; Charlie gritando; a vela do *Sweet Pea* acima de mim, branca contra o céu azul-lilás; o cheiro acre da fumaça grudado em mim, em Emily. A distância, do outro lado do Lago, o próprio farol, em sua grandeza, uma chama, ardendo laranja nas brumas da madrugada que se avizinhava. Aquela foi a última vez que vi Porphyry.

* * *

— Passei meses no hospital, a dor das queimaduras nas minhas costas e no meu peito era tão intensa que tive vontade de morrer. Contaram-me que eu gritava, das profundezas do sono induzido pela morfina, chamando por Emily. Eu sabia, lá no fundo do meu ser eu sabia, que não compartilhávamos o mesmo sangue, que não éramos gêmeas. Mas isso não mudou o fato de que Emily e eu éramos imensamente irmãs, em todos os aspectos que interessavam. Então eu vivi. Vivi por Emily.

Fecho os olhos, meus olhos inúteis que ainda não conseguem evitar a visão das lembranças que me assombram.

— Charlie internou-a. Puseram-na no Hospital Psiquiátrico Lakehead, trancaram-na para o mundo. — Faço uma pausa. — Culparam-na pelo fogo. Culparam-na pela morte da mãe. — Minha voz mal passa de um sussurro. — Nunca os desmenti.

A menina não diz nada. Não condena nem consola.

— Quando fiquei bem o suficiente para deixar o hospital, Charlie tinha ido embora. Passou-se mais um ano até que escrevi a Alfred e Millie, e eles conseguiram soltar Emily. Àquela altura, não consegui descobrir nada sobre Anna; ninguém conseguiu me dizer o que tinha acontecido com ela.

Morgan

Ficamos sentadas em silêncio por um momento, escutando a respiração trabalhosa de Emily. Sei que foi muito difícil para Elizabeth compartilhar aquela parte de sua história. Mas o faroleiro teve mais a dizer. A história dele não terminou. Ela pensa que sim, mas não; o que eu estava esperando para contar a ela é o que vem a seguir.

— Tem mais uma coisa — digo. — Tem mais...

Justo quando estou prestes a recomeçar a ler, Emily agita-se, e as palavras de Andrew Livingstone são silenciadas. Aqueles perturbadores olhos cinzentos abrem-se e, embora a mão que a liga a Elizabeth permaneça, seu olhar me acha, me prende, já não posso falar, mesmo que queira. Seus dedos brancos e magros procuram a minha mão. Seus olhos ficam pesados, e ela adormece novamente, uma das mãos segurando a da irmã, a outra, a minha.

Não leio mais.

* * *

A tempestade está furiosa lá fora, logo depois da janela, depois da parede, mas tão longe, tão distante. Ficamos ali sentadas, nós três, ligadas por nossas mãos. O diário permanece silenciado no meu colo.

Emily dá seu último suspiro pouco depois da meia-noite. É tão tranquilo que nem Elizabeth nem eu notamos quando acontece.

* * *

Ficamos sentadas por um longo tempo no quarto de Emily, depois de sua morte. Nenhuma de nós quer dar o próximo passo, levantar-se, mover-se, sair. Elizabeth conta-me sobre a demência de Emily, que durante meses, até anos, ela escapava, até que restaram poucos dias em que chegava a reconhecer Elizabeth. Conforme as lágrimas descem por sua face enrugada, ela diz que é como se a tivesse perdido havia muito tempo, mas mesmo assim era difícil dizer adeus.

Durmo na poltrona do quarto de Elizabeth depois que a enfermeira vem e cobre o rosto de Emily e ajuda Elizabeth a se deitar. Lembro-me de ligar para Laurie, para contar que não vou voltar para casa, que vou ficar com a sra. Livingstone. Parece uma desculpa esfarrapada, como se eu estivesse inventando alguma merda para passar a noite fora e me divertir. Mas nunca tinha telefonado antes, com ou sem desculpa, então acho que ela acreditou em mim. Diz que está contente por eu ter ligado e por saber que estou segura. E diz que vai deixar a porta de entrada destrancada, por via das dúvidas.

Marty vem algumas vezes durante a noite dar uma olhada na gente. Não o vejo vir nem o ouço, mas ele me cobre com a manta afegã. Pela manhã, a tempestade amainou. Fico no quarto de Elizabeth e tomo chá.

— De alguma maneira — ela diz —, eu sempre soube, mas me recusei a ser assombrada pelo túmulo de uma criança, pelas últimas palavras da minha mãe, a passar uma vida toda me perguntando "Quem sou eu?" — Ela pousa a xícara de chá ao lado da pilha de diários. Estão todos lá, exceto o que está comigo, o que contém a verdade. — Foi só depois que eles encontraram o *Wind Dancer,* depois que as palavras do pai vieram do túmulo, que o mistério começou a ferver na superfície e me levou a imaginar novamente. Mas é irrelevante, não é? Sei quem sou. Soube o tempo todo. — Ela pega o chocalho que está em cima dos livros, e sua mão treme ligeiramente, de modo a fazê-lo soar baixinho. — Sou a vida que vivi. *Sou* Elizabeth.

Emily sabia. De alguma maneira, ela sabia. E do seu jeito, pediu-me para não contar.

Elizabeth me estende o chocalho, e eu o viro para ler o nome: Anna. Filha de Robert Larkin da Larkin and Sons Shipping. Ela estava a bordo do *Kelowna* quando ele naufragou perto de Porphyry Island. Seu nome lhe foi dito, lhe foi cantado, era parte dela. E ela se lembrava.

— Fique com ele — Elizabeth disse. — Não significa nada para mim. Não tenho lembrança dele.

Elizabeth não teria. Nunca foi dela.

* * *

Agora faz quatro dias que encontrei Emily perambulando na tempestade, quatro dias que ela morreu. Estou à beira da água, de pé nas rochas no final do Píer 3. A nevasca durou apenas um dia, e desde então o sol saiu e aqueceu as coisas o bastante para que tudo o que sobrou da neve seja uma lameira. Mas continua frio. Um puta frio para ficar parada ao ar livre, perto do Lago. Mas estou aqui, mesmo assim.

Marty me levou para casa, depois que as ruas foram liberadas e os carros puderam sair dos montes de neve onde estavam soterrados. Foi então que percebi que não estava mais com o meu violino.

No dia seguinte, quando dei uma passada no Retiro Boreal, Marty entregou-o para mim. Tinha telefonado para a garagem de ônibus, e eles o rastrearam. Ele foi até lá pegá-lo. Estou agradecida por ter o violino de volta. Mas é a música que me toca mais, e quase perdi isso muito tempo atrás. Não vou perdê-la novamente. Faz parte de mim.

Marty pediu-me para pintar a cerca. Pensei que estivesse tirando um sarro da minha cara, mas falava sério. Disse que poderia ser bom ter uma espécie de mural, que a superfície branca parecia estar pedindo cor. Fomos até lá fora e olhamos para ela, olhamos todo o trabalho que eu fiz, parados ali em silêncio, enquanto o vento soprava neve à nossa volta. O céu estava tão claro que pude ver as linhas leves da minha libélula, da libélula de Emily, debaixo do branco.

— Sabe — ele disse —, quando você pinta em cima de alguma coisa, tudo o que estava ali antes não desaparece de fato. Continua ali. Todas as camadas de cor, as raspagens e as reentrâncias, até a madeira crua que se esconde por baixo, elas moldam o que está pintado por cima, até inspiram, mas não o definem. Isso cabe ao pintor. — Ele olhou para mim com aqueles olhos safira, piscando sob as sobrancelhas brancas e espessas. — Ao artista.

Eu sabia que ele não estava falando de cercas.

Não sou talentosa como Emily, mas sou desafiada pela ideia de pegar seu trabalho e deixar que sua história flua através de mim. Já consigo ver o que quero fazer. Acho que vou pintar as duas libélulas, uma maior, outra ligeiramente menor. *Irmãs em voo*. Parece o certo.

Tem um corvo sentado numa pilastra próximo ao promontório, as penas arrepiadas para mantê-lo quente, o bico grosso e preto, calado. Ele abre as asas, e posso ouvi-las cortando o ar quando ele voa no alto e desaparece sobre a cidade. Marty e Elizabeth logo estarão aqui. Foi sugestão de Marty salpicarmos as cinzas de Emily e Charlie sobre a água, e acho que eles teriam gostado disso. Espero que as cordas do violino permitam que eu toque nesta temperatura.

Hoje a água está bem azul, gelo líquido. Estou com o diário. Abro-o na página que fala sobre Charlie e suas irmãs e a leio uma última vez:

Sábado, 11 de dezembro — Lil ficou na cama por quase uma semana, mas sua febre cedeu, e sei que agora essa influenza foi contida, e estamos a caminho da recuperação. Logo ela estará de pé, cuidando da nossa casa, e agradeço a Deus por não ter havido mais mortes. Não contei a ela sobre a criança nem sobre a mulher que enterrei no mar. Haverá tempo para isso quando ela ficar boa. Além disso, o que está feito está feito, e dou graças pela dádiva que trouxe de volta a vida da minha filha, completando-a, preenchendo o vazio deixado pela morte de sua irmã gêmea. Peter sabe. Percebo isso quando ele olha para elas; ele sabe que a criancinha não é sua irmã de jeito nenhum. Não dirá nada. É o jeito dele. Mas Charlie não se lembra que Elizabeth morreu. Ainda estava delirando com febre quando tirei sua forma gelada do lado de Elizabeth e coloquei, em seu lugar, a forma cheia de vida de outra. Ah, elas são bastante parecidas, com seus cabelos pretos como o corvo, tão semelhantes, a pele clara e as feições delicadas. Mas nem as gêmeas eram tão parecidas, Elizabeth sempre foi a maior e mais forte das duas. Agora, Emily é que é maior. E então, hoje, quando Charlie saiu da cama e espiou as meninas, quando conversou com elas e agradou suas bochechas, como tem o costume de fazer, confundiu seus nomes. Para manter nosso segredo sombrio secreto, para garantir que um menino dado a conversas casuais não toque no assunto, farei o que é preciso, pelo bem de Emily. Ela ficará com o nome de sua irmã morta e passará o seu para a criança do Lago.

Arranco a página do diário. Deus, realmente faz tanto sentido! Isso explica por que a mãe delas nunca a aceitou de verdade. Explica muito sobre quem ela era, como ela nunca pertenceu de fato, vagando pela vida presa em algum lugar num mundo de sua própria criação, calada exceto quando falava com o vento, as árvores e os animais. Entendo como ela se sentia seduzida e, ao mesmo tempo, aterrorizada pelo Lago. Ele quase a matou. E, quando o *Hartnell* naufragou, e ela passou dia após dia andando pela praia, procurando, estava revivendo tudo de novo. Ela até deu à própria filha o nome de seu passado. Emily lembrava-se. Lembrava-se de ser Anna.

Você deveria ter deixado que ela morresse.

As palavras de sua mãe assombraram Elizabeth, moldaram sua vida. Ela se tornou a protetora, a defensora, sacrificando tudo pelo bem da irmã. No começo, não era Elizabeth que vivia por Emily; Emily vivia por ela.

Mas, no final, o faroleiro não deixaria nenhuma delas morrer, nem Elizabeth, nem Emily, nem Anna. Ele cuidou pra que todas sobrevivessem, de algum modo, de alguma maneira. Mesmo que isso significasse viver uma mentira.

Charlie sabia da verdade. Tinha que saber. Foi por isso que voltou para buscar os diários quando o *Kelowna* foi descoberto. Ia contar a Elizabeth, depois de todos esses anos. Provavelmente, ao voltar para a ilha depois da guerra, leu o que o pai escreveu. Será que se culpava pelo segredo? Ele teria apenas uns 5 anos! Estava doente demais para ver o faroleiro tirar o bebê Elizabeth morto do berço e substituí-lo por outro, um bebê menor, um bebê que tinha dado na praia no meio de uma tempestade. Não tinha como saber. Pensaria que elas eram as gêmeas, suas irmãs. E deduziria que a maior era Elizabeth. Claro que sim. Que outro motivo teria para acreditar no contrário? E, assim, a criança que tinha nascido Emily torna-se sua irmã morta, Elizabeth. E a filha de Robert Larkin, a menininha chamada Anna, roubada do Lago, roubada de sua vida, torna-se Emily.

Rasgo a página em pedacinhos e os atiro no Lago. Eles salpicam a superfície, dançando para cima e para baixo nas ondas. Não derretem como flocos de neve, mas por fim se separam, levando com eles a verdade.

Arnie Richardson

Ele deixa o velho cão no carro e caminha pela rua em frente à estação CN, puxando o cachecol mais para junto do pescoço e apoiando-se na bengala. Pode vê-los no promontório no final do Píer 3, a velha acomodada em uma cadeira de rodas. É Elizabeth Livingstone, ele sabe. Uma menina também está ali, tocando um violino, apesar do vento gelado. É uma cerimônia discreta, que não combina com a publicidade que conforta o resto do mundo na sequência à notícia da morte da renomada artista Emily Livingstone.

Ele conhece bem seu trabalho. Acompanhou sua carreira o melhor que pôde, e até tem uma pequena reprodução pendurada em seu chalé na ilhota Silver. Encontrá-la revelou-se de uma dificuldade intransponível. Encontrá-las. O mais difícil foi escrever a carta, e ele acabou mandando apenas um bilhete, contando onde encontrar seus pertences de Porphyry caso um dia voltassem. Enviou-o à agente de Emily, à galeria em Londres que trabalhava com suas obras. Soube que elas acabaram recebendo a nota quando os pertences já haviam sido reclamados alguns anos antes e também soube que elas haviam voltado. Desejou ter contado mais.

A criança não ficou muito tempo com ele. Ele a segurou brevemente naquela noite de maio, quando Charlie bateu à sua porta pouco antes do amanhecer, insistindo que ela era responsabilidade de sua família. Sua mãe e seu pai encarregaram-se de tudo. Não fizeram perguntas; esse era o jeito deles, e era assim que as coisas eram feitas. Havia reputações a ser preservadas. Quando registraram o nascimento alguns dias depois, Porphyry ainda fumegava, a mãe do bebê tinha sido internada, considerada inviável e, no espaço a ser preenchido com o nome do pai, escreveram David Fletcher, ocupação: assistente de faroleiro. Arnie não os corrigiu. Ela foi adotada por um casal de Otawa. Foi a mãe dele quem escolheu o nome, Isabel. A certa altura, ele fez algumas pesquisas, datilografadas oficialmente em papel timbrado de sua firma. Descobriu que ela havia morrido de câncer anos atrás.

Ele fica ali parado por um tempo, olhando para o pequeno grupo de pessoas no promontório, captando leves acordes do violino, trazidos pela brisa. Pensa em caminhar até eles, falar com Elizabeth. Em vez disso, suspira, vira-se e volta para o carro. O labrador o cumprimenta com entusiasmo.

Posfácio: Morgan

O helicóptero arremete para baixo, voando próximo à superfície do Lago, e posso ouvir a voz do piloto pelos fones de ouvido.

— Aquela ali em frente é Porphyry.

A torre alta e branca é fácil de distinguir, assim como a construção de telhado vermelho, espalhada pelo promontório rochoso. O Lago está turquesa, mesclando-se com salpicos de verde onde o fundo fica mais raso próximo à praia. Ao nos aproximarmos do campo de pouso pelo lado leste, posso ver o Gigante Adormecido, uma silhueta roxa reclinando-se na extremidade da ilhota Silver. É esquisito vê-lo por este ângulo; é como se eu estivesse olhando pelo outro lado do espelho.

Sei que não é o mesmo. A casa e a torre do farol onde ela vivia acabaram, queimaram-se no incêndio. Construíram uma nova casa para o assistente de faroleiro na década de 1960, acho, então aquela também não existe mais. Mas é o que ela queria.

Seguro a urna no colo.

Faz mais de cinco anos que nos reunimos à beira da água naquele dia frio de novembro. Nossa, parece que faz tanto tempo!

Não consegui convencer Marty a vir. Ele me disse que já tinha se despedido e inventou alguma desculpa sobre precisar consertar uma peça do equipamento, mas eu sabia que a ideia de voar num helicóptero deixava-o morto de medo. Elizabeth providenciou tudo antes de morrer. Conversamos sobre isso quando voltei para casa vinda da universidade para a semana do saco cheio. Ela me fez prometer, mas não precisava, eu teria feito isso de qualquer jeito. Acho que ela sabia disso.

O helicóptero paira brevemente, depois desce no campo de pouso no promontório, e os rotores começam a desacelerar.

— Leve o tempo que precisar. — O piloto lida com botões e alavancas, depois me ajuda a desafivelar o cinto. Tiro os fones de ouvido, abro a porta e desço. Eles não me acompanham; somos apenas Elizabeth e eu atravessando as pedras em direção às construções.

O farol foi automatizado anos atrás, e ninguém mais vive nas casas. Mas alguém andou limpando as coisas. Tudo foi pintado recentemente, os lilases estão florindo, e a grama foi cortada.

Sento-me na base de concreto sob a torre do farol e olho para o Lago. Posso ver um cargueiro a distância. Está indo em direção à baía Thunder, atravessando a água gelada e deixando uma trilha espumosa à sua passagem. A distância, posso ver a ilha Pie.

Tudo é muito familiar; parece que já estive aqui.

Voltei para casa vinda da escola há algumas semanas. Foi quase como se ela tivesse me esperado voltar, terminado todos os meus exames, para ter algum tempo para me sentar com ela e lhe contar sobre as minhas aulas, os meus colegas e a banda em que toco agora. Ela me comprou um presente de formatura. Vi um dedo de Marty nisso, mas ela teria lhe contado o que comprar. Um violino elétrico azul. Ela disse que jamais conseguiria entender o tipo de música que eu toco, que uma velha senhora como ela ainda poderia aprender uma porção de coisas, mas não a apreciar guitarras que soltavam gritos histéricos e bate-estacas, quando havia músicas como Paganini e Bach. Mostrei a ela como interpúnhamos os clássicos em nossas peças, mas ela franziu o rosto e sacudiu a cabeça, fazendo-me rir. Sei que estava me provocando. Sei quanto se sente... se sentia orgulhosa. O violino azul confirmou isso.

Laurie também ficou feliz em me ver. Agora tenho meu próprio canto, mas a visito algumas vezes em sua casa ou a encontro para um café. Ela e Bill não têm pegado novas crianças. Ela diz que eles se aposentaram. Acho que, provavelmente, eu e Caleb acabamos com eles. Ela diz que não e sorri, mas é um sorriso cansado.

Uns dois anos atrás, Elizabeth recebeu uma carta. Era do espólio de Arnie Richardson e tinha sido escrita havia muito, muito tempo, mas nunca fora enviada. Continha alguns documentos legais, incluindo uma cópia desbotada da certidão de nascimento do bebê de Emily, Anna. Deram-lhe o nome de Isabel. Elizabeth e eu não temos certeza de quanto vovô conseguiu juntar da história quando ela apareceu à sua porta, pensando que ele era seu pai. Mas ele devia saber o bastante para deduzir o que tinha acontecido, quem era ela. Então, acolheu-a. Amou-a. Amou-me. Fico pensando se ele lhe contou histórias de sua mãe, sobre o tempo que passaram juntos em Porphyry; se ele lhe mostrou o desenho das libélulas, aquele que ela enfiou debaixo de sua porta quando ele era assistente de faroleiro, aquele que ele mantinha escondido no estojo do violino.

Emily me reconheceu. Sabia quem eu era. Não sei como, mas sabia, sei que sabia. Viu coisas que ninguém mais sequer chegou a saber que estavam ali. Naquele dia, quando a encontrei na nevasca, foi como se tivesse acontecido o contrário, como se ela tivesse *me* encontrado. Marty diz que me pareço com ela. Temos os mesmos olhos, a cor do Lago.

É uma grande caminhada até o ancoradouro, e as porras dos mosquitos estão alucinados. Quase me desfaço de Elizabeth ali mesmo no caminho para acabar com aquilo. A velha garagem de barcos permanece firme. Está um pouco torta, mas também foi pintada, e a doca, consertada. Acho a trilha até a praia no lado leste da ilha, coloco a urna na praia pedregosa e sento-me ao lado dela, olhando para a ilha Dreadnaught.

Não trouxe o violino. Não precisava. A música está aqui. Está nas ondas, no vento, no canto dos passarinhos. E na minha memória.

Enquanto estou aqui sentada, decido que não vou fazer as coisas como ela pediu. Não completamente.

A porta está aberta, mas estou afivelada. Na nossa primeira passagem, as gaivotas levantaram voo num lampejo de asas brancas, depois inclinamos num giro e tornamos a voar sobre a ilha Hardscrabble. Abro a urna e inclino-me o bastante para derrubar o pó cinzento além da beirada. Ele flutua no ar, vagando sobre a pilha de pedras cobertas de líquen onde uma cruz gasta assinala a tumba do bebê Elizabeth Livingstone. Uma lufada de vento captura a nuvem antes que ela pouse sobre as pedras e leva parte dela para longe, sobre a superfície do Superior. O Lago dança e cintila como mil raios de luz.

Elizabeth e Emily. Estão novamente juntas.

Nota da autora

Embora *As filhas do faroleiro* tenha se inspirado nos homens e nas mulheres que trabalharam como faroleiros nos Grandes Lagos no final do século XIX e começo do século XX, é, acima de tudo, uma obra de ficção. Como tal, tomei certas liberdades para contar a história da família Livingstone.

A ilha Porphyry é a última de uma cadeia de ilhas que se estende além da península da baía Black, no litoral norte do lago Superior. A estação do farol serve para assinalar o canal de navegação ao norte da ilha Royale, conduzindo às antigas comunidades de porto Arthur e forte William, atualmente baía Thunder. Foi o segundo farol construído no lado canadense do lago Superior e primeiro iluminava as águas próximas à baía Black, em 1873.

Andrew Dick, que serviu como faroleiro de 1880 a 1910, deixou vários diários pessoais que registraram ponderações de sua época no farol com sua esposa indígena, Caroline, e seus dez filhos. Os diários foram descobertos anos depois, no sótão de uma das casas de férias na ilhota Silver, e dois desses volumes estão agora no museu da baía Thunder. Esses diários serviram de inspiração para *O farol e a libélula*. O farol original já não existe, tendo sido substituído em meados do século passado e, embora tenha servido como diretriz, fiz algumas modificações ao escrever, a mais significativa sendo a da luz piscante em vez de fixa.

Durante a primeira metade do século XX, a navegação no lago Superior era lucrativa, com transportes de minérios de ferro, madeira e grãos que desciam os lagos passando por outros navios que subiam carregados de equipamentos, calçados e chá. Foi uma época anterior ao uso de tecnologia nos navios, anterior ao GPS, aos satélites e ao rádio marítimo. Os capitães traçavam suas rotas nas cartas, acertando sua posição por pontos de referência, usando bússola para se guiar e seus registros para calcular a distância percorrida. Seus instrumentos eram sextantes e réguas de cálculos, e colocavam vigias cuja função era esquadrinhar o horizonte à procura de faróis, sinaleiros e outras embarcações.

Por mais que um farol estivesse ali para emitir um sinal luminoso sobre as águas escuras, o som da sirene de nevoeiro é que definia, com mais frequência, uma travessia segura para embarcações despercebidas que passavam pelas águas cheias de bancos de areia sob o véu do infame nevoeiro do lago Superior. Aqui, novamente, tomei certas liberdades com a Estação do Farol do Promontório Porphyry (Porphyry Point Light Station), uma vez que a sirene de nevoeiro de diafone entrou em operação em 1908, e não em 1918 como indiquei.

A comunidade próximo à ilhota Silver tem um papel significativo na trama, e ela própria tem uma história rica, com tragédias e personagens fascinantes. Foi estabelecida na década de 1870 para atender às necessidades da mina da ilhota Silver, que funcionou até 1884, quando o carregamento de carvão para o inverno não conseguiu chegar antes do final da temporada de navegação. O estoque de combustível acabou se esgotando, as bombas que impediam as águas do Superior de inundar os dutos de ventilação calaram-se, e o Lago recuperou a mina. Com o declínio dos preços da prata, a mina nunca foi reaberta. Alguns anos depois, as casas e os prédios da companhia que se aglomeravam ao longo da costa foram comprados e transformados em chalés de férias.

Há muitos naufrágios espalhados pelas profundidades geladas do lago Superior, e o *Kelowna* e o *Hartnell* aparecem como uma compilação de vários acidentes, tendo sido localizados próximo a ilha Porphyry em virtude da história.

O lago Superior aparece numa verdade totalmente icônica: temperamental, lindo, imenso, majestoso e instável. Embora seja dito que dificilmente ele desiste de seus mortos, sou grata por ele estar disposto a compartilhar suas histórias.

Agradecimentos

Nenhum livro é feito em isolamento, apesar do tempo que os escritores passam em quartos fechados, apenas com seus personagens a lhes fazerem companhia. Sou grata a todo apoio que recebi enquanto trabalhava em *O farol e a libélula*.

Meus agradecimentos ao Ontario Arts Council, que apoiou meus esforços criativos por meio das bolsas do Writer's Work in Progress e do Writer's Reserve.

A Jenny Bent, minha agente fabulosa, que só riu quando perguntei se ela tinha certeza de ter ligado para o número certo, quando me telefonou para se oferecer como minha representante; e a toda sua equipe incrível na Bent Agency.

A meu dinâmico time editorial na HarperCollins: Iris Tupholme, Emily Griffin e Laura Dosky, que trabalharam para extrair minha energia e ajudar a dar forma às minhas palavras, de modo que surgisse a melhor história possível; e a Miranda Ottewell, pela atenção aos detalhes.

A minhas companheiras raposas do Laughing Fox Writers, e a todas as suas encarnações anteriores, que compartilharam uma jornada comum com a palavra escrita, por servirem vinho, comerem *pizza*, lerem esboços, participarem de recuadas e principalmente por me fazerem dar o pulo gigantesco de mandar meu trabalho para lá, especialmente Heather Dickson, Donna White, Marion Agnew, Cathi Grandfield e Holly Haggarty. Como vocês podem ver, o manuscrito já não está na minha gaveta de meias.

A meus primeiros leitores: Lucy Laframboise, Kristine Dalzall, Darrell Makin, Susan Visser e Emma Tranter, o meu muito obrigada por seu *feedback*. A minhas fontes de referência, que me ajudaram em tudo, do serviço no farol nos Grandes Lagos à pichação e aos tipos de orquídea encontrados na ilha Porphyry; Larry e Patricia Wright, Ted Armstrong, Rob Foster, Kim Armstrong, Dave Poisson, John O'Meara, Michelle Beck, Sarah Mason e Lora Northway — este livro ganhou muito com a ajuda de vocês. A Tracey Greer e Gavin Frietag, por me ajudar a navegar por alguns dos aspectos profissionais de ser uma escritora.

A meu marido, Richard, e meus filhos incríveis: Erin, Colin e Ryan, que acreditaram em mim mesmo quando me faltava segurança, que deram *feedbacks* honestos e me lembraram de que era hora de almoçar.

A meu pai, Craig McDonald e em memória da minha mãe Sue, que me levaram para velejar todos os fins de semana e nas férias de verão de minha infância e minha adolescência e me instilaram amor e respeito pelo lago Superior; e a minhas irmãs: Barbara Mitchell e a falecida Theresa Flatt, que compartilharam esses passeios e me encorajaram nesta jornada. A MaryAnne Beckwith, por velejar comigo novamente.

E, por fim, aos faroleiros, cujas histórias influenciaram este trabalho, mas especialmente à família McKay, cujos membros, por gerações, trabalharam como faroleiros nas várias estações do lago Superior. Tive a incrível sorte de poder passar um tempo com Bob McKay, antigo senador pela nação Métis de Ontário, que foi assistente de faroleiro na Estação do Farol do Promontório Porphyry, de 1960 a 1965, servindo com seu primo Cliff McKay. Tendo passado a juventude no acampamento de pesca da sua família no canal Walker, Bob pôde compartilhar comigo seu antigo conhecimento de Porphyry, suas experiências pessoais, seu amor pelo trabalho no farol, suas inúmeras fotografias, seu senso de humor, e o respeito que tem por sua ascendência indígena e pela história de sua família,

Também tive a sorte de conhecer a esposa de Cliff, Frances. Cliff foi faroleiro de 1959 a 1979 em Porphyry, e Frances passou muitos verões maravilhosos na ilha. Aos 94 anos, Frances leu um esboço inicial de *O farol e a libélula* e me fez o maior cumprimento que qualquer escritor pode receber, dizendo que a história fez com que se sentisse de volta em Porphyry.

Sou grata a todos vocês.

Sobre a autora

Jean E. Pendziwol nasceu na baía Thunder, às margens do lago Superior, e passou grande parte da infância a bordo do veleiro de sua família, explorando as ilhas e as baías do mar interno.

Depois de trabalhar como escritora e fotógrafa *freelancer*, passou vários anos concentrada na criação dos três filhos antes de publicar seu primeiro livro infantil.

Mora em Ontário, à sombra das montanhas Nor'Wester, com o marido, dois dos três filhos, um vira-lata adorável e três galinhas temperamentais que, às vezes, botam ovos.

PUBLISHER

Omar de Souza

GERENTE EDITORIAL

Mariana Rolier

EDITORA

Alice Mello

TRADUÇÃO

Elisa Nazarian

PREPARAÇÃO, REVISÃO E DIAGRAMAÇÃO

Balão Editorial

DESIGN DE CAPA

Elmo Rosa

Este livro foi impresso em 2017, pela Intergraf, para a HarperCollins Brasil.

A fonte usada no miolo é Dante MT Std, corpo 12/16,3.

O papel do miolo é polen soft $80g/m^2$,

e o da capa é cartão xxg/m^2.